Trembling Cow　Aiba Hideo

震える牛

相場英雄

小学館

CONTENTS

装幀　片岡忠彦

震える牛

プロローグ

『幾度となく、経済的な事由が、国民の健康上の事由に優先された。秘密主義が、情報公開の必要性に優先された。そして政府の役人は、道徳上や倫理上の意味合いではなく、財政上の、あるいは官僚的、政治的な意味合いを最重要視して行動していたようだ』

蛍光ペンで何度もなぞった一節が男の目の前にあった。ページを繰った男は、パソコンのキーボードを叩《たた》き、愛読書のフレーズをファイルに刻み込んだ。

『直面している大きな課題は、市場の道徳観念の欠如と効率性とのあいだで、しかるべき落としどころを探ることだ。自由を謳う経済システムは、しばしばその自由を否定する手段となってしまう。二十世紀の特徴が全体主義体制との闘いであったとすれば、二十一世紀の特徴は行き過ぎた企業権力をそぐための闘いになるだろう。極限にまで推し進められた自由市場主義は、おそろしく偏狭で、近視眼的で、破壊的だ。より人間的な思想に、取って代わられる必要がある』

厳しい暑さが続くなか、男の背中に一筋、冷たい汗が流れた。

ページをめくった男は、目的の項目を探し出した。最後の言葉をファイルに刻む必要がある。

『そもそも消費者とは、われわれ全員のことだ。この国最大の経済的集団であり、どんな経済決定にもことごとく影響を受ける。消費者は重要視すべき唯一の集団である。しかし、その意見はないがしろにされがちだ。政府はいかなるときも、消費者の①知らされる権利　②選ぶ権利　③意見を聞いてもらう権利　④安全を求める権利を擁護しなくてはならない』

キーボードに手を添えたとき、デスクに置いた携帯電話が震えた。馴染《なじ》みのある名前が表示されている。

男は文書ファイルを保存し、手早くメール画面を起動した。作ったばかりのファイルをメールに添付したあと、諳《そら》んじていたアドレスを打ち込み、送信ボタンを押した。

電話が震え続けている。通話ボタンを押すと、聞き慣れた男の声が響いた。すぐに来てほしいとの連絡だった。ようやく、直接話を聞いてもらえる機会が訪れたと知らされた。同時に住所を告げられ、直ちに来るよう言い渡された。

男はデスク脇のショルダーバッグを引き寄せ、手を入れた。愛用の品を探したが、どこにもない。

「ちょっと待って」

男は財布から弁当屋のレシートを取り出し、裏面に馴染みのない住所を書き留めた。

第一章　継続

1

一階の職員食堂で日替わり定食を食べた田川信一《たがわしんいち》は、五階の自席に戻った。

このフロアに勤務するようになって一年九カ月が経過した。六階から異動した当初、区役所の戸籍係のような規則正しい生活に戸惑ったが、最近は単調なリズムが体に馴染んできた。突き出した下腹をさすり、自席に腰を下ろした。冷房の効きが悪い部屋で、額に浮き出た汗をハンカチで拭う。

田川の席、捜査一課継続捜査班のシマは総員六名、警視庁と道府県警本部の連携役を担う捜査共助課の隣に間借りする状態が長年続いていた。

新設された捜査一課特命捜査対策室《コールドケース》が四〇名の精鋭を擁するのに対し、田川の席は陽《ひ》の当たらない部署のままだ。

殺人の時効撤廃を契機に作られた特命捜査対策室が大事件を担当する一方、田川は迷宮《オミヤ》入り濃厚な目立たない未解決案件ばかりを扱う。

机の引き出しを開けた田川は、愛用の折り畳みナイフ、肥後守《ひごのかみ》を取り出した。長年の日課、鉛筆削りの時間だった。

交番勤務を経て所轄署刑事課に配属されたとき、定年間近の警部補から譲り受けた。かれこれ四〇年以上使い込まれた小刀は磨《と》ぎを繰り返し、すっかり刃が痩せ細った。

地取りの鬼と呼ばれた先輩刑事は、聞き込み前に鉛筆を削り、メモに細かいデータを記した。見よう見まねで覚えるうち、田川も鉛筆を削るようになった。

所轄署を三つ経て、警視庁捜査一課第三強行犯係に配属された。第三には通算一三年間在籍した。巡査部長から警部補に昇進して以降、事件に追われ続けた。二週に一度帰宅できれば良い方だった。だが、忙しい日々はすっかり遠い昔になった。

二本目の鉛筆に取りかかろうとしたときだった。頭上から聞き覚えのある声が降ってきた。

「まだ鉛筆かよ」

「長年の習慣ですからね」

顔を向けると、宮田次郎《みやたじろう》がいた。

細い目、引き締まった体型の宮田は、一見すると冷たい雰囲気がある。オーダーで作ったスーツの袖口から、黒い文字盤の時計がのぞいている。紫色の風呂敷包みを小脇に抱えた宮田は、意味ありげな笑みを浮かべている。

「仕事を持ってきてやった」

田川は包みを凝視した。ファイルが五、六冊入っているようで分厚かった。

「この前の事件《ヤマ》の書類整理も済んでおりません」

「また髪が抜けるかもしれないが、おあつらえむきの事件だ」

「髪へのストレスは勘弁してください」

「酒飲んで憂さ晴らしすりゃいいだろう」

「急性肝硬変になったから、ここにいるんです」

「特命捜査対策室《トクメイ》には振れないんだよ」

「なぜです？　訳ありは勘弁してくださいよ」

「いいから受け取れよ。それとも逆らう気か？」

宮田はいつも悪ぶってみせる。クールな外見とのギャップで人心を掌握し、クセの強い三五〇名の精鋭刑事を束ねていた。だが、細かい説明なしに引き受けるわけにはいかない。

「ご不満でしたら、いつでも所轄に戻してください」

「俺の任期中にはあり得ない」

宮田は背広から銀座の有名文具店の袋を取り出し、デスクに置いた。

「愛用品を献上させてもらう。付属品もたっぷりだ。これで取引成立だな」

宮田は部下一人ひとりの嗜好《しこう》を諳《そら》んじ、それぞれの家庭の機微まで知り尽くしている。面倒見の良さと冷徹な分析能力が宮田をノンキャリアトップの座、捜査一課長に押し上げた。田川と同様に交番勤務でスタートし、所轄署の刑事課盗犯係や暴力団担当、強行犯担当を経て本部に這《は》い上がってきた歴戦の叩《たた》き上げだ。

「そういう問題ではありません」

「荷が重ければ、誰かつける」

「そうしてください。本当に書類が溜《た》まっていますから」

田川が口を尖《とが》らせると、宮田は涼しい顔で包みを置いた。このまま言いなりになるのはしゃくだった。宮田の左腕に目を向け、口を開いた。文字盤に羽根のシンボルマークが見える。

「相変わらずすごい時計ですね。ブライトリングですか?」

「そうだ。唯一の道楽だ。時計はウソをつかないからな」

「ちなみにお値段は?」

「小型車一台程度だ。カミさんには内緒だぞ。へそくりをはたいたんだ」

口元に笑みを浮かべ、宮田は小さな部屋をあとにした。

文具店の袋を開けると、背広の内ポケットにすっぽり収まる細長い手帳が見えた。田川が好きな黒の革表紙だった。横には、ビニール詰めされた蛇腹タイプのメモリフィルの束がある。

宮田らしい差し入れだった。眼前の書類立てに目をやった。表紙がボロボロになり、異様に膨れ上がった二〇冊以上の手帳の束が見えた。

「おっ、人気者は辛いですね」

雑踏で指名手配犯を探し出す「見当たり捜査班」の若手が田川の後ろを通り過ぎた。

「うるさいよ」

悪態をついたあと、真新しい手帳を広げた。

捜査に忙殺されるうち、いつの間にか四七歳になった。三五歳で警部補に昇進したとき、四〇歳までに警部試験に合格すると意気込んだが、苛烈な現場仕事の連続で試験勉強に割く時間などなかった。

風呂敷の中身、書類のサイズは旧書式のB5ではなく、A4だった。比較的新しい案件だ。日が浅い事件ならば、なんとかものにできる。

風呂敷の結び目を解くと、淡い期待はすぐ失望に変わった。

筆ペンで記された戒名は、一課が抱える未解決事案の中でも、とりわけ凶悪な部類に入る難事件だった。

2

『中野駅前　居酒屋強盗殺人事件』

東京都中野区、ＪＲ中野駅の北口商店街で起きた事件だ。発生はちょうど二年前の九月一六日、午前二時半だった。

当時、田川は別の特別捜査本部に詰めていた。人気のない会議室で地取りメモを整理していたとき、通信指令本部から一斉連絡が鳴り響いた。現場が自宅に近い場所だったことも記憶に残っていた一因となった。

駅の北口と商業ビル・中野ブロードウェイの中間付近、居酒屋やパチンコホールが密集する一角が現場だった。

全国チェーンの居酒屋「倉田《くらた》や」で凶行が起きた。新しい手帳をたぐり寄せると、削ったばかりの鉛筆で要点を書き出した。

全身黒ずくめで目出し帽を被《かぶ》り、「マニー、マニー」と叫んだ中肉中背の男がレジを襲い、売上金五八万円を奪取した。鋭利な刃物で店員の左手を斬りつけた後、犯人《ホシ》はレジ近くの席に居合わせた客の首を次々に刺し、殺害した。

不良外国人による強盗殺人は、ここ一〇年程度、年に数回発生していた。要旨の最後の項目で、

「凶器（非公表＝厳重保秘）」と書かれた一文があった。

『鋭利な刃物、レジ係目撃情報：刃渡りが長い柳刃包丁のようなタイプ』

田川の脳裏に寿司《すし》屋や割烹《かっぽう》で使われる細身の包丁のイメージが浮かんだ。

ページをめくった田川は、顔をしかめた。現場写真が添付されていた。ボックス席はもちろん、周囲の壁にも大量の血痕が飛び散っていた。

一人目の被害者は獣医師・赤間祐也《あかまゆうや》（三二）、もう一人、隣のボックス席で殺害されたのは産廃処理業者の西野守《にしのまもる》（四五）と記されていた。監察医による司法解剖所見は、大量失血によるショックで、ほぼ即死だ。両名とも繰り返し同じ箇所を刺され、刃物の形状の特定が不可能だったとの追記もあった。

田川は眉根を寄せ、ページをめくった。

野方《のがた》署に設置された特別捜査本部では同署刑事課、そして殺人担当の本部一課第二強行犯係、強盗・窃盗担当の第六強行犯係が迅速に動いた。

現場に近い中野通り、早稲田通り、そして新目白通り、環状七号線に緊急配備《キンパイ》が敷かれた。盗犯担当の本部三課も加わり、膨大な犯行手口のデータベースとの照合も行われた。次のページには初動捜査の概略があった。

『不良外国人による強盗殺人と断定➡現場近くの路地、中野ブロードウェイ付近に大量の返り血を浴びた目出し帽を発見（非公表＝厳重保秘、指紋検出できず）。都内で多発していた外国人窃盗団を想定し、捜査を開始』

妥当な筋読みだった。書類の右上に目を転じると、当時の特別捜査本部指揮官の名があった。宮田が田川に事件を振った理由がそこにあった。

第二強行犯係担当管理官の欄に、キャリアである矢島達夫《やじまたつお》の名が載っている。

矢島は現在、第二係の管理官から特命捜査対策室の理事官に昇進している。

矢島は宮田の前任者によって出世した人間だ。前任一課長は、公安部経験を持つ異色の人物で、東アジア諸国のスパイ、不審人物を監視する外事第二課に長らく所属していた。

刑事と公安の人事交流の一環として、一課と鑑識課の管理官ポストを経て一課長に抜擢《ばってき》された。

「外国人窃盗団」という筋読みが真っ先に挙がったのはそんな理由からだろう。

特命捜査対策室にこの一件を持ち込めば、矢島の顔に泥を塗ってしまう。ひいては、一課内でいらぬ摩擦を招くと宮田は判断した。その結果が田川のデスクに鎮座するファイルの山だった。

『被害者・赤間、西野ともに怨恨の線は見出《みいだ》せず』

田川は資料を読み続けた。

犯人は二人の被害者《マルガイ》から身元を特定するような物を全て持ち去った。特捜本部の資料によれば、赤間については仙台の母親から捜索願が出され、事件発生から三日後に身元が判明した。西野については、新宿署地域課巡査が自宅マンションの郵便物が溜まっていることを不審に思い、特捜本部に照会し、一〇日後に身元が割れた。

田川は真新しい蛇腹メモに鉛筆を走らせた。戒名を記した最初のページは、たちまち細かい文字に埋め尽くされた。

3

「東日本大震災で被災した店舗も完全復旧しました。影響は徐々に薄れている上に、個人消費も改善傾向にあり、弊社の業績も着実に上向くものと確信しています」

滝沢文平《たきざわぶんぺい》は、会見室に居並ぶ記者とカメラマンを一瞥《いちべつ》した。部屋には三〇名ほどが詰め込まれ、通りの良い声を発する男を注視していた。

滝沢はオックスマートの総帥、柏木友久《かしわぎともひさ》最高経営責任者《CEO》兼会長の声に耳を傾けた。

ダブルのスーツに身を包んだ恰幅《かっぷく》の良い男は、話を続けている。

「不況長期化で大規模ＳＣ《ショッピングセンター》は新規開店を凍結しましたが、都心向け低価格店舗網の構築により、来期以降は増収増益が期待できます」

東京証券取引所の三階、二〇一号会見室で開かれた業績発表は波乱もなく、淡々と進行した。

滝沢は左側に座る柏木信友《のぶとも》の横顔を見た。柏木会長の長男であり、オックスマートの取締役スーパー事業本部長は、会見の想定問答集を凝視している。

「近く食品のアウトレットも展開予定です。生鮮品は無理ですので、缶詰やレトルト食品で賞味期限半年に迫った商品が中心ですがね」

滝沢の目の前で、数人の記者の目付きが変わった。小難しい決算原稿よりも、世間の耳目を集める話題の方が取り上げやすい。テレビの情報番組も特集を組むだろう。会長の発言は、滝沢が主導した打ち合わせの通りだった。

「創業時からの合い言葉、『お客様の隣に』をモットーに、今後も事業拡大をはかってまいります」

良質な和牛を畜産家から直接買い付け、安価で売ることが先代社長の創ったビジネスモデルだった。

先代は軽三輪に黄色の塗装を施した冷蔵コンテナを乗せ、近畿地方の団地や住宅街を行商して回った。『お客様の隣に』という企業理念はここから生まれた。

商業高校を卒業して柏木商店に入ってから三八年が経過した。今は柏木親子とともに東証という晴れ舞台にいる。滝沢は全力で駆け抜けた自身の半生を思い返した。

仕入れ部長、スーパー事業担当取締役、様々な役職を経て現在は取締役経営企画室長となった。肩書きが変わっても滝沢は一貫して番頭として柏木一族と会社を支えてきた。

東日本大震災が発生した春先以降、東北沿岸の店舗網再構築に追われたが、ようやく非常事態は脱した。今後一〇年以内に、会長から信友に権力の座を移行させることが最後の仕事となる。

傍らの柏木会長が咳払いした。我に返った滝沢は、記者席の先頭にいる日本実業新聞の担当記者を見た。目配せすると、ベテラン記者は頷《うなず》いた。

「幹事社ですが、このへんで終わってもいいですか？」

追加質問はなかったが、出口近くにいたボブカットの女性記者が滝沢を睨《にら》んでいた。

日本実業新聞の一声で、記者たちが一斉に出口を目指した。日本実業の担当は接待漬けで物わかりの良い記者になったが、あの女は要注意だ。滝沢は声を潜め、柏木会長に囁《ささや》いた。

「会長、ブラ下がる記者がいるかもしれません」

「誰だ？」

「インターネットメディア、ビズ・トゥデイの鶴田《つるた》記者です」

滝沢はボディーガードのように柏木会長に体を寄せ、会見場を出た。複数の会見場が連なるフロアは、記者のほか企業の広報マンが歩き回り、終電間際のターミナル駅のように混雑していた。

「会長、財界活動に専念されるのはいつからですか？」

滝沢の肩越しに、海外通信社の記者が尋ねた。傍らの信友の表情がたちまち曇った。

「貧乏ヒマなしでしてね、財界も社業も当分並行します」

「信友さんのCEO昇格はまだ先ですね？」

「まだまだ」

鷹揚《おうよう》に笑いながら、柏木会長はエレベーターホールに足を向けた。滝沢も後に続いた。

「会長、お急ぎください」

人垣をかき分け、滝沢は柏木会長と信友を誘導した。会見場脇の廊下と同様、エレベーターホールもごったがえしている。幸い鶴田記者の姿はなかった。ホール左側、到着したばかりの下りの箱に滝沢は柏木親子を誘導した。

4

東証地下の車寄せに運転手が待機していた。滝沢がレクサスの助手席ドアに手をかけたとき、背後から女の声が響いた。

「会長、教えてください」

振り返ると、他の車の陰から鶴田が飛び出してきた。滝沢は語気を強め、言った。

「こんな取材は反則だ」

「会長に伺いたいことがあるんです」

「なんだね？」

柏木会長の顔は、鷹揚なビジネスマンから冷徹な経営者のそれに変わっていた。凍《い》てついた目を鶴田に向けている。

『お客様の隣に』というスローガンは、消費者にとっては響きの良い言葉だ。しかし、同業者には死刑宣告に等しい。問屋に圧力をかけて同業者への商品供給を遅らせる。隣の土地に店をかまえ、相手が降参するまで攻撃の手を緩めない。強気で押し続けるのがオックスマート流だ。強引な戦線拡大とともに数々の商売敵を倒産させ、廃業に追い込んできたのが柏木だった。

「会長、相手をする必要はありません」

鶴田が素早く滝沢の脇をすり抜け、ドアに手をかけた。

「一部のSCでテナントから徴収するマージンの比率を引き下げているようですが、全店舗に適用するのですか？」

「聞いていない」

「そんなはずありません」

「いい加減にしろよ」

滝沢は鶴田の手首を摑《つか》み、車体から引き離した。

「どうしてこんな荒っぽい取材をするようになった？」

「滝沢さんに関係ありません。会長、単独インタビューをお願いします」

鶴田はなおも車中の柏木会長に訴えている。滝沢はドアと鶴田の間に体を入れ、強引にドアを閉めた。

「ガードマンを呼ぶぞ」

滝沢は助手席に乗り込んだ。

「出せ」

運転手に指示したあと、滝沢はサイドミラー越しに車寄せを見た。薄暗い駐車場で、鶴田が車を睨んでいた。

「事業本部長、どこから漏れた？」

柏木会長がＳＣ担当の信友に切り込んだ。柏木は五八歳、滝沢の二つ年上だ。普通のサラリーマンならば定年退職が迫って枯れる年代だが、体力面はおろか、頭の回転においても一切の衰えはなかった。

「至急、調べさせます」

携帯電話を取り出した信友がか細い声で答えた。滝沢はすかさず助け舟を出した。

「あの女を問い詰めて、ネタ元を炙《あぶ》り出しましょう」

「勘弁してやれ」

「なぜですか？　最近、彼女はやり過ぎです」

「一切物怖《ものお》じしないところが真貴子《まきこ》に似ていたんでな」

強面の柏木が息を吐き出した。滝沢だけに見せる表情だった。

一〇年前、埼玉県の郊外地で大規模ＳＣを開業したとき、柏木の長女、真貴子を新任店長として送り込んだ。開業から二週間後、深夜まで残業していた真貴子は、売上金目当てに侵入した暴漢に刺され、即死した。三〇だった。

後部座席からいつもの柏木の声が響いた。

「マージンの件といい、おまえはなにをやっていた？　例の女はどうなった？」

ミラー越しに後部座席を見ると、電話をかけ終えた信友が口籠っていた。

「俺が骨を折った結婚をぶち壊すつもりか？」

「そんなことはありません」

滝沢は間に割って入った。

「三八歳の男盛りです。多少のことは大目に。メディアの抑えは利きますから」

「甘やかすからつけあがる。俺が財界で雑巾掛けをしてきたことを知っているだろう？　副会長に昇格できるかあと一歩なんだ」

流通業界のドンは普段の顔に戻っていた。

滝沢は手元の手帳に目をやった。鶴田の書いた記事があった。ここ数日、広報部のメンバーと対策会議を開いた頭の痛いネタだ。

二週間前、鶴田はオックスマートの家電戦略のカラクリを絵解き原稿として配信した。オックスマートの家電直営店、オックスエレキがなぜ短期間で全国一位の売り上げを記録したのか、裏側を抉《えぐ》ったのだ。

記事では、滝沢が他の家電量販店から引き抜いた人材と練った作戦がスッパ抜かれた。鶴田はオックスマートにとって危険な存在に成長していた。

滝沢らが執った戦略は、日本全国を面に見立て、シェアを獲る方法だった。オセロの石を白から黒に一斉にひっくり返すような力任せの作戦と言い換えることもできる。

まずはパシフィック電器、サンズエレクトリックなど国内家電トップメーカー各社の工場にオックスのトラック便を横付けする物流作戦に出た。

輸送コストがゼロになったメーカー各社は、取引量を増やし始めた。その後オックスエレキは露骨に家電量販店のライバルを潰しにかかった。四七都道府県全てに店舗がある強みを活《い》かし、メーカー側に優先的に販売促進用のリベートを提供するよう交渉した。

家電事業に参入してから二年後、業界最大手のパシフィック電器が要求を飲んだ。

ビデオカメラや薄型テレビの付属品、高価な補助バッテリーやテレビラックを無償でオックスエレキに提供し始めた。

表面上、他の家電量販店と店頭価格は同一だったが、顧客が細かな値段交渉に入ると、メーカーから無償提供された販促グッズを顧客に回した。一万、二万円と値の張る付属品だけにリベート攻撃は効いた。

他メーカーが販促予算をオックスエレキに集中投下するようになると、全国チェーンの量販店が三つ、経営破綻に追い込まれた。

鶴田は記事の中で、この戦略が独占禁止法違反、つまり「優越的地位の濫用《らんよう》」に該当する疑いが濃厚だと指弾した。大規模小売業者が納入業者に対し、強い立場からリベートを強要しているとかみついたのだ。実態は、後発のオックスエレキの起死回生の作戦だったが、他社を潰した以上、鶴田の主張には正当性があった。実際、滝沢と担当役員が公正取引委員会から非公式なヒアリングを受けた。

家電事業では、他にも書かれたくない事柄がある。オックスエレキが地方都市や大都市に新規出店する際に開催する「利益還元内覧会」の存在だ。

体育館を借り切り、売れ筋家電の九割引セールを一週間実施する。大型店への警戒感を強める地元の中堅・中小電器店に対し、調達力の高さと企業の底力を誇示すると同時に、暗に廃業を促す焼き畑ビジネスだ。実態を暴かれれば、独禁法第二条第九項第三号「不当廉売規制」に抵触してしまう。公取委は、採算を度外視した低価格によって顧客を獲得することは問題ありと常に目を光らせている。公取委のヒアリングが是正勧告、あるいは一気に排除勧告に変わってしまう恐れがあった。

鶴田の筆は手厳しい。ただ、決定的に欠けているのは「自由競争」という名の殺し合いを理解していない点だ。オックスが攻撃の手を緩めれば、たちまち同業他社に寝首をかかれる。企業のエゴと言われようが、強引だとなじられようが、成長を止めるわけにはいかない。

ミラー越しに、会長の表情をうかがった。信友が部下に出している指示を聞きながら腕組みしている。この親子を守り切る。滝沢は無言で頷いた。

5

警視庁本部を後にした田川は、高田馬場駅を経由して自宅のある西武新宿線の小さな駅に降り立った。電車が走り去ると、蒸し暑い熱気が頬《ほお》にかかった。暦は九月に入ったが、都心に近い小さな街は、依然として熱気に覆われている。

午後六時、ホームと改札の周辺には部活帰りの地元私立高校の生徒が溢《あふ》れていた。踏み切りを渡り、新井薬師《あらいやくし》北口商店街に歩を進めた。小さな書店の脇を通り過ぎると、スポーツの盛んな私立東皇《とうこう》学園のゲートが見える。ゲート前にはジャージ姿の学生が群れている。

バス通りを挟んだ反対側には、麻婆《マーボー》豆腐や肉野菜炒めなど、昔ながらの定食を出す中華料理屋がある。厨房《ちゅうぼう》脇の小窓からは、焼き飯の香ばしい匂いが漂う。いつも通りの光景が田川の目の前に広がっている。

「よお、奥さんによろしくね」

高校生の群れの向こう側で、青い帽子を被った果物屋の店主が手を挙げた。この店の奥方は妻と幼馴染みであり、田川が激務に追われているころは娘の梢《こずえ》の世話を家族ぐるみで焼いてくれた。

年に数回顔を合わせるだけだった店主たちとは、町内会の清掃活動や草野球を通じてすっかり顔馴染みになった。

狭い通りを横切ると、新築の低層マンションの一階に、古びた看板と煤《すす》けた緑色の庇《ひさし》が突き出している。庇の奥からはパチパチと揚げ物の音が響いている。相続税対策で店を賃貸マンションに建替えた精肉店だった。真新しい建物と古びた庇がアンバランスだったが、商店街の佇《たたず》まいを壊すまいと店主が苦心した結果だった。

「木口《きぐち》さん、毎度」

田川は、惣菜《そうざい》コーナーでコロッケを揚げていた主人に声をかけた。

「ご注文の品、できてるよ」

「いつも少なくて悪いね」

「なに水臭いこと言ってるの」

木口が揚げ物と格闘している間、主人と瓜《うり》二つの息子が、竹皮に包んだ肉を包装した。

「いくら？」

「おまけして三五〇〇円です」

「産地はどこ？」

揚げ物コーナーに顔を向けると、木口が笑みを浮かべた。

「岩手の奥州牛だよ。最近惚《ほ》れこんでいるブランドだ。震災後は放射線量がどうだので参ったけど、畜産農家は無事だったから良かったよ」

小さな駅前商店街にも否応《いやおう》なく大震災の影響が出た。木口の店でも、一時は牛肉の売り上げが極端に落ちたというが、今は馴染みの買い物客が入れ替わり立ち替わり顔を出し、精肉や手作りの惣菜を買っている。田川は包みを受け取り、通りに出た。

妻の実家近くに家庭を築いて二三年が経《た》った。高校卒業まで西多摩の無機質な団地で育った田川にとって、古い商店街の街並みは故郷そのものになった。

鞄《かばん》と肉の包みを持ち、田川は狭いバス通りを歩いた。大学進学と同時に家を出た娘は、この街を「リアル三丁目の夕日」と茶化したが、様々な人とつながっている実感が強く、田川には心地良かった。

表通りを薄緑色のバスが通過した。田川は表通りを左折し、小路に入った。路地の中ほど、建て売り住宅が四軒並んだ一角に自宅がある。

一番奥の黒いドアを開けると、三和土《たたき》に大きな革靴が見えた。廊下の奥から妻の無邪気な笑い声が聞こえた。

「信ちゃん、おかえりー」

妻のほかに、野太い男の声も響いた。

6

リビングダイニングのテーブルには三人分の食器とホットプレートが用意されていた。肉の包みを手渡すと、妻の里美《さとみ》は目尻を下げ、袋の中を覗《のぞ》き込んだ。

「産地は?」

「岩手の奥州牛だってさ」

娘の梢の定位置では、胸板の厚い男が手酌でビールを飲んでいた。

「お先にやってます」

「今日は非番か?」

「課長が手伝いに行けっていうもんですから、一足先にお邪魔しましたよ」

池本功治《いけもとこうじ》は、悪びれた様子もなくビールを口に運んでいる。捜査一課第三強行犯係の若き警部補は三二歳で、刑事として脂が乗り始める年齢にさしかかっている。

「どうしていつもウチのすき焼きを嗅ぎ付けるかね」

「本職はあくまで課長命令でお邪魔しただけであります」

池本はわざと背筋を伸ばし、敬礼してみせた。

「とにかくお肉をいただきましょうよ」

肉を大皿に盛りつけた里美が割って入った。

「信ちゃん、お疲れさまでした」

里美はノンアルコールビールを田川のタンブラーに注いだ。

「まだ禁酒ですか?」

「向こう三年間、絶対飲むなって肝臓の権威に言われたからな」

田川はビール風味飲料を一口舐《な》めた。

二年前、捜査途中で体のむくみとだるさが取れず、本部から徒歩圏の大学病院に出向いた。検査の結果、急性肝硬変と診断された。γ-GTPが常人の五倍以上の二七〇を指す異常事態だった。

「私は案外嬉《うれ》しいの」

ホットプレートに肉を並べ、里美が言った。肉に薄《うっす》らと焼き色がついた頃合いで、里美は割り下を注いだ。肉が焼ける甘い香りに、醬油《しょうゆ》の焦げる香ばしい匂いが加わった。

「ほとんど帰ってこなかったからな、バチが当たったんだ」

検査当日に緊急入院を強いられた。三カ月間の入院生活を経て、第三強行犯係を離れた。

「所轄勤務を願い出ているのに、許してもらえない」

「地取り鑑取りの猛者は本部に必要なんですよ」

ホットプレートの肉を一気にさらった池本が言った。

事件現場の周辺を丹念に聞き込む地取り、事件関係者のつながりを徹底的に洗う鑑取りが得意なのは事実だ。しかし、酒を飲みながら相手との間合いを詰める独自のやり方は、肝硬変を患ったことで強制的に封印された。

「買い被るなよ」

高卒叩き上げの田川には、キャリアのように事件全体を俯瞰《ふかん》する能力はない。池本のように逃走犯をがむしゃらに追い詰める体力もなかった。誰もが嫌う地味な仕事、地取りと鑑取りに活路を見出しただけだった。

「今日のすき焼きは、手帳の更新がきっかけなの?」

ホットプレートにしらたきを加えながら里美が言った。田川は渋々頷いた。田川家では捜査が始まるときと終結時に鍋を囲むのが定番となっていた。

捜査が始まればほとんど帰宅できなくなる。わずかな時間でも家族との会話を楽しみたいという気遣いだった。捜査が終わったときは、ほとんど家にいなかったことを詫《わ》びる意味合いがある。

「課長のプレゼントは?」

「新品の手帳と大量の蛇腹のメモリフィルだ。相変わらずツボを押さえてるよ」

「また背広が変形するわけね」

溜息交《ためいき》じりに里美が言った直後、池本が豪快に笑い出した。

「スーツの買い替えは田川さんが一番早かったもんね」

「あっという間に手帳が膨らんで、どんどん形崩れするのよ」

所轄署時代からひたすらメモを取り続けた。

先輩刑事の教えを忠実に守った結果、聞き込みに行った家の間取りから家族構成に勤め先、自家用車のナンバー、果ては子供用自転車の防犯登録番号までをも拾い出す。一つの事件が解決するまでに、手帳が三、四冊に達することも珍しくなかった。

「あとはお二人でどうぞ」

里美が自分の食器を流しに運び始めた。池本が訪ねてくるときは、本部で話しにくい事柄を伝えにくるのが常だった。捜査には口を出さない、関連情報を耳にしない。里美は結婚当初から徹底していた。

大きな丼を抱えた池本がぺこりと頭を下げた。里美は前掛けで手を拭きながら、にっこりと微笑《ほほえ》んだ。頭の下がる思いだった。

7

「貰《もら》い物のウイスキーやら焼酎はいつものところにある。好きなだけ飲めよ」

「体が治ったらまた第三に戻ってくださいよ」

「でもな、案外、今のリズムが気に入っている」

田川は本心から言った。

最前線を外れてから一年九カ月の間、自宅の布団で寝起きした。凶悪犯を追う現場に戻り、所轄署の道場で泊まり込んで仕事を続けられるのか。不安に感じているのは事実だった。田川が黙りこくっていると、池本がバツの悪そうな顔で切り出した。

「振られたのは中野駅前の一件ですよね。特命には持っていけないからなぁ」

田川が考えたように、池本も宮田一課長と前任課長の確執に触れた。

「それとなく、第二強行犯にいた奴に聞いたんですけどね。外国人窃盗団の犯行説が浮かんでいたのには理由があるそうですよ」

顎《あご》をしゃくり、田川は先を続けるよう指示した。

「前任課長が歴代課長たちに当てつけた結果だそうです」

「どういう意味だ」

「深大寺《じんだいじ》一家殺人が伏線ですよ」

未解決事件の中でも特大の案件だった。

一〇年前の年の瀬、三鷹《みたか》市深大寺の閑静な住宅街で起きた惨劇だった。休暇に入った一家四人が何者かによってメッタ刺しにされた猟奇的な犯行で、現在も矢島率いる特命捜査対策室が調べを続けている。

犯人の血液型や足跡《ゲソコン》、現場に遺《のこ》した着衣までが判明していたが、数人の容疑者が浮かんでは消え、未《いま》だ犯人は検挙されていない。

「初動から滑ったという話が燻《くすぶ》っていました」

事件解決に時間がかかれば、筋の見立てがおかしい、すなわち滑ったという隠語で揶揄《やゆ》する連中が現れる。実際、第一や第三強行犯係でも陰口が絶えなかった。

「言い出しっぺは公安《ハム》なんですよ」

「公安だって？」

「公安に在籍していた当時の前任一課長が父親の遺体に注目したそうです」

「部外者がどうやって知った？」

田川は首を傾《かし》げた。殺人事件が発生した際、保秘を徹底するため特捜本部でも仏を目にするのは鑑識と管理官、主任警部など数人だけだ。鑑識が撮った仏の写真でさえ、所轄の捜査員には触れさせない。

「相手は秘密警察ですからね」

そう言ったあと、池本は苦そうにウイスキーを喉に流し込んだ。

「殺害された父親の腹が、十文字にパックリと割れていたそうです」

「それと公安がどう関係する？」

「韓国の裏組織の犯行声明と合致するそうですよ」

「被害者《マルガイ》との接点は？」

「父親は会計士でした。普通の企業だと思った客が、半島系ヤクザの日本拠点でしてね。強引に契約解除したら、恨みを買ってしまったわけです。腹を十字に割くってやり口は、仁川《インチョン》の組織特有のサイン、裏切り者への見せしめだとか」

「なるほどな」

「向こうの組織には軍隊上がり、中には特殊部隊経験者もいるようですしね」

田川は腕組みした。仮に公安出身の前任一課長がこの件を根に持っていたとしたら、中野居酒屋強盗殺人事件の際、得意分野から引いてきた不良外国人に関する情報に固執した可能性は十分にあった。

「なんだか面倒な事件ですよ。公安の縄張りかもしれないし」

「嫌なら俺一人でやるよ。警視庁《かいしゃ》の事情は二の次だ」

「分かってますってば。だから俺もこうして来たんですから」

池本が口を真一文字に結び、田川の顔を凝視していた。

継続班に転属した当初は、未解決事件のファイルを開くたびに気が滅入《めい》った。他人の手垢《てあか》のついた事件だったからだ。

一つ目は、板橋の分譲マンションで老女が絞殺された事件を受け持った。

身寄りのない六三歳の裕福な老女が被害者となった。アクセサリー好きの被害者だったため、「物盗《ものと》り目的・行きずり犯行説」で初動捜査が展開された。高価なダイヤの指輪やネックレスが数点なくなっていたことも物盗り説を後押しした。のべ一〇〇名の捜査員が一斉に動いたが、発生から三年経っても有力な容疑者は浮かばず、捜査は暗礁に乗り上げた。

事件を引き継いでから、田川は丹念に老女の交友関係を洗い直した。着手から二カ月目、地元公民館で定期的に開催されていた句会に着目した。

そこで、老女に思いを寄せていた元会社役員の八〇歳の老人の存在が浮かび上がった。二週間、老人の家と付近の住宅街に通いつめた。結果、老人が一方的に交際を求め続け、あげく拒絶されたことで逆上し、首を絞めたことが判明した。亡くなった父に手錠《わっぱ》をかけるようで、気が滅入った。

次に手がけたのは、新宿区戸塚署管内の住宅街で三年半前に起きた強盗殺人だった。白昼、一軒家に侵入した盗犯が、風邪で早退した家主の中年サラリーマンと出くわし、揉《も》み合いになった。賊は玄関にあった金属バットで家主を撲殺し、逃走した。

捜査本部は盗犯データベースから粗暴な手口を得意とする常習犯三名をピックアップしたが、二名には明確なアリバイがあり、一名は服役中だった。

田川は、現場が所轄署同士の境界線近くにあったことに着目した。隣の牛込署、現場に一番近い交番に当たったところ、高校を中退した不良少年グループが浮かんだ。別件で捕まり、少年院にいたリーダー格を問いつめると犯行を自供した。常習犯に固執した捜査本部のミスであり、所轄署同士の縄張り意識の強さが情報を遮断した悪例だった。

このほか、三つの事件を解決に導いた。捜査を進める過程で、田川はそれぞれを自分の事件として消化してきた自負があった。

今度の事件は二人が犠牲になった。それぞれに遺族がいる。犯人逮捕の報告を待つ人たちのために、これから数カ月は捜査に集中する。

田川はタンブラーに残ったノンアルコールビールを一気に飲み干した。

8

「鶴田さん、新しいリリースが入りました」

「私が書くわよ。そこに置いといて」

東京駅丸の内口を見下ろす高層商業ビルの一角で、鶴田真純《ますみ》は取材メモをパソコンに打ち込んでいた。

脳裏にオックスマート柏木会長の苦りきった顔が浮かんだ。冷静沈着な会長が表情を変えたことは、ネタの信憑性《しんぴょうせい》が高いということに他ならない。昨日、待ち伏せした効果は大きかった。東海地方の問屋や、中国地方の中堅スーパーなど様々なネタ元から得た取材データをつなぎ合わせても、マージンに関する情報が相当デリケートな話題であることは確かだった。

「鶴田さん」

線の細い男子学生が鶴田の後ろで表情を曇らせていた。

「なるべく早く記事にしてほしいそうです」

鶴田はリリースを引ったくり、椅子を回転させた。パーテーションの脇で、夕刊を立ててこちらの様子をうかがっていた編集長の羽田《はだ》と目が合った。

「やりますよ」

鶴田はわざと大きな声で言い、パソコンと向かい合った。

『新規出店のお知らせ　クローズ・キング』

リリースには日本最大のファスト・ファッション事業を展開する「クローズ・キング」の名があった。通称クロキンは、格安のカジュアルウエアを主力に据え、一〇年で株式時価総額を三倍にした。

発表資料では、新潟や仙台のほか地方の中核都市に開店する新店舗が二〇カ所挙げられていた。いずれも幹線国道沿いで、三〇〇台規模の駐車スペースを擁する巨大店ばかりだ。

画面を新規作成に切り替え、新規出店数、都市の名前、そして店舗の特徴を記した四〇行程度の短い記事を二〇分ほどで書き上げた。

エンターキーを押すと、鶴田は椅子を回転させた。

「編集長、チェックお願いします」

「原稿処理済み」と書かれたボックスに資料を投げ込む直前、鶴田はもう一度リリースの文字を追った。新たな店舗の近隣には全てオックスマートのＳＣがある。

画面を切り替え、オックスマートのサイトに飛んだ。

「店舗案内」の項目をクリックすると、鶴田は手元のリリースと見比べた。クロキンの新規出店の目玉は新潟、仙台だった。

鶴田はデスクの固定電話の受話器を取り上げ、クロキン広報部の直通番号を押した。愛想の良いベテランの次長が出た。

「問い合わせよろしいですか？」

〈どうぞ〉

「新規展開の件、どこのお店もオックスマートの近くですよね」

〈うーん、ちょっと広報ではお答えできませんね。よろしければ店舗企画担当の役員に取材されますか？〉

「お願いします」

クロキンの動きは不自然だった。合理的な戦略で急成長した企業が、これだけの大規模出店を闇雲に展開するはずはなかった。スケジュール表の余白に、鶴田は「クロキン＝オックス」の文字を刻み込んだ。苦りきった柏木会長の顔を思い浮かべ、鶴田は小さな拳を握り締めた。

9

新たな捜査を命じられた翌日、田川は持ち帰った資料を丹念にメモに写し取った。概要を自らの文字で手帳に刻み込むことで、事件が徐々に自分のものになっていくような気がした。

午前から午後にかけ、田川は一心不乱にメモと対峙《たいじ》した。犯行時刻、現場、そして犯人が逃走したとみられる数パターンの経路を田川は刻み込んだ。

昨夕の段階で、現場となった店に出向く旨を伝えていた。事件当日犯人に左手を斬りつけられた店員が現在は店長に昇格し、捜査に協力してくれることになっている。

事件発生は今から二年前だ。殺人事件の場合、発生から一カ月間を第一期と呼ぶ。この間に被疑者に目星をつけねば、捜査は難航するというのが捜査員の常識だった。

証言は曖昧となり、証拠は徐々に風化していく。関係者を探し出すこと自体が骨の折れる作業の連続となる。今回は幸いにも実際に犯人と接触した当事者と会う。事件は潰れていない。田川はクローゼットから背広を取り出し、一課の刑事にのみ着用が許された赤いバッジを襟元に付けた。

狭いバス通りを新井薬師前駅方向に向かった田川は、西武新宿線の踏み切りを越えた。

腕時計を見た。時刻は午後三時一〇分だった。居酒屋店長との約束は三時四〇分、時間はまだ十分ある。駅前の惣菜屋の陰から、池本が顔を出した。

「お疲れさまです」

「俺と一緒で本当に大丈夫か?」

「課長が根回ししてくれましたからね。久々にデートといきましょう」

背の高い池本を従え、田川は歩き始めた。

駅前交番を過ぎると、バス通りは幾分道幅が広がる。パチンコ店や定食屋、豆腐屋が軒を連ねる南口商店街は、北口同様古びていたが、どの店舗も普通に営業を続けている。

商店街を三〇〇メートルほど進むと、行く手の右側に古刹・新井薬師梅照院《ばいしょういん》が見えた。子育てと治眼、滾々《こんこん》と清水が湧き出る井戸で有名な寺には、幼い梢の手を引いて何度か訪れた。だが、本部勤務の密度が増すにつれ、足が遠のいていた。

「せっかくだからお参りしていきましょうよ」

「祈っても犯人が割れるわけじゃない。行くぞ」

田川は古刹を過ぎ、JR中野駅方向に足を向けた。池本は、物珍しそうに周囲を見回していた。

都心と武蔵野を結ぶ幹線道路の一つ、早稲田通りを越えると雑多な商店街の趣が変わった。

煎餅屋や飴《あめ》屋など新井薬師側は参道の雰囲気を色濃く遺していたが、中野駅に連なる一帯は、猥雑《わいざつ》な飲屋街の色彩が強かった。また、マンションと商業ビルが一体化した「中野ブロードウェイ」は、アニメ好きな若者で溢れかえっている。

田川は池本を従え、小路に入った。「昭和新道商店街」と書かれた看板のアーチを潜《くぐ》り、カラオケスナックや焼き鳥屋が連なる小径《こみち》を進んだ。

田川は歩みを停め、背広から手帳を取り出した。蛇腹のメモを広げ、逃走経路に関する記述を探した。

「地取りの鬼、早速なにかアンテナに反応がありましたか?」

「うるさいよ」

現場となった全国チェーンの居酒屋から犯人が逃走したルートは、中野駅方向へ続くサンモール商店街を直進した南コースが一つ。

二つ目は、サンモール商店街から中野ブロードウェイ入口脇の小径を抜け、中野サンプラザに面した中野通りに抜ける西の逃げ道だ。このルートに関しては、遺留品があったことで最重要視されていたが、確定ではなかった。

最後は昭和新道商店街の入り組んだ小路を抜け、早稲田通り方向に抜ける北方向への経路だった。

「こりゃやっかいだな。どれも怪しい」

いつの間にか、池本がメモを見下ろしていた。田川は周囲を見回した。

「若い奴らが酔ってふざけることもあるだろう。逃走犯にダブって見えても不思議じゃない」

「目撃者を見つけるのは容易じゃないですよ」

田川は人通りの少ない小径を中野駅方向に進んだ。

道の両脇には放置自転車があり、人同士のすれ違いも難しい箇所さえあった。横柄な態度の中年男と肩をぶつけた池本は、露骨に舌打ちしていた。

小径を二〇メートルほど進むと、中野サンプラザの三角ビルが見えた。道の左側には、全国チェーンのカラオケボックスがあった。料金を記した毒々しい色の看板が路地にはみ出している。

道路の反対側には居酒屋があり、紫を基調とした看板には「海鮮居酒屋　月の舞」の文字が出ている。看板の横からは「ネットカフェ🈂」と大木に寄生するキノコのような格好で看板が突き出ていた。

「香港かバンコクの裏街って感じですね」

「この店の先だな」

電柱の住居表示で「中野区中野5丁目……」を確認し、田川はサンモール商店街の方向に歩を進めた。

オレンジ色の看板に前衛的な書体で描かれた「倉田や」の文字が見えた。問題の現場だった。田川と池本は半開きのシャッターをくぐった。

薄暗い通路の先で、強盗殺人事件が発生した。田川が辿《たど》った細い道を二人の犠牲者が搬出された。立ち止まり、合掌してから奥に進んだ。

10

薄暗い通路を進むと、合板で囲われたレジカウンターが現れた。田川と同様、背の低い店長の姿が見える。

レジの横には、高さ二メートルほどの煙草《タバコ》の自動販売機が設置され、その奥が客席のようだった。田川と池本は警察手帳を取り出し、店長に向けた。伝票整理を中断した店長が笑みを浮かべた。

「すみませんね、担当が替わったもので」

おどけた調子で池本が告げた。

「構いませんよ。なんだか刑事ドラマの再放送みたいですね」

自分は再放送の中から手掛かりを探し出すのだ、田川は喉から出かかった言葉を飲み込んだ。

「お役に立てるかどうか、自信ありませんよ」

店長は天井から吊《つ》られた防犯カメラを指した。

「事件のあとに付けました」

「こちらの都合で申し訳ありません」

田川は頭を下げ、周囲を見渡した。

「防犯カメラ以外、レイアウトは当時と一緒ですか?」

「ええ、この傷もですがね」

店長は左手の甲を田川の眼前に差し出した。親指から小指にかけて、ミミズ腫れのような傷跡があった。

「痛かったでしょう。何針でした?」

「一五針、指の腱《けん》を傷つけられなかったのが幸いでした」

傷跡を一瞥し、田川は手帳の凶器の欄に目を向けた。犯人は刃渡りの長い刃物を保有していた。傷跡を見る限り鋭利なナイフ、あるいは包丁で間違いない。犯人はカウンターに置かれた店員の手を刃物で斬りつけたとメモに記述があった。

「犯人はこの位置に立っていた?」

右手に鉛筆を持った田川は、店長の方向に向けた。

「そうです。右手に刃物を持ち、私の手の甲をいきなり斬りつけたあと、左手で現金を鷲掴《わしづか》みにしました」

「刃物の握り方はどうでしたか?」

「握り?」

「鉛筆を刃物に見立てて、握ってみてくださいませんか」

店長は怪訝《けげん》な表情で鉛筆を受け取った。鉛筆の先端が親指と人差し指の間から突き出ていた。バナナを口に運ぶときと同じ握り、順手持ちだった。

「こんな感じでしたかね」

店長は自信がなさそうだった。

自分の身に危険が迫ったとき、視界に入っていた事柄でも脳が記憶しているのは二割から三割に過ぎない。証言者の思い込みを潰す意味でも、聞き込みは丹念に行うのが田川の信条だった。

「本当にそういうグリップでしたか？」

「おかしいですか？」

「ちょっと失礼」

田川は店長の左手を摑み、ミミズ腫れ状の傷を指した。傷の中心には溝が出来ていた。親指の周辺の切り口が深く、小指にかけては傷跡が浅くなっていた。

「おかしいな」

店長から鉛筆を取り上げると、田川はそれを握った。拳の下に鉛筆の先を向けた。ドラキュラ伯爵の心臓に杭《くい》を打つときと同じ持ち方だった。

「逆手持ちという握り方です」

田川は、握った鉛筆をカウンターの伝票ファイルに突き立てるように振り下ろした。

「この握りだと刃の動きが傷跡と一致すると思うのですがね。順手持ちならば、小指周辺の傷が深くなっているはずです」

「そう言われれば、そうだったかもしれません」

店長の傷は犯人が特異な刃物の握り方をした証拠だった。

逆手持ちならば、最初に刃が肌に触れる親指近くの傷が深くなる。順手持ちならば、親指近くにできるのはかすり傷で、刃が通り抜ける小指の付近に力の籠った痕が残るはずだ。

田川は手帳の凶器の欄、余白に「逆手持ち」と刻み込んだ。

チンピラが相手を威嚇するような場合は、刃物の先端を突きつける。だが、この店の場合は事情が違った。逆手持ちは寝入っている人間、あるいは倒れている相手を確実に死に至らしめるグリップだ。逆手で刃物を振り下ろせば、強い力が籠る。

捜査資料では得られなかった収穫だった。傍らの池本が口を開いた。

「それで、訛《なまり》の強い英語でマニー、マニーだったわけですね？」

「ちょうど高円寺店と阿佐ヶ谷店の売上金が集められた直後でしたからね。どこからか後を尾《つ》けてきたのかもしれません」

「話し方に特徴は？」

「新宿や池袋あたりにたむろする不良アジア人っぽい感じでしたかね」

「中国、それとも韓国人？　それともベトナムとかタイとか」

「そこまでは分かりません。ただ、当時も今も、中国人ギャングやら、留学生崩れの不良がいっぱいいるじゃないですか」

二人のやりとりを聞き、田川は手帳に「？」の印を付けた。刃物の持ち方と同様に、店長の口ぶりは正確さに欠けていた。

当時、公安上がりの捜査一課長、そして捜査指揮官だった矢島は中国人、あるいは韓国人との筋を見立てた。だが、田川は外国人と断定できる段階にはなかった。そもそも犯人は目出し帽を被っていた。わざと外国人風のイントネーションで話した可能性もあった。あとは周辺の店で地取りをするしかない。

店長がレジのボタンを押し、蓋を開けた。

「こんな風に札を差し出しましたよ」

店長は手振りで架空の札を集め、田川に差し出した。メモに目を向けた。被害金額は五八万円だった。

「犯人はどんな感じでお金を?」

「黒いジーンズのポケットに押し込みました」

「数えていましたか?」

田川の問いに店長は一瞬目を閉じ、すぐに口を開いた。

「そのままポケットに入れましたね。間違いないです」

「お札は一万円札? それとも千円札?」

「万札でした。だって、レジの万札箱から摑んで渡しましたから」

店長は明快な口調で言った。同時に、レジの黒い箱を指していた。この記憶に間違いはなさそうだ。田川は手帳の金額の項に「○」を記した。

「全国チェーンの居酒屋さんだから、メニューの管理とかは大変なんでしょうな」

田川は突然話題を変えた。眼前の店長は小首を傾げた。池本も同じだった。

「本部の仕入れコスト、単品メニューの値段も始終変わりますよ。それに最近は極端なデフレですから、特に定番の商品は競合店の動きを見て頻繁に値段を下げています」

「鶏《とり》の唐揚げとか、海鮮サラダとかですか?」

「そうです」

店長はここ一年程度の主要メニューの値段推移をスラスラと言った。

「さすがですね」

合格だった。店長の記憶力に間違いはない。ただ、それは目に見える部分、それも限られた要素だけだった。

11

田川は腕時計に目をやった。午後三時五五分になっていた。

「開店準備は大丈夫ですか?」

「お気遣いなく。厨房にはパック詰めにされた食材が搬入されますから、仕込みに手間はかかりません」

「パック詰め?」

池本が素っ頓狂な声をあげた。

「セントラルキッチンで食材をパックするんですよ。定番メニューのモツ煮込みなど、加工業者から仕入れたレトルトも一括購入していますしね。現場では、メニューごとに封を切るだけです」

店の都合に気を遣っただけだったが、店長からは意外な答えが返ってきた。

一品三〇〇円前後のつまみを店ごとに調理していたのでは割高になるということだ。画一的な強い味付け、化学調味料がふんだんに使われた料理は好みではなかった。木口精肉店のように、作り手の顔が見える方が安心だと思った。

メモをめくり、田川は言葉を継いだ。

「被害者についてお聞きしますが、赤間さんと西野さんはどちらに？」

「こちらにどうぞ」

レジカウンターの出口には大きな自販機があり、田川の側からは通路と客席が見えなかった。体を傾けた田川は、店長の姿を探した。

「こちらですよ」

声の方向に足を向けた。レジ前から四歩ほど左に進むと、薄暗い通路が見えた。

「私を襲ったあと、犯人はこちらに来ました」

店長は澱《よど》みなく言った。通路は一メートル程度の幅しかなかった。通路左側には、襖《ふすま》二枚分ほどの簾《すだれ》がかかっていた。

「目隠しですな。事件当時も？」

「そうです。血が付いた簾は処分しましたけどね」

店長は個室脇にあった紐《ひも》を引き、簾を巻き上げた。

据え付けテーブルと、座り心地の悪そうな椅子が見えた。効率的に客を詰め込み、売り上げをあげる仕組みのようだった。座席を指しながら、池本が口を開いた。

「この席に赤間さんが？」

「はい」

席に座った田川は、メモにレジカウンターと客席の位置関係を示す簡単な見取り図を記した。

「売上金を強奪したあと、犯人はこちらの客席に来たわけですね？　簾はどうなっていましたか？」

「覚えていません。ただ、レジから出てくると、既に赤間さんが仰向けに倒れていました」

田川は捜査資料にあった写真を頭に思い浮かべた。

座席からずり落ちる形で、赤間は狭い通路に足を投げ出していた。首の左側、頸動脈《けいどうみゃく》が切られた上、刃物が深く首の内部を抉った。止血する間もなく、赤間は大量失血によるショックで絶命した。

「西野さんはどこに？」

「隣です」

店長は通路を奥に進んだ。赤間が座っていたボックスと同じ造りだった。

「西野さんが斬りつけられるところは目撃されましたか？」

田川が尋ねると、店長は口元を押さえながら頷いた。

「西野さんの席の簾はどうでしたか？」

「物音に驚かれたのでしょう。西野さんは簾から半身を通路に出された瞬間犯人と目が合い、直後刺されました」

「西野さんはどちら側に座っていたのでしょうか？」

「こちらです」

店長は入口から遠い方の席を指した。ボックス席に座ると、田川は簾を降ろした。

「こんな感じだったのでしょうか？」

田川は大げさに立ち上がり、簾を肩に乗せ、通路に半身を突き出した。店長が頷いた。

「ナイフの握りは？」

「先ほど刑事さんが言った逆手持ちだったかもしれません」

「犯人は店長から受け取った金では足りず、客席にも押し入った」

狭い通路、レジの方向を見ながら田川が言うと、店長がなんども頷いた。

「お二人から財布や携帯電話、それから小さなショルダーバッグも奪い取っていきました」

「よほど強欲だったんだ」

宮田が持ち込んだ資料にも、店長が語ったことと同じ内容が記載されていた。

「ここでも犯人は『マニー、マニー』と二人をどやしたんですね？」

「いえ、無言でした」

「いきなり斬りつけた？」

「赤間さんのときは見ていませんでしたが、西野さんに襲いかかる際は無言で斬りつけていました。これははっきり覚えています。その後、ジャケットの内ポケットから財布と携帯を抜き取っていました」

店長は明確に言った。田川は小首を傾げた。

「本当に聞いていませんか？」

「聞いていません」

もう一度、店長は言い切った。田川は手帳を持ったまま、腕を組んだ。目の粗い紙ヤスリで頬を撫《な》でられたような不快な感覚だった。

12

狭い通路に立った田川は、赤間と西野が座っていたそれぞれの席を見た。

「おかしいな」

田川は早足にレジカウンターに戻った。怪訝な表情で店長が後を追ってきた。

「マニー、マニー」

田川は犯人が最初に店長に斬りつけたカウンターで言った。気を利かせた店長は素早く煙草の自販機脇からカウンター内部に滑り込んだ。

「そんな感じでした。ただし、もう少し背が高かったですけど」

店長によれば、黒の目出し帽を被った犯人は身長一七〇センチから一八〇センチくらいだ。田川はカウンターの前で飛び上がった。だが、煙草の自販機が邪魔になり、通路は見えなかった。

「池、ここから客席を見てくれ」

背の高い池本がカウンターの前に立ったが、即座に頭を振った。

「自販機が邪魔で見えません」

「ここからボックス席は見えませんよね。この自販機、事件当日はどこにありましたか?」

「ここです。位置はずっと一緒です」

「犯人はどうして客席に回ったのでしょうか?」

「さぁ」

田川は首を傾げた。犯人は金を奪った。大方の目的を達したはずだ。犯人は金の束を一瞥したのみで、ポケットにしまい込んだ。

「よほど欲張りだったんですよ」

顔をしかめた店長が言った。田川はカウンターから手を離すと、ボックス席のある細い通路に再度足を向けた。

「赤間さんの席の簾が降りていたか、上がっていたかは定かではないが、とにかく犯人は赤間さんの金も奪おうと斬りつけた」

田川は鉛筆を逆手に持ち、簾の前で振り下ろした。

「異変を察知した西野さんが半身を出したところで、グサ、か」

田川は隣のボックスに移動し、もう一度逆手に持った鉛筆を振り下ろした。

「西野さんを刺したあと、犯人は財布を抜き取った。中身を確認していましたか？」

店長は強く頭を振った。

「残忍で強欲な犯人は、居合わせた客を次々と手にかけた、か」

田川自身、強盗や窃盗犯を追いかけるプロではない。捜査一課で強盗を受け持つ第六強行犯係、あるいは窃盗犯を専門に追う捜査三課に在籍した経験はない。

所轄署時代も盗犯係にいたのはわずか一年だ。この種の事件で犯人がどのような心理状態にあったのか想像が難しかった。池本に目をやると、肩をすくめていた。

「考え過ぎか」

田川はぽつりと呟《つぶや》いた。同時に、蛇腹メモを繰った。いざ現場に立ってみると、引き継いだ捜査資料に違和感があった。

先ほど、赤間と西野を次々に刺した犯人が前置きなしに刺したと聞かされたときもそうだった。しかもレジカウンターからは、煙草の自販機が邪魔で客席は見えない。生え際がすっかり後退した額に、ぽつぽつと脂汗が浮かんだ。暑さのせいではなかった。田川はハンカチで額を拭い、言葉を継いだ。

「もう一点おうかがいします。亡くなった赤間さん、西野さんは常連でしたか？」

「お二方ともに初めておいでになった方々です」

「どうして初めてだと？」

「私、開店当初から足掛け五年ずっと勤めています。お二人とも、私の知る限りではお見かけしたことはありません」

「二年前、捜査員に伝えましたか？」

「いえ、聞かれませんでしたから」

田川は顔をしかめた。先ほどから感じ始めた違和感が、次第に嫌な予感に変わりつつあった。海辺で転び、口の中に砂の粒が入ったような感覚だ。

「それぞれお待ち合わせの様子だったような気がします」

「根拠は？」

「事前に午前一時半ということでご予約をいただいていましたから」

「そんな遅い時間に？」

「芸人さんやドラマ関係者の飲み会は深夜スタートが当たり前ですから」

「二人は個別に予約を入れていたわけですね？」

「お待ちください」

店長は再びレジカウンターに入ると、棚から古びた大学ノートを取り出した。

「これです。えーと、事件前に予約が入っていたはずですから」

ノートを覗き込むと、様々な筆跡で書かれた文字が見えた。

「事件の一日前つまり、日付が変わる前に電話をもらったようですね」

「ようですね、とは？」

「当時のアルバイトが予約を賜っています」

店長はノートの隅に書かれた丸い文字を指した。「九／一五　丸山《まるやま》」という名前の横に、「赤間様〇一時三〇分　／受付：一六時〇八分　二名様」、「西野様〇一時三〇分　／受付：一六時一一分　二名様」と記されていた。

その横には、一から二〇までの番号が振られた座席表のメモが貼り付けてある。赤間は「1」、西野は「2」の枠に名があった。田川はそれぞれの予約時間を書き留めた。

赤間は仙台市在住の獣医師、そして西野は新宿区大久保の産廃業者だった。二人に鑑のつながりがあるとは思えない。しかし、予約時間はわずか三分差だ。田川は首を傾げた。

「二人は自分で予約の電話を入れたのでしょうか？」

「さぁ、どうでしょう」

店長は肩をすくめた。

「この丸山さんに連絡を取りたいのですが」

「大学を休学したあと、インドに行きました。滞在先に心当たりはありません」

胸の中に芽生えた違和感は、もはや決定的な疑念へと変質した。

「入店後、二人はどんな様子でしたか？」

田川の問いに、店長は腕を組んで考え始めた。

「奥の大きなボックスで打ち上げが二件入っていたので……ちょっとお待ちください」

店長は別のノートを取り出し、勢い良くページをめくった。

「当日の注文をプリントします」

店長はレジのキーボードにデータを打ち込み始めた。

「売上データは本部に記録してありましてね」

店長がキーボードに触ってから一分ほど経つと、レジから紙が吐き出された。店長は紙を引きちぎると、何度も頷いた。

「赤間さんは午前一時二〇分に、西野さんは一時三五分に入店されています」

田川が手を伸ばすと、店長がレシートを差し出した。

「店員が手元の端末で注文をとると、記録が残ります。これによると、赤間さんはなにもオーダーせず、西野さんは生ビールを一杯注文されていますね」

「二人とも誰かを待っていた様子だったわけだ。これ、もらってもよいですか？」

「どうぞ」

田川は紙片を手帳のポケットに挟み込んだ。もやもやとした違和感は、田川の胸の中で急速に膨らんだ。疑念は形を変え、胸の中で黒い塊となった。

「二人はすんなり店に辿り着きましたか？」

「どういう意味ですか？」

「ここは小径が入り組んでいます。迷ったということはありませんか？」

「でも、西野さんは店のホームページから印刷した地図を持っていらっしゃいましたし、赤間さんは、小さな紙切れに住所を書いたメモをお持ちでしたから」

店長が明快な口調で告げた。田川は首を傾げた。

「お二人ともに、自分で予約を入れたかは定かではない。でもそれぞれ連れがいたようですね」

田川はカウンターに置かれた予約ノートを指した。店長が頷いた。

「二人は誰かと待ち合わせしていた。しかし、待ち人は来ず、その間に刺された」

田川は頭に浮かんだ言葉をそのまま口にした。

「それがなにか?」

「二人の連れが、先に入った二人に連絡してきた、そんな様子はありませんでしたか? 例えば、店の電話にかけてきたとか?」

「あの日は、満員でばたばたしておりましたが、電話で問い合わせを受けたという記憶はありません」

「色々と参考になりました。開店前にお手数をおかけしました」

田川は深く頭を下げ、出口に足を向けた。既に他のスタッフが出勤し始めたのだろう。半開きだったシャッターが上がっていた。

「単純な強盗殺人じゃないとしたらどうだ?」

西陽が射し込み始めた小径に出た瞬間、田川はそう口にした。

「その気配が濃厚になってきましたね」

「深夜に呼び出され、しかもそれぞれの連れは遅刻だ。不自然じゃないか?」

池本が顔をしかめていた。田川は背広の襟を正したあと、毒々しい色の看板を見上げた。

13

田川と池本は手分けして「倉田や」の並びにある「海鮮居酒屋　月の舞」、向かいにあるカラオケボックスを訪れた。だが、双方ともに事件後にできた店で、手掛かりを得ることは物理的に不可能だった。池本が肩をすくめてみせた。

田川は先ほど訪れた「倉田や」のオレンジの看板に目をやり、溜息をついた。そのとき、「月の舞」、「ネットカフェ♨」の看板下を、買い物袋を両手に下げた細身の男が通った。細身の男は、「月の舞」が入居する雑居ビルの奥に消えた。田川と池本は顔を見合わせた。

「スナックが入っていたよな」

田川と池本は男の後を追った。「月の舞」の入口脇に、暗い玄関ホールのような場所があり、埃《ほこり》にまみれたポストが見えた。

暗い玄関ホールを抜け、田川は奥を目指した。五メートルほど進むと、くすんだ紫色の看板が灯《とも》っていた。店の名は、「スナック　えんじぇる」。看板横には空き瓶が詰まった箱と生ビールのタンクがあった。廊下の奥に別の通用口があり、「倉田や」、カラオケボックスが面する小径が見えた。田川は、ドアノブに手をかけた。

「こんにちは」

錆《さび》が浮き出たドアを開けると、店の奥が薄らと明るくなっていた。目を凝らすと、先ほどの男がいた。白いワイシャツ、黒いベストを着ていた。バーテンダーのようだ。

「七時からっすよ」

バーテンダーはくわえ煙草で帳簿をつけていた。田川は警察手帳を男に向けた。

「野方署の人？」

男は迷惑そうな口調で言った。池本が肩をいからせた。相棒の脇腹を肘《ひじ》で突いた田川は、カウンターに歩み寄った。

壁にはガラスの戸棚があり、安物のウイスキーや焼酎のボトルが所狭しと置かれている。三〇〇〇円程度で何時間も居座り可能な店のようだ。

「本部の人間ですけどね。今度、『倉田や』の事件を担当することになりました」

値踏みするように顔と手帳を見比べた男は、口を開いた。

「事件のあと、ウチにも刑事さんがみえましたよ」

「このお店は営業していたんですね？」

「午前一時に閉めちゃうんで、正確に言えば事件の直前まで営業していたってことっすね」

「あの日も午前一時に？」

男は帳簿をめくった。営業日誌も兼ねているようだった。一〇枚程度遡《さかのぼ》ったところで手を停めた。

「いえ、あの日は午前零時で閉めていますね。客がいなくなったんで、ママの指示で俺は早めに、そうだな零時半には引き揚げました。ケチなんでね。あの日は女と新宿で会うことにしてたから、覚えてますよ」

「あなたは聞き込みにきた警官にその話をしたわけですね」

「そうっすよ」

「従業員はあなただけ？　他に女の子は？」

田川の問いに、男はもう一度ノートに目をやった。

「バイトの子がいたけど、俺と一緒にあがってますね。ママは客と一緒にアフター行っちゃったし、ほら、アフターのAって書いてありますよ」

田川は目を凝らした。たしかに、日付の後ろに小さな文字があった。

「事件発生時、店は空っぽだったわけだ」

「チーママが残ってましたよ。たぶん、帰ったのは三時くらいじゃないかな。彼女、いつも後片付けやってるから」

「本当かい？」

「だって、『倉田や』から男が飛び出してくるところを見たって言ってましたよ」

「なんだって？」

田川は無意識のうちに手帳を取り出した。池本はカウンターに両手をつき、身を乗り出していた。

14

「チーママの名前は？」

田川は鉛筆を構えた。

「ナツヨさん。奈良の奈に、三重県の津、時代の代で奈津代です」

嬉しい誤算だった。この人物に当たれば、店長から聞いた供述をさらに補強できるかもしれない。半面、腹の底から怒りが沸き上がってきた。

事件当日の午後、バーテンダーの証言を聞いたあとは、警察官は誰も訪ねてこなかったという。

強盗殺人のような凶悪事件では、機動捜査隊が発生直後に付近一帯を捜索し、翌日以降は捜査一課と所轄署捜査員が二人一組のコンビで聞き込みに回る。

住宅地図を手渡され、何丁目何番地から何番地までは何班、その隣の区域は別の班といった具合に、人海戦術で目撃情報を根気強く潰していく。

地図上の住居や店舗を全て当たり、地取りは終了する。この際、五人が暮らす世帯ならば家族全員、商店ならば全ての従業員から証言を得るのが地取りの鉄則だ。

一日中家にいる機会の多い老人ならば物音を聞き、不審者を見る機会が多い。逆に、サラリーマンが帰宅時に不審者とすれ違う公算もある。

商店も同じだ。早番勤務と遅番では、接する人間が違う。多数の人間がいれば記憶違いが生じたり、警官に口を噤《つぐ》む者が出てくる。このため、全員を当たる必要があるのだ。

この事件はあまりに地取りの精度が悪かった。型通りに聞き込みをやっただけだ。

駆け出し時代、田川が手抜きを見抜かれたときは、担当区域全員の証言を得なければ捜査本部に入れてもらえないことさえあった。最近は、捜査指揮官や地取り責任者が地道な捜査を軽視している。だから検挙率が下がるのだ。

田川は怒りを抑え込んだ。気を利かせた池本が口を開いた。

「チーママの本名は?」

「よく分からないなぁ。昔は赤坂にいたらしいけど、流れ流れてこんな所まで来たから」

すると、男がいきなり口を閉じた。池本の背後からかすれた声が聞こえた。

「おはよ」

振り返るとブラウンの髪の女が立っていた。女は、怪訝な表情で田川と池本を見下ろしている。

ノーメークで眉毛がなかった。蛍光灯の光に照らされた髪にも艶がない。女の顔には疲労が色濃く浮かんでいた。実年齢は三五歳程度だろうが、張りのない肌は五〇歳以上に見えた。

「誰?」

「桜田門の刑事さんですよ。『倉田や』事件の捜査ですって。奈津代さんです」

「それで?」

奈津代はバーテンダーと話し続けた。

「警視庁捜査一課の田川と申します」

「警察って嫌いなんだよね。特にさ、生活安全課《セイアン》の連中」

「男が店から飛び出したときの状況、詳しく話してくれよ」

池本が鋭い目つきで女を睨み返した。カウンターの下で、田川は池本の脛《すね》を蹴飛ばした。

「ビールもらってもいいかな」

カウンターに千円札を置くと、田川は奈津代に顔を向けた。

「ご迷惑なのは承知しています」

奈津代に席を勧め、田川は頼み込んだ。奈津代は渋々座った。田川は奈津代のタンブラーにビールを満たした。

「どのような経緯で男を見たんですか?」

「空きタンク」

「どういうことでしょうか?」

「店の入口、看板脇にあったでしょ。アレのことよ」

ビールを半分飲んだ奈津代が言った。

「後片付けはいつもあたし。あの日も洗い物やドリンクの補充をしていたの。バイトの子は時給だけど、あたしは月給だから」

奈津代は苦そうにビールを喉に流し込んだ。不平不満の塊が服を着ているような女だったが、供述の内容は具体的だった。

「空きタンクを外に出しておけば、翌日酒屋が補充してくれる、そういうことですね」

「そう」

「タンクを通路に出したとき、男を見たわけですね。どちらに行きましたか？」

「サンモール商店街の方向よ。慌てていたんじゃないの？」

田川は必死でメモを取った。

「ここは少し奥まっていますけど、どうして男の様子を知ったのですか？」

「食い逃げかと思ったのよ。あの店、よく貧乏学生がやるから。ヒマだったから、後を尾けてみたの」

メモを取っていた鉛筆がぴたりと停まった。女の顔を見た。大げさに言っている様子はない。奈津代の変化を見逃すまいと、池本がだまって睨み続けている。

「尾けたというと、サンモールまで？」

「そうよ。あとで店長に金一封もらえるかと思ってね。あたし、あの店には一人で仕事終わりに行くからさ。実際、あんな事件だったから、しばらく『倉田や』には行けなかったけどね」

特大の目撃証言だった。想定ルートは三つあったが、眼前の無愛想な女は、ずばり特定してみせた。

「サンモールから男はどこに？　中野駅の方向？　それともブロードウェイ？」

「ブロードウェイの方向に行ったわ。そのあと、入口近くを左に曲がるところで、手に持っていたなにかを捨てた」

田川は蛇腹の別ページを繰り、遺留品の記述を探した。機動捜査隊が発見した目出し帽は、奈津代が言った通りの場所に遺棄された。目出し帽のことはマスコミ発表されていない。奈津代は目出し帽とは特定しなかったが、証言の信憑性は高い。

「顔は？」

「見てない。暗かったし、走ってたもの」

「着ていたものとか、靴とかほかに覚えていないですかね？」

「黒っぽいシャツかなにかだったと思う。足元までは見てないわ」

田川は一旦奈津代を遮り、懸命にメモを記した。すると、奈津代が口を開いた。

「あの男、中野通りで待っていたクルマに乗ったんだよね」

田川は唾を飲み込んだ。池本の喉もゴクリと大きな音をたてていた。

「車種は？」

「ベンツのクーペだった」

「高級車のメルセデス・ベンツですね」

「そうよ」

「色は覚えていますか？」

「暗かったからね、正確には覚えていないわ。でも、白や赤じゃなかったのはたしか」

「ナンバーは？」

「たしか練馬だったと思う。あ、そうだ、多分だけど、女が運転していたわよ」

頬が強張《こわば》ったのを感じた。実行犯に共犯《レツ》がいた。

「女の姿を見た？」

「見てない。でも、そろりと発車したから、印象に残っていたの。だって、あんなベンツ乗る連中、この辺りでは大概がホストだもの。新宿のホストはこの近所にねぐらがあるのよ。奴らの運転は荒っぽいけど、あのベンツは違った」

「なるほど、それで女だと」

「もう一つあるわ。後ろの座席とリアウインドーの間に腕カバーが載っていたの」

「腕カバー?」

「日焼け防止用のUVカットの腕カバーよ。男はあんなもの使わないでしょ」


特捜本部がこの情報を二年前に摑んでいたら、捜査方針は大きく変わっていた。田川は唇を嚙《か》んだ。先ほど「倉田や」で感じた疑念は、決定的となった。

ベンツを乗り回す共犯者が存在した。果たしてそんな人物が居酒屋を襲うだろうか。まして、レジの売り上げだけでなく居合わせた客の財布を狙って次々に刺し殺すほど金に困っていたのか。


「写真をみたら、車両を特定してもらえますかね?」

「多分、大丈夫よ」

「近々にご連絡を差し上げますので、警視庁本部までご足労願えませんか?」

「あたしが行くの?」

「事件解決の重要な手掛かりとなり得るのです。なにとぞお願いします」


田川はカウンターに両手をつき、額を押し付けた。左側で、慌てたように池本も頭を下げていた。

15

六階の大部屋に戻った池本と別れ、田川は五階の自席に腰を下ろした。時刻は既に午後六時近くになっていた。田川は手帳を引っ張り出した。蛇腹メモを広げると、新たな手掛かりに見入った。

まずは逆手持ちだった。田川は隣席の同僚に顔を向けた。

「悪いけど、インターネットで『逆手持ち』って言葉を調べてもらえないか」

「はいよ」

隣席の同僚は、捜査三課で長年盗犯を追い続けた立原恭三《たちはらきょうぞう》警部補だった。

噂《うわさ》では、捜査方針を巡って参事官を殴り、継続捜査班に回されたようだ。田川と同様に職人気質《かたぎ》で、警視庁管内はもとより首都圏の主立った窃盗犯の手口は全て頭に入っていると聞かされた。年齢は田川より三つ下の四四歳だった。

「出たよ」

立原は画面を手際よくプリントアウトし、田川に手渡した。

自衛隊の元レンジャー部隊経験者が記した写真入りの解説だった。紙面には、大型のサバイバルナイフを順手で持つ写真、そして問題の逆手で持つ写真があった。リバース・グリップとも書かれていた。

「やっかいな事件を任されたらしいじゃない」

「そうなんだ。犯人《ホシ》はこのグリップで犯行に及んだ」

田川は解説に目を向けた。「日本の古武道のほか、内外の様々な軍隊の特殊部隊で教わる」と記してあった。

ナイフの刃を拳の下に突き出して構えることで、接近戦で拳を使って相手を殴ることができるうえ、殴ったあとに斬りつけることも可能だと指摘していた。

「昔、山手線の車内で韓国人スリ団をパクったとき、何人かがこの持ち方でナイフを振り回しやがって往生したよ」

「軍隊経験者だった?」

「そうだよ。こんな握り方をする奴は、ある程度絞り込まれるはずだ」

田川の背後から立原が資料に目を向けていた。

「妥当な筋読みだよ」

老練な泥棒刑事が断定口調で言った。田川は蛇腹メモをめくり、腕を組んだ。

「金に困った男が居酒屋を叩いた。しかも居合わせた客を殺して財布も奪った」

「引っかかる言い方だね。別のネタでも引いてきたの?」

「居酒屋を叩く奴が、ベンツのクーペで逃げるか?」

「なんだそりゃ?」

「目撃者《マルモク》がいたのさ」

「ベンツを見たわけか」

「ベンツに乗るような金持ちが、たかだか五八万円の売上金を狙うか?」

「滑っていた公算が大ってわけだ」

「地取りがなっちゃいない」

田川は現場周辺での聞き込みの経緯を立原に伝えた。

「特捜の指揮官は誰だった?」

「矢島さんだ」

「それはまずいなぁ」

捜査一課の組織内で、田川の直属の上司は建前上、矢島理事官になっている。年齢は四四歳、キャリアの警視だ。

「課長直々の案件とはいえ、報告書は一応ヤッチャンの所にも出すわけだよね」

「二人の微妙な関係は知ってるだろ？　俺の身にもなってくれよ」

「強盗殺人は全くの筋違い、計画犯罪だったぞ、このボケって言うわけだな」

立原が声を潜めて言った。口元は笑っているが、目付きは憐《あわ》れみの色を浮かべていた。

「俺もその可能性を考えている。強盗殺人で突っ走ったから、被害者の鑑取りもろくにやっていない」

亡くなった赤間、そして西野に関しては、職業や本籍地、現住所などわずかな情報しか資料にない。なぜ居酒屋にいたのかという重大な要素がごっそりと抜け落ちていた。

「徹底的に鑑取りした方がいいね。被害者はどんな人間なの？」

捜査資料を繰った田川は、被害者のプロフィールを立原に読ませた。

「二人とも、ほとんど同じ時間帯に居酒屋に予約を入れている。推測だが、誰かが二人を呼び寄せるために予約した」

「接点は？」

「現状はない。でも、こんなものアテにならんよ」

特捜本部が残したファイルを叩きながら、田川は言った。再度、口の中に細かい砂粒が入ったような嫌な感覚に襲われた。綺麗《きれい》な水で口をすすぐように、事件を根本から見つめ直す。田川は背広を羽織った。

第二章　鑑取り

1

　五階から六階へと階段を駆け上がった田川は、特命捜査対策室に足を向けた。窓際のデスクに目をやると、矢島は若い捜査員と顔をつきあわせていた。

　矢島は眉根を寄せ、顎《あご》を突き出して若手を睨《にら》んでいる。現場経験の少なさから、常にノンキャリアに虚勢を張るお決まりの表情だった。田川が聞き耳を立てると、五年前に発生した多摩地区の薬局での殺人事件の経過報告を受けていた。

　田川は咳払《せきばら》いしながら、若い捜査員の肩越しに様子をうかがった。矢島は地図を見ながら頷《うなず》いていた。

「理事官、少しいいですか?」

「急ぎでしょうか?」

　縁の尖《とが》った眼鏡の奥で、矢島の目が迷惑そうな色を浮かべた。

「先般、課長から命じられた一件でして」

「中野ですね」

「現場を見てきました。周辺を地取りした結果、気になることが出てきました」

田川は、新たな目撃証言があったこと、そして近日中に当該車両の照合と手配を行う旨を告げた。

「その目撃者、信用できるのですか？」

「嘘《うそ》は言っておりません。マスコミ公表していない犯人の遺留品を知っておりました」

「特捜本部の見立ては不良外国人、特に軍隊経験者の犯行です。目撃者の勘違いでしょう。矛盾しませんか？」

「供述は信用できます」

「それで当時の責任者に嫌味を言いに来たわけですね」

強く頭《かぶり》を振った田川は、杜撰《ずさん》な地取りの結果が出ただけだと主張した。だが、矢島の表情がみるみるうちに強張《こわば》った。ポケットチーフを取り出した矢島は、眼鏡をとり、せわしなくレンズを拭き始めた。

「地取りが重要な事件じゃなかったはずです。特殊部隊経験者を想定してインターポール経由で各国に照会も済ませました」

「しかし、新たな目撃情報が出てきたのは事実です」

「身内の人からそんな話を聞くのは心外です。今さら蒸し返すつもりですか？」

「違います。本職はあくまでも再捜査の一端をご報告したまでです」

「田川さんは課長の覚えがいい。ノンキャリの絆《きずな》で私に嫌味を言おうというわけですね」

「違いますよ。地取りで不自然なネタが出た以上、今度は被害者の鑑取りをしたいのです。両者は店におびき寄せられた形跡がありました。出張させてください」

「宮田さんが私を煙たがっていることくらい知っていますよ」

「そういう話ではありません。とにかく鑑を調べるだけです」

「今、多摩の殺しの一件が弾《はじ》けそうです。経費はこちらに集中投入したい。その目撃者の証言に完璧な裏付けが取れた際、出張を認めましょう」

「しかし、一日でも早く行った方が良いかと」

「どうしてもというなら、自費でお願いします」

矢島はわざとゆっくりとした口調で言った。

田川は唇を嚙《か》んだ。

「おい、さっきの続き」

矢島は、若い捜査員を手招きした。田川は、一礼して矢島の席を離れた。

懸命に舌打ちを堪《こら》えた。刑事の資質で矢島に劣っていると思ったことは一度もない。だが縦割り社会の中で、キャリア上司の言葉は絶対だった。

2

自席に戻って、特捜資料の中から西野のページを開いた。仙台が活動拠点だった赤間を調べるよりも、東京在住だった西野を先に洗う方が効率的だと考えた。

西野は新宿区大久保で産業廃棄物処理の事務所を経営していた。生前の顔写真を見ると、髪を短く刈り込み、頬骨《ほおぼね》の張った男だった。物陰から獲物を狙う狐《きつね》のような目付きが気になる。この一点も西野を優先させた理由だ。

田川はデスクの警察電話《ケイデン》の受話器を取り上げた。所轄署時代にデスクを並べていた男が、同じ建物の中にいる。

「時間あるか？」

〈大丈夫ですよ〉

電話の向こう側には、所轄署時代に面倒をみた組織犯罪対策四課《ソタイ》の暴力犯特別捜査第二係の井《い》上《の》巡《うえ》査部長がいた。

「ある人物の背後関係を知りたい。そっちで引っかかるはずだ」

田川は西野守の名前、生年月日、本籍地を読み上げた。

〈データベースに入りますから、少し待ってください〉

井上は電話を保留にした。一分ほど待たされたあと、再び電話口に出た。

〈西野はれっきとした暴力団《マルボウ》の構成員です〉

井上は関東地盤の広域暴力団の名を口にした。西野は三次団体に所属し、産業廃棄物処理が稼《シノ》業《ギ》だと告げた。

〈二年前に殺されています。あ、そうか。こいつの一件を任されたんですね〉

「関係先、家族構成、愛人《イロ》等々、調べてほしい。些細《ささい》なことでも構わない」

〈あまり期待しないでくださいよ。ウチのリストでも扱いが少ないですから〉

「とにかく頼む」

〈こいつ、成人してマル暴になってからは前科《マエ》がありません。高校時代は相当暴れたようですが

ね〉

「出身は新潟だったな」

〈高校中退後、チンピラ相手に派手な立ち回りをやって新潟少年鑑別所に入っていました〉

「分かった、俺は新潟の鑑を当たる」

受話器を置いた田川は、背広から携帯電話を取り出した。

先ほど矢島理事官から自費で行けと言われたばかりだった。自費で行くのは構わないが、新潟という地名が出たことで、プライベートの用事も済まそうと思いついた。自宅のメモリを押すと、妻の里美が出た。

「捜査で新潟に行くけど、一緒に行くかい？」

〈もちろん行くわよ。梢の引っ越しの後片付けに行きたかったのよ〉

「約一名、図体のデカい奴も一緒だが構わないか？」

〈もちろん大歓迎よ〉

田川は西野の情報を丹念に手帳に書き写した。その後、本部を出て再び中野の現場周辺に足を向けた。

「スナック　えんじぇる」が入居するビルを中心に、サンモール商店街、そしてスナックや居酒屋を二〇店舗回った。

店の入れ替えで五軒は空振りに終わった。残りの一五軒についても事件を記憶していた店主や従業員は二〇人以上いたが、えんじぇるのチーママ、奈津代が残した内容以上の供述は一つもなかった。

新潟に出向いて西野の鑑が犯人とつながるかは未知数だった。だが、端緒が出てきた以上、潰しておかねばならない。

自宅への足取りが第三強行犯係にいたときのように速くなっていることに気付いた。額、そして首元にも汗が浮かんでいる。晩夏の蒸し暑さがもたらした汗ではなく、事件に向き合ったときの熱気が、体の内側から湧き出したのだと感じた。

3

翌日、午前六時に起床した田川は、里美とともに軽い朝食を摂《と》った。午前七時、有給休暇を取った池本が田川家に顔を出した。三人は里美が通勤用に使っている青いホンダ・フィットに乗り込み、関越道と北陸道を経由して新潟市に向かった。

「どんなお仕事か知らないけど、こういう捜査なら大歓迎よ」

フィットが県央の長岡ジャンクションを越えた頃、後部座席で目を醒《さ》ました里美が言った。時刻は午前九時五〇分だった。

土曜日の朝で渋滞を警戒したが、高速道路はスムーズに流れた。池本が助手席に陣取り、群馬県の高崎から豪快な鼾《いびき》をかいていた。

高速道路の周囲、越後平野には、広大な水稲の絨毯《じゅうたん》が広がっている。無粋な捜査でなければ、窓を全開にして田園の空気を胸いっぱいに吸い込みたかった。

「梢に変な虫は付いてないだろうな?」

「心配なわけ?」

「二三歳になったばかりだからな」

池本の小鼻がわずかだが広がった。

「私の見るところまだいないわね。安心して」

一人娘の梢は都立の難関進学校に通った。両親には似ず、理数系教科で抜群の成績を残すようになった。田川と里美は、梢が首都圏の国立・私立の難関大学に進学するものと漠然と考えていた。

高校三年になった頃、梢は新潟の医療大学への進学を切り出した。障害を持つ小児介護を真剣に学ぶため、専門学科に進みたいと言った。

田川が多忙を極めていた頃、里美と梢は地元商店街の青果店と家族ぐるみの付き合いを続けた。青果店の次男は歩行が困難な難病を患っていた。梢とは幼馴染《おさなな》み《じ》だったが、中学校に進学する直前、インフルエンザに感染し、肺炎を併発してわずか一週間で帰らぬ人となった。梢の決意の背後に、幼馴染みの影を見た田川は、娘の申し出を受け入れた。その後、梢は国立・新潟医療大学に現役で進学した。

新井薬師前の実家を出て四年以上が経過し、今度は大学の附属研究機関として運営されている小児介護施設に就職した。学生時代に住んでいたアパートから職場の近くに引っ越ししたばかりだった。

「今度のマンションは3DK、駐車場込みで五万円ですって」

「ウチの近所ならワンルームも難しい」

田川が答えた直後、助手席の池本が目を開け、わざとらしく両手を伸ばした。

「新潟《にいがた》県警に再就職しますかね。五万円は安月給の地方公務員には魅力的だ」

「おまえみたいな大飯喰《おおめしぐ》らいは、願い下げだろうよ」

「梢ちゃん、大人っぽくなったんでしょうね？」

「色目使ったら出入り禁止にするからな」

田川と池本がやりあっていると、後部座席から里美の甲高い笑い声が響いた。

新潟西インターで北陸道を降り、カーナビを頼りに西区寺尾にある梢のマンションを目指した。

田畑の中にバイパスが走り、周辺は全国チェーンの飲食店やカー用品店が軒を連ねていた。

「なんだか味気ない街並みだな」

「車がないと生活できないって言っていたのも分かる気がするわね」

新井薬師前商店街や高円寺の街並みで人生の大半を過ごしてきた里美が、不満そうな声をあげた。

バイパスから市道を抜けると、フィットは緩やかな丘の上に立つマンションの駐車場に入った。四階建ての陽当《ひあ》たりの良い物件だった。

「おっ、梢の車だ」

田川は素早く軽自動車を探し当てた。

「どうしてそんなにすぐ分かるわけ？」

「仕事柄だね。先に捜査に行ってくる。夕方までには戻るよ」

里美がドアを開けたとき、マンションの階段から小柄な梢が駆け寄ってくるのが見えた。里美と入れ違いに梢が後部席に潜り込んできた。

「お父さん、もしかして私の所に来たのはついで？」

池本に目をやった梢が言った。

「夕方には戻る」

田川が顔をしかめて見せると、梢は弾けるように笑った。目尻が下がった表情は、出会った頃の里美にそっくりだった。

4

新潟西インターから北陸道に乗り、三条燕《さんじようつばめ》インターで降りた。ＥＴＣゲートを抜けた途端、田川は顔をしかめた。

「ここもか」

「逃走犯を追っかけてあちこち行きますけど、どこもこんなもんですよ」

フロントガラス越しの風景は、全国チェーンの店舗ばかりだった。それぞれに数十台分の駐車スペースを持ち、クルマ社会を体現する造りになっている。

「全国どこも同じだ。街の顔が見えない」

「なぜこの手の景色を毛嫌いするんですか？」

酒のディスカウントストアに目をやっていた池本が言った。

「池は蒲田《かまた》の出身だよな。俺があの街で地取りをすると、雑多な駅前、それに町工場の風景が真っ先に思い浮かぶ」

「それしかありませんからね」

「俺が地取りや鑑取りするとき、真っ先に注目するのが街の景色、それに匂いなんだ。駅に降りた瞬間、犯人《ホシ》の生い立ちや学生時代の面影をその街の中で探す」

「そんなの非効率じゃないですか」

「先輩から教わったやり方なんでな、これ以外知らない」

蒲田のような工場地帯ならば、街を歩く工員の後ろ姿に、新井薬師前のような商店街ならば、商店主や買い物客の中に、追いかけている人物の面影を探す。

「最近は古臭いやり方が通じなくなった」

田川は顎で周囲の毒々しい看板を指した。カーナビに導かれるまま、田川はインターの出口から国道八号線にフィットを向けた。

幹線国道の両側は、自動車会社のショールームや、紳士服店、牛丼屋のほか、割安衣料品で急成長したクロキンの店舗が埋めつくしていた。

「せっかく三条という街に来ても、西野の顔が見えてこない」

「関係者のアテはあるわけですから。淡々と行きましょうよ」

現代っ子らしく、池本は飄々《ひょうひょう》とした口調で言った。

〈まもなく左折です〉

無機質な女の声に導かれ、田川はハンドルを切った。かつての地方競馬場の脇を通り、川幅の狭い信濃川《しなのがわ》を渡って市の中心部に入った。フロントガラス越しの景色はようやく古い街並みに変わった。

「ここは川の交通で栄えた宿場町なんだな」

「信濃川がありますからね」

中心部に続く道路の両側には、格子戸の古い商家や料理屋、旅館が見えた。だが、積極的に景観を保存している観光地と違い、それぞれの建物は朽ち果てるまま放置されているように映った。

宿場町の面影を残す一帯を越えると、金物屋や洋品店のほか、書店、青果店などの看板が見えたが、大半は営業していなかった。典型的なシャッター街の様相だ。

〈次の信号手前、駐車場です。右折してください〉

田川は案内された方向を見た。コンクリートの塊がアーケードの上から突き出ていた。

「地場の百貨店だったのか？」

「東京ならいざ知らず、地方では苦しいでしょうね」

池本も廃墟《はいきょ》となったビルを見上げた。

広大な駐車場の空きスペースにフィットを停《と》めた。田川は改めてコンクリートの塊を見上げた。いくつもの窓が割れたまま放置されていた。屋上近くには、丸い輪の中に吉と書かれたロゴマークの跡が薄《うつす》らと見えた。

「インター沿いの全国チェーンにやられたわけか」

「資本力の差は大きいですからね」

田川がフィットのドアをロックしたとき、香ばしい匂いが鼻腔《びこう》を刺激した。

「カレーか？」

池本が赤い暖簾《のれん》を指した。目を凝らすと、古い暖簾に「中華・大黒屋《だいこくや》」の文字が見えた。

「調べが一段落したら、寄ってみるか」

「いいっすね。地元食堂に外れはないです」

暖簾に目を向けると、新井薬師前と同じように、ニキビ面の高校生の一団が出てきた。

「西野もあんな風にラーメン食べに来ていたのかな」

無機質な国道沿いの風景に辟易《へきえき》していた田川は、初めて西野の面影を見たような気がした。

5

六本木の高層商業ビルの三二階で、鶴田真純が新宿御苑《ぎょえん》の緑に目を向けていると、会議室のドアが開いた。

「鶴田さん、お待たせしました」

ドアの傍らには、クロキンの広報次長が立っていた。

次長の背後から、ブルーのオックスフォードシャツ、細身のコットンパンツとクロキンの定番スタイルの男が現れた。

「執行役員の筒井《つつい》です」

筒井は、創業者の武田《たけだ》一作《いっさく》が大手商社からヘッドハントしたやり手だった。陪席した広報次長は、白い封筒をテーブルに置いた。

「資料はお渡しいたします。ただ、ウチから出たことは伏せていただきたいのです。守秘義務契約がかかっておりまして」

次長は探るような目付きで鶴田を見ていた。鶴田はわざと大きな溜息《ためいき》をついた。

「貸し一つ、ということでよろしいですか?」

「ネットメディアでこういうことをお願いできるのは、鶴田さんくらいです」

次長はペロリと舌を出すと、封筒を鶴田に手渡した。

「丸めた値でお願いします」

鶴田は書類の数値を目で追った。

首都圏の大動脈である国道一六号線、あるいは北関東モール地帯と呼ばれる栃木県の佐野から群馬県の太田《おおた》に至るオックスマートの主要施設の名前が左軸に刻まれていた。

「店舗ごとにマージン比率は違います。半年ごとに見直しの交渉を行ってきました」

各地域のモールの横には、年月日とともに細かい数値が一覧表示されていた。

「一六号沿線と太田で差があるのはどういうことですか？」

『５・５％』、『６・８％』とあった表示に目を向け、鶴田が口を開いた。

「店舗面積の違いです。広い店舗ほど売り上げが立つという理屈から、高めの数値が設定されました」

筒井がさらりと言った。鶴田は、他の店舗情報を探った。新潟店は『７％』、仙台中央店も『７％』となっていた。

「月間売上から、オックス・リアルティに徴収される歩合です」

鶴田は他のモールの歩合《マージン》にも目を向けた。東海、関西、中国、九州とオックスの拠点モールがある店舗では、新潟や仙台と同じ歩合が設定されていた。

「御社のように毎期最高益を更新する企業なら、十分吸収できるはずでは？」

今回、担当役員に会いにきたのは、なぜオックスマートの拠点ＳＣ近くに相次いで大型店を新規出店させるか、その理由を尋ねるためだった。

「リーマン・ショック前までなら苦になりませんでしたね。あの日を境に、色々な秩序が音を立てて崩れたんです。我々小売業、あるいはオックスマートさんのような巨大流通業も同じでした」

「どうつながるのでしょうか？」

「鶴田さんは車を運転されますか？」

「ワーゲンのポロに乗っています。首都圏や甲信越程度の範囲なら、車で取材に行きますから。それがどう関係するのですか？」

「ガソリンが高騰したときのことを覚えていらっしゃいますか？」

「〇八年でしたよね。レギュラーガソリンが一八五円まで高騰しました。ポロはハイオク仕様で一九六円。経理部と揉《も》めて電車取材を強いられました」

「鶴田さんのような方が数百万人単位で出たら、我々は甚大な影響を受けるのです」

携えてきた革製のバインダーを開き、筒井が言った。

「当時の重要なデータです」

紙をバインダーから外した筒井は、鶴田に手渡してきた。

「急激な右肩下がりですけど」

「クロキンがテナントとして入っていたオックスマートの主要ＳＣの来場者数ですよ」

鶴田はグラフの横軸を見た。

〇八年の一月から年末までの目盛りが刻まれていた。縦軸には「万人」が単位となった数字があった。年初からグラフは落ち始め、ガソリンが最高値を付けた八月からは急角度の下げを記録していた。

「ガソリン価格は緩やかに下落して、混乱は沈静化したはずです」

「しかし、現実問題としてＳＣに客足は戻らなかった」

鶴田は再度グラフを見た。八月に大きく下げた来場者数は、低位横ばいを続けていた。

「客足が落ちたＳＣなのに、高いマージンは割に合わない？」

「我々は海外のライバルと熾烈《しれつ》なシェア争いを続けています。同時に投資家の厳しい監視の目にさらされています。支払っているマージンは、年間数十億円です。これを新規出店に充てた方が顧客、株主の利益にかなうと決断した次第です」

筒井が言い切った。さわやかな風貌の役員ではなく、ビジネスの最前線でしのぎを削ってきた老練な商社マンの顔だった。

6

住宅地図を頼りに、田川は細い小路を歩いた。昔ながらの料亭や小料理屋が軒を連ねる一角を越えたところで、足を停めた。古びた商店街に入り、通りの中程を左折すると、道幅の狭い小路があった。

「通りから五軒目、右側か」

錆《さ》びたトタン板の一軒家があった。表札には、かすれたマジックインキで西野とあった。呼び鈴を押すと、戸内から嗄《か》れた女の声が聞こえた。田川は引き戸を開けた。すると、階段脇から老女が顔を出した。

「まぁ、上がってくだせぇ」

三和土《たたき》を上がると、廊下がぎしぎしと鳴った。階段脇のドアから居間に通されたあと、田川と池本は仏壇に向かい、並んで線香をあげた。

「遠いところ、ご苦労さんらったのぉ」

田川は老女と向き合った。グレーのスウェットシャツの襟が垂れていた。老いた母親の頬も同様に張りを失っていた。年齢は七九歳。西野の母は、白黒映画に出てくる峠の茶屋、店番の老女のように萎《しお》れている。

「犯人が見つかったんかね？」

「逮捕には至っていませんが、新しい手掛かりが見つかりまして。それで生前のご様子をうかがいたいと思いましてね」

老女は一瞬、瞳に失望の色を浮かべた。

「亡くなる前、変わったことはありませんでしたか？」

「死ぬまでの三年間は、仕事が忙しい言うて、ほとんど帰省することもねかったねぇ」

「仕事でトラブルがあった、そんなお話は？」

「守の仕事は知ってるでしょ？」

「その中でもお母さんのお耳に入るようなものは？」

「ねかったねぇ」

溜息を吐いたあと、老女は口を噤《つぐ》んだ。

「守さんは、組織に属していましたが、問題を起こされるような方ではなかったようです」

「ヤクザ者には違いねぇ」

「失礼ですが、仕送りなどは？」

「毎月一〇万円くらいは送ってきてくれたんだけどな」

老女の話を手帳に刻みながら、田川は考えた。

西野は組対四課のリストでも特筆するような悪事は記されておらず、年老いた母にも金を送っていた。ヤクザ稼業特有の怨恨は一般人より多いだろうが、残忍な手口で殺されるようないわれはないのではないか。

そもそも対立組織のヒットマンに刺されたのであれば、所属する団体が真っ先に報復行動に出る。事件後、その種のトラブルは発生していない。

「誰か訪ねてくるようなことは？」

「ちょっと待ってね」

老女は腰を浮かすと、背後にあった小さな戸棚の引き出しを開けた。

「守が死んでから二週間後くらいかのぉ、この人が来なすったねぇ」

老女は地元信金の手帳から、大振りな名刺を取り出した。

「組の人だそうで、五〇万円ばかし香典を置いてった」

名刺には、関東の広域組織の代紋とともに若頭補佐の名前があった。裏面には、老女が言う通り、二年前の事件後の日付が細いペンで書かれていた。手帳に名前を書き込んだ田川は、老女に顔を向けた。

「あとは、この人が線香をあげに来てくれなった」

もう一枚、老女は名刺を差し出した。

〈ミートステーション　代表取締役　八田富之《はったとみゆき》〉

「お友達ですか？」

「いや、仕事関係だって言うてたね」

田川は名刺に記された企業名と八田という文字をメモした。裏面には、若頭補佐の訪問から二週間後の日付があった。

「守さんは仙台にも仕事で？」

名刺には、仙台市青葉区の住所があった。老女は頭を振った。

「全国を飛び回っていたようですっけ、仙台にも行っていたのかも」

「あとはどなたか訪ねてきませんでしたか?」

「誰も来なかったのぉ」

八田は組関係の人間かもしれない。田川はメモに『組対四課・井上に要照会』と書き留めた。

メモを閉じた田川は、老女に目をやった。

「どんな些細なことでも結構です。守さんに変わったところがあったとか、思い出していただけませんか?」

「変わったところ……ちょっと待っての」

老女は煤《すす》けた天井に目を向けた。

「本当につまらんことらけどね。殺される二、三日前らったかのぉ。いきなり電話がかかってきたんだわ」

老女は仏壇の近くの薄緑色の古いプッシュホン型の電話に目をやっていた。

「どんなお話を?」

「別にどぉってことはねかったけどね、モツ煮を食うなって。それだけらったね」

「モツ煮、ですか?」

「つまらん話らったね」

「とんでもない。モツ煮とは、内臓のモツのことですね」

「ウチのご馳走《ちそう》らったすけね」

老女はそう言ったあと、ぽつりぽつりと話し始めた。

西野が小学三年生のとき、父親が交通事故で死亡してからは、自身が働きに出て守と姉を育てあげたという。老女は近所の精肉店に勤め、週に一、二度の割合で牛や豚のモツを分けてもらったと話した。

「ご覧の通り貧乏でね」

西野とは同世代だ。高度成長期に育ったとはいえ、田川の父は小さな部品メーカーの係長に過ぎず、肉が食卓に上ることは稀《まれ》だった。里美と結婚し、新井薬師前の木口精肉店に出会うまでは黒毛和牛の味など知らなかった。

「なぜモツ煮を食べるなと？」

「分からんわ。電話をくれたとき、相当急いでいた様子だったけど」

「ほかにお気づきの点は？」

老女が表情を曇らせ、洟《はな》をすすり始めた。

「ヤクザ者だったけど、性根は優しい子だったんですわ。親孝行してなかったから、箱根の豪勢な宿に連れて行くと言ってました。そんなこと初めてでしたんでね、よぉ覚えてますわ」

田川はメモに『箱根、豪勢な宿』と書いたところで手を停めた。

「豪勢な宿ですか。残念なことです」

豪勢という言葉に田川は鋭く反応した。ただ、老女を驚かせるわけにはいかない。慎重に言葉を選んだ。

「息子さんのお仕事が順調だったということですね」

「いや、商売は前々から独り者の守が食っていける程度、それで仕送りをくれたんですわ」

「それでは、なにか大きな取引でも控えていたのでしょうか？」

「豪勢な宿なんかもったいないって言ったら、まとまった金が入る、そう言うてました」

「いくらくらいでしょうか？」

「さぁ、そこまでは分からんですね」

田川と池本は顔を見合わせた。地取りの結果、通り魔的な強盗殺人という見立ては覆った。今度は、被害者が大金を手にする前に殺されたという証言が飛び出した。事件は計画殺人、怨恨、金に絡んだトラブルの可能性も浮上してきた。

「守さんが三条にいた頃のお話を聞ける方はいませんか？」

「それらったら、佐々《ささ》さんが良いのぉ」

「どちらにいらっしゃいますか？」

「警察らいね。昔、三条署の少年課にいて、守を面倒みてくんなすった方でのぉ」

「今はどちらの署に？」

「三条署に戻って今は副署長さんだわ」

田川は西野家をあとにした。

八田という人物、『モツ煮を食べるな』、『豪勢な宿』という言葉以外に収穫はなかった。早足に歩くうち、駐車場が見えてきた。腕時計を見た。時刻は午前一一時四五分だった。

「腹が減りましたね。インター脇のハンバーガー屋かファミレスでも入りますか？」

「悪いな、俺はあの手の食い物が苦手なんだ。化学調味料がたっぷり入っているから、舌がしびれちまう」

「そうだ、カレーラーメンののぼりがありますよ。地元名物かもしれません」

池本が先ほど目にした「大黒屋」という食堂を指した。

「いいね、風情があるじゃないか」

田川と池本は香ばしい匂いに吸い寄せられるように地元食堂の暖簾をくぐった。

7

昼食を摂った田川と池本は、三条警察署に向かった。信濃川の近く、市の郊外地に向かう途中にオックスマートの黄色い看板が目についた。

「商店街はすたれ、郊外スーパーばかりだな。お袋さんはどうやって買い物に行くんだ？」

「宅配サービスとかネット注文があるでしょう」

「彼女がパソコンを使うと思うか？　携帯電話もない様子だった」

「そうか」

「一見便利なサービスはたくさんあるが、それはインフラが整っている都会の話だ。彼女は典型的な買い物難民だよ」

ハンドルを握りながら、田川は呟《つぶや》いた。

西野の実家の周辺は画《え》に描いたようなシャッター街だった。郊外まで徒歩、しかも老人の足で歩いたなら、往復で一時間近い行程になるはずだった。

黄色い看板の横を通り過ぎたとき、オックスマートの入口にタクシーの列ができているのが見えた。老女たちが買い物袋を下げ、小型タクシーに乗り込んでいく姿が見える。

「まさしく買い物難民ですね」

「そうだな」

「車がなければ生活できないなんて、街じゃない」

田川は、今も西多摩の団地で暮らす遠縁の老人の顔を思い浮かべた。

団地も地場の商店が次々に廃業し、現在は市役所の商工課が運行する小型バスだけが年老いた住民の足になっている。インターネット、宅配とは無縁の老人が生活に不自由している姿は、東京も地方都市も変わりなかった。

「東日本大震災のときも、地方の年寄りが苦労したんだ」

田川は自分でも驚くほど強い口調で言った。

大震災では、里美の叔母夫婦が被災した。宮城県東部にある東松島市に住む夫妻の家は、津波で半壊した。辛うじて残った二階部分で生活していた老夫婦は、極端なガソリン不足の中、隣の石巻市郊外にあるオックスマートまで片道一時間半かけて、徒歩での行き来を強いられた。

地元商店街が昔のように機能していれば、被災した老夫婦が苦行を経験する必要はなかったのだ。この街の老人たちの姿は、とても人ごとではない。

田川が一気に当時の事柄を告げると、池本がなんども頷いた。田川がさらに話を続けようとしたとき、池本が口を開いた。

「あそこですよ」

オックスマートの立体駐車場の先に、コンクリート造りの建物が見え始めた。

大手スーパーと同様、警察署の建物は全国どこに行っても味気ない。田川は広い駐車スペースの隅にフィットを停めた。入口に足を向けると、制服姿の男が手を振っていた。

「田川さんですね?」

禿頭《とくとう》で壮年の警察官だった。大黒屋を出たあとで三条署の代表番号に連絡を入れると、佐々はすぐにつかまった。物腰の柔らかい男だった。柔道か剣道で鍛えたのだろう。佐々の胸板は分厚い。いかつい風貌とは裏腹に、温厚な笑顔が印象的だった。

「警視庁捜査一課の田川です」

「堅苦しい話は抜きにしましょう。ウチに赤バッジの方々がみえることなんてめったにないですからね。ところで、昼メシはどうしました？」

「大黒屋という店でいただきました」

「カレーラーメンですか？」

「昭和風のカレーが最高でした」

「ご当地メニューをお褒めいただき光栄です。さぁ、どうぞ」

佐々副署長は警務課の横を通り、二人を副署長室に招き入れた。

「そちらの捜査共助課を通していただければ、電話でお話ししましたのに」

「色々ごたごたがありまして。新潟市にいる娘に会いにくる名目でうかがったのです」

「西野のなにをお知りになりたいのですか？」

田川は少年時代に荒れていたことについて知りたいと切り出した。

「根は悪い奴じゃなかったんですよ。野球で挫折したのがきっかけですかね」

「野球？」

「高校野球ですよ。才能がありましてね、長岡の有名私立高校に推薦で入ったほどでした」

「甲子園の常連、越後高校ですか？」

池本の問いかけに、佐々が頷いた。

「一年の頃は、レギュラーを狙える位置にいたんです。しかし、二年の春、練習中にアキレス腱《けん》を切りましてね」

「それで挫折したわけですね」

「越後高校の野球推薦枠はシビアでしてね。リハビリに二年かかると診断が出たとき、学費無償の特典がなくなりました」

「それで中退したわけですね」

「あとは典型的なパターンでした。ちょうどこの署に赴任したとき、地回りのヤクザ者と始終揉めるような一端の不良になっておりました」

田川はメモを取る手を止め、池本と顔を見合わせた。

「彼はナイフを使うようなことがありましたか？」

「そりゃないですな。腕っ節が強かったので、もっぱらこれですよ」

佐々は右の拳を握り、左の掌に強く打ち付けた。

「揉めたヤクザ者やチンピラにナイフの使い手はいませんでしたか？」

「そんな連中はいませんでしたな」

「念のため、こういう握りでナイフを持つような輩《やから》はいませんでしたか？」

田川は鉛筆を持ち替え、逆手持ちにした。

「特殊ですな。外国の軍隊とか自衛隊関係者でしょうか？」

「副署長、申し訳ありませんが、この握りについてはご内密に」

「犯人《タマ》の秘密の暴露ですな」

メモの『ナイフ』の箇所に田川はバツ印を入れた。

「この若頭補佐をご存知ですか」

田川は広域組織幹部の名を告げた。

「組の慶弔担当でしょう。知らない人ですわ」

「では、仙台の八田という人物はどうでしょうか?」

ミートステーションという名を加え、佐々の顔を見た。だが、表情は冴《さ》えなかった。二人の人物は、三条という小都市での鑑がない。田川はメモを遡《さかのぼ》った。

「副署長、西野とモツ煮でなにか思い出されることはありませんか?」

「モツ煮?」

「ええ。実家のお袋さんに聞いたのですが、亡くなる直前、彼は電話して、好物だったモツ煮を食べるなと言ったそうでして」

「心当たりありませんな」

「彼の商売上で、大金が入るとか、その手のお話はお聞き及びでないですか?」

「いや、なにも」

佐々は禿頭を何度も下げた。

「彼はどういう経緯で東京に出たのですか?」

「いつものように繁華街の本所小路で喧嘩《けんか》していたとき、たまたま地回りのヤクザのところに本家筋から若頭が来ていましてね。それでスカウトされたそうです」

「地回りでも手を焼いていた若者をですか?」

「あの業界も人材難ですからね。人遣いは荒いし、しきたりは面倒だし。ただ、西野はお袋さんに仕送りができるようになった。東京に出て五年後でしたかな、帰省のおりに言ってました」

「そうですか」

田川は膨らみを増してきた手帳を背広にしまった。

「お役にたてず、申し訳ない。なにか思い出したら、ご連絡しますよ」

苦笑いを浮かべ、田川は副署長室を後にした。フィットのドアを開けたとき、背広の中で携帯電話が震えた。小さなモニターには、組対四課の表示があった。井上巡査部長だ。

「マル暴だったか？」

〈いえ、フロント企業等も調べましたが、シロ、完全に一般人ですね〉

組対四課の後輩は淡々と告げた。田川は八田のメモ欄、『マル暴』の文字を消した。

「やっぱり友達かなにかじゃないんですか？」

池本が肩をすくめて言った。

「もう一人の被害者、赤間氏の鑑取りのときに当たるしかないな」

メモに残ったミートステーションという文字を見つめ、田川は言った。

8

「集客するのはあくまでオックスマートです。しかし、ガソリン価格が落ち着いても客足は戻らなかった」

クロキン執行役員の筒井が鶴田の顔を見つめた。

筒井は醒めた目で応えた。

「大規模ＳＣでオックスマートは一世を風靡《ふうび》し、物珍しさから客が集まり、便利さが受けて更なる新規出店を続けました。そして我々はそこに注目しました」

取材ノートを広げ、鶴田は筒井の話の要点を急ぎメモした。

「弊社の時価総額が倍々ゲームで増えた要因の一つに、SC戦略があったことは認めます。ただ、客足が落ちたのは歴然たる事実なのです。我々は、マージン引き下げ交渉を行いました。だが先方は一向に耳を貸してくれなかった」

「オックス側の窓口は？」

「スーパー事業本部長兼モール社長の柏木信友氏、会長の御曹司ですよ」

鶴田は手を停めた。脳裏に細身のスーツを羽織った優男が浮かんだ。

「御曹司が交渉の場で聞く耳を持たなかったのは、御社だけですか？」

「一つヒントを差し上げましょう。鶴田さんは弊社の大型出店のリリースでこうして取材においでになった。他社はどうでしょうか？」

筒井が思わせぶりに口元を歪《ゆが》めた。

「僕が話す事柄は一般論です。今から一〇年以上前、全国展開してきた老舗百貨店の多くが店舗の統廃合を実施し、再編を果たしました」

鶴田はいくつかの老舗百貨店のロゴマーク、そして色とりどりの包装紙を思い浮かべた。

「しかし、百貨店は大型スーパーに負けました。客のニーズを捉え切れなくなったためです。スーパーも同様です。舵取りを間違えた巨艦と心中するわけにはいきません」

取材ノートを閉じた鶴田は、先ほど提供されたエクセルの一覧表をトートバッグに放り込むと、立ち上がった。

巨艦を一撃で沈没させるような魚雷ではない。しかし、自らの嗅覚で探し出し、そして流通業界の帝王に直《じか》にぶつけた「マージン率」という言葉には、巨艦を徐々に浸水させるだけの可能性が秘められていた。編集部に寄せられた匿名の告発メールを端緒に半年以上取材を進めてきたが、ようやく全体像が見え始めた。

「この資料、大事に使わせていただきます」

日本実業新聞という巨大メディアに在籍している間は、この種のネタは書きたくとも書けなかった。莫大な広告費や事業局にもたらされるイベントの協賛金がネックとなった。現在所属する新興メディアは、海外の投資ファンドと富裕な独立系企業オーナーたちが運営資金を賄ってくれる。気兼ねなく、日本企業の恥部を暴くことができた。自身の取材力を反映させる機会が久々に訪れたと鶴田は思った。

9

新潟市寺尾に戻ったときは、午後三時半を過ぎていた。田川は、梢の部屋に向かった。池本は親子水入らずでと気を遣ったが、田川は後輩をそのまま部屋に連れて行った。ドアを開けるなり、里美の声が聞こえた。

「梢、このカーテンはあんまりよ。丈が全然足りないもの」

「でも案外高いのよ」

部屋に上がると、窓辺に水玉のカーテンが見えた。里美が言う通り、丈が足りなかった。

「防犯上よろしくない」

田川が口を挟むと、里美が両手を腰に当て、勝ち誇ったような顔を梢に向けた。

「俺もそう思いますよ」

「プレゼントしてやるよ。夕飯のおかずを買いがてら、出かけようか」

「やった！」

今度は梢が里美と同じポーズを取った。

「二人とも俺の財布を狙っていたのか？」

小柄な二人が顔を見合わせ、笑っていた。池本も笑いを押し殺していた。

「私は掃除を続けるから、お父さんと行ってきなさい」

「俺は段ボールの片付けを手伝いますよ」

池本は背広を脱ぎ、ワイシャツの袖を捲《まく》っていた。

「了解。ついでにお刺身と焼き魚でも買ってくるわね。当然お父さんの財布から」

田川が口を尖らせると、梢が腕を絡ませてきた。池本が目を細めニヤニヤと笑っている。

「お前たち、やっぱり演技してたな」

田川は玄関を出た。里美と同じように、梢はパタパタと足音を響かせながら、駐車場に付いてきた。

「繁華街の古町《ふるまち》に行けば大体揃うよな？　昔、捜査でなんどか来たからな」

フィットのシフトレバーをDに動かしながら田川は言った。

「郊外の亀田《かめだ》に行って。オックスマートのモールに行けば全部揃うから」

「オックスマート？」

「古町はシャッター街になりかかっているの。値段も高めだしね。お父さんの財布を気遣って言っているんだからね」

「道は分かるか？」

田川は娘の提案を受け入れ、バイパスに向けて走り出した。

「まだ本部にいるの？」

「なかなかお役御免にしてもらえない」

「新潟に来たのも捜査でしょ？　難しい事件なの？」

「そうだな。三条で特段の成果はなかった」

「お母さん、心配してたよ。もう昔みたいに無理が利く体じゃないからって」

「被害者のお袋さんに会ってきたんだけど、遺族の顔を見るとな」

「やっぱり職人だね」

大人びたことを言うようになったと思い、梢の横顔を見た。里美の父は、高円寺で長年続く食堂を営んでいた。里美はしばしば出前の手伝いで署に出入りしていた。当時の副署長の仲人で、半ば強引に結婚が決まった。田川が二四歳、里美二三歳のときだった。早婚が望まれる警官の典型だった。

「買い物はいつもオックスマートに行くのか？」

「安いからね。古町や本町商店街はすごく良い所よ。魚屋やお肉屋さんとも仲良くなったの。でも、地元の友達に言わせると、食堂はどんどん潰れちゃうし、洋品店や瀬戸物屋さんも次々になくなったって」

「なぜだ？」

「これよ」

梢はフロントガラス越しの景色、バイパス沿いに見える全国チェーンの衣料品店や牛丼屋を指した。その先には紳士服や雑貨の大型店の毒々しい原色の看板が見えた。

「新潟市内もそういうことになっているのか」

「教授の鞄《かばん》持ちで出張するけど、どこも一緒よ。街並みが残っているのは盛岡や会津若松くらい」

田川は三条の景色を思い起こした。地元百貨店が客を奪われ、市内中心部にコンクリートの廃墟が残っていた。今、フロントガラス越しに見える景色は、全国どこも同じで、その街の表情をうかがい知ることはできない。古い商店街で生まれ育った梢も同じ感覚を持っていた。

「いつも専門書を買っていた古町の大きな書店もなくなったばかりなの。バイパス沿いの大型店は便利だけど、私は嫌い。だって、街を壊しているもん」

梢は車窓に目を向けながら、強い口調で言い切った。

里美と同様、梢はおっとりした性格だった。だが、ときおりぐきりとするような言葉を吐く。今もそうだ。

〈街を壊している〉

バイパスを降りると、道路のそこかしこにオックスマートの黄色い案内板が見えた。側道を右折すると、巨大な要塞のような建物が見えた。

「日本海側で最大のモールらしいよ」

オックスマート直営のスーパー、スポーツ用品店、日曜雑貨の店等々、様々なロゴが駐車場に面した壁面に描かれていた。

「休耕田だった所に、こんな大きな街がいきなりできたのよ」

「でかいな」

「敷地面積は東京ドームの二倍強あるんだって」

いつの間にか、携帯電話でデータ検索していた梢が言った。

「中野ブロードウェイやサンモール商店街がいくつも入る規模だ」

「カーテンを買ったら、本町のお魚屋さんに行かない？」

「オックスマートの生鮮食品売り場があるだろう？」

「おばちゃんに地物の魚を勧めてもらった方が外れはないから」

「本町ってのは、下町っぽいところか？」

「新潟市民の台所よ」

梢は田川の腕を摑《つか》み、入口に向けて歩き始めた。そのときだった。黒いレクサスが二人の脇を低速で通り過ぎた。

田川は後部座席をうかがった。恰幅《かっぷく》の良い壮年の男と細身の男が見えた。レクサスは駐車場から裏口方向に向かっていった。

「オックスマートの会長、それに息子よ。テレビで見たことあるもの」

梢は小声で言った。恰幅の良い男は、財界活動にも力を入れている柏木会長のようだった。新聞、テレビで何度も目にした流通業界の有名人だ。

「ご視察ってところかな」

「恐らくそうね。あんなに沢山のスタッフがお待ちですもの」

田川の手を取った梢は、駐車場の先に見える商品搬入口を指した。停車したレクサスの周囲に二、三人の男が駆け寄り、ドアを開けた。後部座席から二人、助手席から一人の男が降り立った。大学病院で有名教授が院内巡回をするときのように、新潟店スタッフらしき制服姿の男たちが、揉み手で流通業界のドンを先導していた。

10

「先月の新潟店、ナショナル・ブランド二五〇〇品目の売上高は前年同月比で三%増となりました」

薄暗い会議室で、中年店長がパワーポイントで説明を続けていた。滝沢は、傍らで目を閉じている柏木会長に顔を向けた。

柏木の唇が小刻みに動いている。インプットされた数値情報が唸りをあげてデータベースに登録されるときの表情だった。

「ただ、ナショナル・ブランドの一斉値下げの反動から、プライベート・ブランドが落ち込んだため、新潟店の売上高は前年比で微減となりました」

柏木会長の口元は、依然小さく動き続けた。

「それでは、次期四半期の業績については……」

「待たんか」

柏木が突然目を見開いた。雷が落ちるであろうことは滝沢も予想していた。柏木の怒声は、プロジェクターのスクリーンを震わすような勢いがあった。

「ざっと計算した。客単価は七%近く下げているはずだ」

柏木は突然、右隣に座る信友に顔を向けた。信友の横顔は店長と同様に強張っていた。

「新潟は指をくわえて利益率の低下を放置し、事業本部も容認したわけだな」

滝沢は手元の資料を見た。オックスマートはナショナル・ブランドと呼ばれる食品や日用品の一斉値下げに踏み切った。

全国規模での値下げを渋る食品、日用品メーカーを仕入れ担当役員がくどき落とし、半年の間、日露製粉の即席麺やタイガー食品の調味料を全店舗で二割値引きした。

当初こそマスコミ効果で客足が伸び、売り上げも上向いた。だが、自社規格で作ったプライベート・ブランドが大打撃を被ってしまった。

「プライスユニオンがウチの模倣を始めましたので」

涙声で店長が抗弁を始めた。業界二位の総合スーパー、プライスユニオングループは、オックスマートから遅れること二週間、値下げに追随した。

「店長、オックスに入って何年だ？」

「二〇年です」

「この商売、言い訳した瞬間に負けだ」

柏木の口調が突然、穏やかになった。滝沢は身構えた。

「店長、明日から本社警備部門に配置替えだ」

店長がぽかんと口を開け、固まった。柏木の視線は、店長の横にいた別の男に向かっている。

滝沢は口を開いた。

「副店長の坂井《さかい》です」

「坂井君、君だったら次の四半期、どうやって新潟店の利益を回復させるかね？」

突如新店長に任命された坂井は、一瞬だけ前店長に目をやったあと、咳払いした。

「オーソドックスですが、まずＰＢ《プライベート・ブランド》棚のリニューアル、それに効果的なチラシの配布を通じて……」

柏木は再び目を閉じ、説明に聞き入っていた。滝沢が前店長を見ると、目を真っ赤に充血させ、柏木を睨んでいた。

「退席させろ」

新潟店のスタッフに小声で指示した。滝沢は手元のファイルを繰った。たった今、前店長となった男は千葉県松戸市の自宅に妻、中学生、小学生の子供二人を残して新潟で単身赴任生活を送っていた。

警備部門勤務となれば、給与は現在の六割程度に急減する。住宅ローンの返済、子供たちの教育費に影響が出る。人事は柏木の独断がハバを利かす。過去になんども労働基準監督署に駆け込まれたが、柏木は気にしなかった。最終的には、国の担当幹部を高給で顧問として雇い入れ、労基署の末端職員に無言の圧力をかけた。

警備部門の子会社オックス・セキュリティの業績は悪くない。だが警視庁や警察庁からコストの高い人材の供給を受けているため、前店長のようなオックスからの出向組にしわ寄せが出ていた。前店長が先ほどまで部下だったスタッフに腕を摑まれた。前店長は乱暴に手を振りほどくと、柏木を睨んで退席した。

過去何度も同じ場面に遭遇した。強引、傲慢と批判を集めるトップダウン経営だが、柏木は有無を言わせぬやり方で、オックスマートを業界ナンバーワンに導いた。外部から優秀な人材を取り込んでも、柏木と意見が合わねば、即座に首を切った。

「次は、モール事業について説明を頼む」

新店長の説明が終わったとき、柏木が口を開いた。同時に信友が立ち上がった。信友は、本業のスーパー事業本部長と同時に、新潟店のような大型ショッピングモールを管理・運営するオックス・リアルティの社長も兼ねていた。本業のスーパー事業がピラミッドの頂点だとすると、その傘下には不動産事業のリアルティをはじめ、警備、流通など約三〇の子会社がブラ下がっている。様々な子会社設立は、コスト削減が当初の目的だった。しかしオックスマート自体が巨大化するとともに、子会社群も肥大化した。強大なグループ企業網は一大勢力と化し、裾野の広い取引企業や出入り業者に対し、有無を言わせぬ存在に成長した。信友はあとわずかで頂点に立つ。

会議室に詰めている二〇人の幹部社員の目が、プロジェクタースクリーン前の信友に集まった。

11

「アルプス・スポーツがクロサキ・スポーツに、衣料品のクロキンがセンター・モードに、ドラッグストアがマツザキからドラフト薬品にそれぞれ交替しましたが、従前のマージン率は維持できました」

信友が発したマージン率という言葉に、滝沢は数日前の光景を思い起こした。鶴田記者が柏木に突撃取材したデリケートな話題だった。

「新テナントの売り上げはどうだ?」

「一週間の開店セールが効き、落ち込みはありません」

「その調子でやってくれ。次、新潟特産品の仕入れの話を聞こうか」

柏木が顎で指示すると、信友はファイルを畳んで次の担当者と替わった。

新潟店では波乱がなかったが、テナントの入れ替えはデリケートなテーマだった。次の会長巡回で回る店舗はどこか、滝沢は慌てて手帳のページをめくった。

再来週の巡回は青森県津軽地方だった。マージン問題が一番顕著な場所だった。不況が長期化する北東北では、売り上げ不振に苦しむテナント企業の不満が充満している。津軽はまだ良い方だった。大津波に襲われた沿岸地域の系列SCでは、テナントとの交渉が一段と先鋭化している。これから二週間の間で解決できるのか。信友は深い息を吐いていた。

「次に来るのは半年後だ。そのときはもっと良い話を聞かせてほしい。以上」

会議室の視線が、退出する柏木の背中を追った。柏木、そして信友を部屋の外に送り出した滝沢は、新任店長の坂井を手招きした。

「これで前店長のフォローを頼む。お前さんの初仕事だ」

滝沢は札入れから現金三〇万円を抜き出すと、坂井のポケットに忍び込ませた。

「前任者を快く送り出せなければ、店長なんか務まらないぞ」

坂井は直立不動となった。背中に熱い視線を感じながら、滝沢は柏木のあとを追った。

店長交代はシビアな行事だ。前任者のストレスを封じこめ、新店長の人望を高めてやらねば店全体の士気にかかわる。前店長に告発記事でも書かれたらたまらない。前任者を慕うベテランのパートが相次いで職場を離れるような事態が発生しても困る。三〇万円のポケットマネーは、煩わしい業務を新任に押しつけ、組織全体を守るための保険だ。

「滝沢、時間あるか?」

会議室から物流フロアに続くエレベーターの前で、突然柏木会長が口を開いた。

「地元財界との懇親会にはまだ一時間ほどありますが」

「精肉部門に寄ってもよいか?」

「もちろんです」

坂井は頷くと、エレベーターとは反対側の階段に走った。事前準備に向かったようだった。エレベーターが到着すると、柏木会長は独り言のように呟いた。

「久々に肉の現場を見たくてな。初心忘れるべからずだ」

エレベーターが三階から一階に到着すると、既に坂井が先回りしていた。

「会長、こちらです」

坂井はバックヤードに続くステンレスのドアを恭しく開けた。野菜や魚類の集積場を抜けると、再びステンレス製の大きな扉が見えた。

「どこの肉が入っている？」

「県北の黒毛和牛がございます。コシヒカリの稲藁《いねわら》を食べて育った牛です」

坂井は精肉フロアに柏木を招き入れた。若手社員やパート、総勢二〇名近くのスタッフが一斉に頭を下げた。柏木は精肉フロアの隅に足を向け、丁寧に手を洗いマスクを付けていた。

「持ってきてくれ」

精肉部門の若手スタッフが弾かれたように専用冷蔵庫に入り、あばら骨がついた肉の塊をステンレスのテーブルに乗せた。

「良い肉だな」

柏木の目が輝いていた。滝沢は肉の塊に目を向けた。屠畜《とちく》を経て三、四日といったところだろうか。良質な和牛特有の甘い香りが鼻腔を刺激した。

「やっぱり餅は餅屋だ」

柏木会長は程よくサシが入った肉の塊を見ていた。愛《め》でているといってもよかった。

「事業本部長も久しぶりに見たら？」

滝沢は傍らの信友に目を向けた。だが、信友の目は精気を失い、天井を見上げていた。

「どうした?」

肘で小突くと、信友は我に返ったように頷いた。

二週間後に迫った青森巡回に気を取られているのか。もう一度信友に目をやると、目線はやはり天井付近を彷徨《さまよ》っていた。そのとき滝沢の背広の中で、携帯電話が二回、震えた。メール着信の合図だった。

〈近々、ご尊顔を拝しに参ります〉

簡単なメッセージが現れた。差出人の名を確認した滝沢は顔をしかめた。

「どうした?」

「出入り業者からのアポイントでして」

「秘書を通さず、直接か?」

「ええ、まぁ」

滝沢は曖昧な笑みを浮かべ、柏木の詰問をやり過ごした。ワンマンの柏木よりも手強い出入り業者の名をもう一度モニターに見た滝沢は、肩を強張らせた。

第三章　薄日

1

　神田駿河《するが》台の坂道を下った鶴田は、私大近くのオフィスビルに入った。アルプス・スポーツ東京支社の応接セットに座ると、支社長の高森憲治《たかもりけんじ》が現れた。

　会社で取り扱うイタリアの高級メーカーのポロシャツ姿で、昔と同様、若く見えた。記憶に間違いがなければ、高森は四三歳になったばかりだった。

「鶴ちゃん、日本実業新聞辞めたって聞いてびっくりしていたんだ」

「新しい名刺です」

「オックスマートとトラブったって聞いたけど、本当なの？」

「今回うかがったのもオックス絡みです」

「流通経済部に残っていれば、今頃ロンドンかニューヨーク特派員だったのに、何があった？」

　鶴田は強く唇を噛《か》んだ。

五年前、日本実業新聞近畿総局での修業期間が終わり、東京本社流通経済部に配属された。着任早々に関西地盤のスポーツ用品大手、アルプス・スポーツの懇親会に編集委員とともに出席し、当時広報部長だった高森と出会った。

「新聞社に嫌気がさしただけです。今日はこのネタを当てにきました」

鶴田はエクセルで描かれた一覧表を取り出した。資料を目にした途端、高森の眉間に深い皺《しわ》が刻まれた。

「こんなものどこで手に入れた?」

「言えません。御社のデータもいただきたいと思って」

「ウチはここまで高くない。主要店舗の場合、この表より〇・五%から一%程度低い。これ、クロキンのデータかい?」

「御社も高マージンを嫌ってSCから撤退し、独自店舗網を広げているわけですよね?」

「多分だけど、他所《よそ》と理由は一緒だ」

高森は簡潔に話を進めた。

SCに入居する際は、人通りの多さや店舗面積に応じてテナント料がかかる。駐車場の入口近く、あるいはクロキンのような集客力のある企業の近隣はテナント料そのものが高くなる仕組みだと言った。

急行が停車し、都心までの便が良い駅前マンションの家賃が高く、鈍行のみ停車する駅ビルのテナント料が安いことと構図は変わらないとも言った。

「SCは自分が殺してしまった地方の商店街と同じ末路を辿《たど》るかもしれない」

「でも御社が抜けたあと、オックスマートの主要SCには次のテナントが入っています。新潟と仙台はクロサキ・スポーツ、岡山はイワタ・スポーツです」

「SCはなんとか低位均衡を保っている。自前で店舗開発するより、入居した方が初期コストは安いから、奴らが入っただけだ」

「だけ？」

「客足が落ちた店舗を盛り返すには通常の三倍以上のエネルギーが要る。うちのイタリアンブランドのような目玉商品がないときつい」

高森は分厚い胸板のシャツを指し、言った。

「目玉のないテナントが入っても、SC全体の客足をもとに戻すなんて夢物語だ」

「では、オックスマートの仙台や新潟の店はどうなるのですか？」

「クロキンが抜け、アルプスも出た。それぞれの分野で二番手、三番手のテナントが入ったとしても、前の水準まで客足が戻ることはないよ。断言できる」

「そうなると、オックスは？」

「本業のスーパーは全く儲《もう》かっていない。売上高に対する営業利益率はたかだか一％だ。一方、モールを展開するSC事業は三〇％以上になる。持ち株会社としてのオックスマートの営業利益を二〇％も支えているのがモールの実態だ」

高森はゆっくりと言葉を継いだ。

「SC事業は、不動産開発業《デベロッパー》と同じだ。常に大規模店舗を開発し、売上を本体のスーパー事業に注ぎ込まねばならない宿命にある」

スーパー事業は画《え》に描いたような薄利多売だ。巨大グループと言えど粗利益は少ない。超大型のSCを作り、有力テナントを誘致して賃料と売り上げに応じた歩合、マージンの徴収で儲けるのがオックスの強さの源泉だった。

しかも日本中で新たに商圏を切り拓《ひら》いていかねば、いつしか商売のサイクルは行き詰まる。土地価格が永遠に騰《あ》がり続けるとみたかつての銀行と同じで、商圏が継続的に広がり、賃料と歩合収入が途切れないという前提が崩れてしまえば、組織が巨大になった分だけ経営はきつくなる。究極の自転車操業だった。

「二〇〇四年、当時首位だったスーパー・ダイヨーも行き詰まった」

ダイヨーという名を聞き、鶴田は神戸支局に出張したころを思い出した。旗艦店の一つが閉鎖されることになり、雑観記事を書いた。

「今日明日、オックスマートの資金繰りがおかしくなることはない。でも、拡大路線は完全に行き詰まった。我々だって商売だから、沈みそうな船からは逃げるよ」

高森はクロキンの担当執行役員と同じことを言った。

「大店法やその後の法改正はうまく機能しなかったんですか?」

「そんなものザル法だよ、全部」

高森は二〇〇〇年に大きな出来事があったと告げた。通称・大店法が廃止されたことが地方都市を本格的に破壊し始めたと言った。

従来の大規模小売店舗法、通称・大店法は、五〇〇平米以上の店を出す際には地元商工会との協議を経るよう義務づけ、小規模の商店を守ってきた法律だった。しかし、日米通商摩擦の激化、その後に米国大手小売業の日本進出という黒船級の出来事が起こったと高森は言った。また小売業の発言力が強まりつつあった日本の財界主導で規制緩和を要求した。錦の御旗《みはた》のもとに規制が撤廃されると、堰《せき》を切ったように出店が加速したと高森は自嘲気味に言った。

「たしか、まちづくり三法が改正導入されましたよね？」

記憶の糸を辿った鶴田は、〇六年に施行された新たな法律に触れた。

「だから、それがザル法だったんだよ」

地方都市の中心部が急激に傷み始めた途端、政府が焦り、新たな規制を設けた。どこがザルだったのか。鶴田は首を傾《かし》げた。

「改正三法の一つ、大店立地法は別名・大店リッチ法と呼ばれた」

高森が顔を歪《ゆが》めた。政府は法改正で中小の商店を守ろうとしたが、大資本の攻勢により、地方の商店街にはもう体力が残っていなかったという。出店規制の目をかいくぐるように、地元代議士やゼネコンの一部が暗躍したとも高森が告げた。旨味《うまみ》にありついた向きが金持ちになったことがリッチの由来だという。

「改正したといっても、一万平米以下なら出店に縛りはない。それに既存物件なら規制の対象にならなかったから、新法導入前は駆け込みで開店ラッシュが起こった」

現在、ＳＣに見切りをつけたアルプス・スポーツやクロキンは、新店舗を規制ギリギリの面積で展開し始めていると高森が言った。

「ウチもクロキンも上場企業だ。常に投資家から監視されている。既存店売上高が少しでも落ちれば、四半期ごとに株価はストップ安だ。だから増床や値引きで売り上げを必ず前月比でプラスにしなきゃならない」

「でも、この不況ですよね」

高森の眉根が寄った。若手重役の口調が次第に重くなった。

高森は、既存店売上高をプラス圏に維持し続けるため、同業者間の安売り競争が激化する一方だと吐き捨てるように言った。

「安売りを続ければ坪当たりの販売効率はみるみる落ちる。今や、坪効率の悪化が売場面積の増加のピッチを遥《はる》かに上回っている。同業者が倒れるまでチキンレースを続けなきゃならない」

鶴田は懸命にメモを取り続けた。

「我々おじさん世代はあのイメージがオックスマートとダブるんだ」

「イメージ？」

「ボウリング場だよ。子供のころ、親父や兄貴はボウリングに熱中した。幹線国道沿いに続々と作られ、ブームが終わると倒産ラッシュだ。跡地は廃墟《はいきょ》になった」

「オックスマートのＳＣもそうなりかねない？」

「彼らの合い言葉は『お客様の隣に』だよね。言い方を変えれば、売り上げが悪くなったところからはさっさと撤退するスクラップ・アンド・ビルド、これが『隣』というキャッチフレーズの本質だ。今、大型ＳＣの開発を停《と》めているのもその一環だよ」

鶴田はノートの中程に、高森が残した言葉の中で一番印象に残った『ボウリング場跡地廃墟』と記した。

廃墟という言葉が電流のように体の芯を突き抜けた気がした。スクラップ・アンド・ビルドという言葉もノートに刻んだ。地方都市や商店街はスクラップ以下ということだと思った。

「彼らは言葉巧みに地方に進出する。遊休地から固定資産税が徴収できる、地元の雇用を確保できると地方の有力者を誘惑する。いざ大型商業施設ができれば、地元商店街から客を根こそぎ奪う。しかし、儲からなくなった途端、別の土地を探すんだ」

高森は強い口調で言い切った。

「さっきも言ったように、安売り競争で小売業界全体が疲弊し切っているからね、受け皿だったはずの雇用はむしろ減っている。人件費が真っ先に圧縮されるからさ。それに、税収増っていっても、地方公共団体が上下水道や道路の整備に巨額の先行投資を行ったから、差し引きは地元にとってマイナスだ。そんな状況でSCから撤退されたらどうなる？」

「シャッター街と廃墟だけが残るわけですね」

自身が発した言葉とともに、鶴田の頭の中に故郷の姿が浮かんだ。

「結局、土地を提供した地主、SCを誘致した商工族議員と地方議員、それに地場のゼネコンが潤っただけなんだ。改正まちづくり三法の情報は、早い段階から議員センセイたちから漏れ聞こえていたし。相当な裏金が動いたのは間違いない」

高森は、具体的に与野党のベテラン議員の名を挙げた。彼らが特定のゼネコンやコンサルタント会社と結託し、官僚を抱き込んで規制強化の法改正を逆手にとり、旨味を吸ったと強調した。

「アルプス・スポーツもその情報を悪用した？」

「ご想像にお任せするよ。俺だって宮仕えだ。察してほしいね」

高森は息を吐き出した。オックスマートやクロキン、アルプス・スポーツ、それに地方公共団体も全員で酔っていた。二日酔いの朝に様々な自責の念に襲われるように、日本中でこれから宴《うたげ》の後始末が本格化するのだと痛感した。

「日本は人口の減少に歯止めがかからない。毎年平均で八〇万人ずつ減り続けている。地方の大きな都市が二、三個、消失しているのと同じだよ。もう成長の余地はない。大規模焼き畑商業のオックスだから、次のターゲットは中国やインドだろうな」

鶴田が新興国の名をノートに刻んだとき、高森が声を潜めた。

「鶴ちゃん、なぜそこまでオックスマートにこだわる?」

「敵《かたき》だから」

「敵? どういう意味?」

鶴田は頭を強く振ると、応接テーブルに置いたノートとボールペンを取り上げ、トートバッグに放り込んだ。

「御社にご迷惑をおかけするような記事は書きません。ありがとうございました」

鶴田は応接スペースから駆け出した。オフィスビルから神田駿河台の街に飛び出すと、周囲は学生であふれていた。スーツからハンカチを取り出し、強く口元を押さえた。

「敵を討つから」

体格の良い学生たちの間をすり抜けながら、鶴田はハンカチの中で呟《つぶや》いた。

2

新潟から戻った翌日、警視庁五階の自席で田川は蛇腹のメモ整理に没頭した。

中野の居酒屋「倉田や」で殺された産廃業者の西野守に対する鑑取りでは、成果はなかった。田川は西野の母親から得た唯一の手掛かり『モツ煮』『豪勢な宿』という文字を見つめた。亡くなる直前、西野が遺《のこ》した言葉だった。

だが、何度メモを読み返しても、『逆手持ち』とともに、犯人につながるような関連は見えてこなかった。西野家を訪れた八田という男の会社、「ミートステーション」はホームページで確認したが、地方の有力食肉加工業者という以外の手掛かりはなかった。

メモを眺めていると、席の電話が鳴った。隣席の立原が受話器を取り上げた。

「田川さん、面会だってさ」

「一般応接にお通しするように言ってくれ」

田川はデスクの分厚いファイルを摑《つか》んで立ち上がった。約束の時間、午後一時半だった。

田川が応接室に入ると、「スナック　えんじぇる」のチーママ、奈津代がつまらなそうな顔で自身のネイルに見入っていた。

「まずはこれをお納めください」

交通費と捜査協力費の入った茶封筒と受領書を差し出すと、奈津代は面倒くさそうに封筒の中身を一瞥《いちべつ》した。

「時間かかるの？」

「車種を特定していただけたら、すぐに終わりますよ」

交通捜査課のメルセデス・ベンツのファイルを広げながら、田川は精一杯の作り笑いを浮かべた。

奈津代の証言だけが唯一の手掛かりだった。

「クーペでしたね。このタイプでしたか」

田川は付箋を頼りに、ファイルを開いた。まずはＣＬ65、四人乗りの大型クーペで、排気量は六〇〇〇cc、Ｖ12型エンジン搭載のモンスターだった。

「もっと普通の感じ」

奈津代はぶっきらぼうな口調で告げた。次はＳＬＫ55、五五〇〇cc、Ｖ８のハードトップだった。大きさ自体はマツダの小型オープンカー、ロードスター並みだったが、搭載エンジンは化け物級といえる。

「こんなに小さくなかったわ。それにしてもこんな贅沢《ぜいたく》な車、いくらするの？」

「約一〇〇〇万円ですね。人生を三回くらい経験しないと買えない高級車です」

田川はおどけた口調で告げたが、奈津代はにこりともしなかった。店で初めて接した際は、場末に流れ着いたことが性格を曲げたのかと感じたが、どうやらこれが奈津代の地の姿のようだった。さらにファイルをめくった。今度は、Ｅクラスのクーペ。三五〇〇cc、Ｖ６エンジンだった。

「大分普通な感じになりました」

「これよ。間違いない。逃げた男は助手席に乗ったわ」

奈津代が断定した。ぶっきらぼうな口ぶりだったが、かえってこの言い方が信憑性《しんぴょうせい》を高めている。年式ごとに形が違うクーペのページをめくった。だが、奈津代は二年前に出たタイプだと断定した。

「逃走した男を乗せていたにしてはゆっくりと発進したんですよね？」

「そうよ」

証言に間違いはない。車両を特定した。

「ナンバーは覚えていませんか？」

「練馬ナンバーだったこと以外、覚えていないって言ったでしょ？」

「失敬、そうでしたね」

「日焼け止めの腕カバーも見えたし、あの発進の仕方よ。間違いなく女の運転よ」

「大変助かりました」

「お駄賃もらってこんなことを言うのはなんだけど、田川さんって良い人みたいだから、言ってもいいかな？」

「なんでしょうか？」

「生活安全課《セイアン》が嫌いだって前に言ったでしょ？　何人かたかってくる連中がいるの」

警察組織は日頃から身内同士でけん制を繰り返している。末端では、取り締まり対象者に威張り散らし、ストレスのはけ口にする者も少なくなかった。

「あたし、月給制だからママにこき使われているって言ったでしょ。だから店の片付けはいつも二時、三時になっちゃうのよ」

「それは大変だ」

「閉店時間の見回りだって野方署の何人かが店の中に入ってきて、『内緒で客を取っている』、『ウリをやっているんじゃないか』って因縁つけてくるのよ」

なんども田川は頭を下げた。

「焼酎のボトルを強引に持っていったりしてね。文句を言うと、営業許可取り消すって脅してくる」

「本当に申し訳ない。今度、注意させます」

「ううん、そんなんじゃないの。散々嫌がらせされていたから、事件直後にこの話を警察にしなかったの」

奈津代はそう言って突然、頭を下げた。

「とんでもない。きちんと聞き込みをしなかった捜査員のミスです」

「胸のつかえが取れた。今度飲みに来て。田川さんだったら、ボトルをサービスするから」

眼前の奈津代がにっこりと笑った。初めて見せる笑みだ。不機嫌な感情の奥底に、奈津代なりの良心の呵責《かしやく》があったに違いない。奈津代の眉間から深い皺が消えている。

「ありがとう」

奈津代を見送り、空になった応接室で、田川はファイルに改めて目をやった。

二年前、中野の居酒屋「倉田や」で三人を死傷させた犯人は、アーケード街を走り抜け、待たせてあったベンツの高級クーペに乗って逃走した。中古にしても、六〇〇万円近くするはずだった。五八万円の売上金と被害者《マルガイ》の財布を奪った犯人が、高級車で逃走するのか。

ナイフを『逆手持ち』する外国人軍隊経験者が犯人かもしれない。だが、売上金が目当てだったという当時の特捜本部の筋読みは、完全に外れだと田川は確信した。

3

「毎回刺激が強いな。今回は一段と濃いね」

「PV《ページビュー》が上がれば、問題ナシですよね？　前回は二〇万超えたはずですよ」

「よく取材したって感心しているんだ」

大型のモニターに映った鶴田の原稿を読み終えた羽田編集長は、わざとらしい素振りでエンターキーを叩《たた》いた。

二週間前、オックスマート傘下のオックスエレキ急成長に関する記事を出した直後、滝沢室長の猛抗議を受けた。同席した羽田編集長はほとんど口を利かず、冷や汗をかいていた。

「校了です。いまトップニュースに掲載しました」

デスクに戻ると、鶴田は自席の大型モニターに掲載されたばかりの記事を表示させた。

『巨大流通業の落日＝逆回転始めたオックスマートの成長戦略』

インターネット専業メディア、『Biz.Today』のロゴ横に、点滅する『New!』の文字とともに自身でも刺激的だと思う見出しが載っていた。見出し横にはカメラを睨《にら》み付ける自分の顔写真がある。

クロキンやアルプス・スポーツで得たデータを盛り込んで、オックスマートが展開してきた巨大SCが岐路に差し掛かっているとの主旨で記事を書いた。

『高率のマージンが命運分ける』

まずは、ファスト・ファッションやスポーツ用品、雑貨など、消費者への訴求力が高いブランドが全国各地のオックスマートSCから撤退を始めていると触れた。またこれら有力ブランドが相次いでSC近辺に自社で出店を始めた背景に、テナント料とは別に売上に応じて家主であるオックスに徴収される歩合《マージン》があると切り込んだ。

『戻らぬ客足＝SCは第二のボウリング場か』

ガソリン高騰を契機にSCの集客力が落ち、これが優良テナントとオックスの関係悪化を招いたとして、高森らの発言を覆面引用する形で記事に盛り込んだ。記事の最後には、高森が口にした廃墟となったボウリング場と、近未来のSCの姿が重なる懸念があるとした。

画面を切り替えた鶴田は、IDを打ち込み、関係者しか閲覧できないPV情報を見た。どの記事が読まれているかリアルタイムでカウントし、グラフ化した画面だった。鶴田の記事の横には、急激な右肩上がりのカーブが現れた。

コーヒーを喉に流し込んだとき、インターンの大学生が鶴田の名を呼んだ。早速、抗議に違いない。受話器を取り上げた。

〈どうして一声かけてくれなかった？〉

オックスマートの滝沢だった。

「東証で取材したのにお答えをいただけなかったので。仁義を切る必要はないと考えました」

〈日本実業新聞はそんな基本的な躾《しつけ》も怠ったのか〉

「私はあの会社を辞めております。せいぜい、お友達の編集委員に私の悪口を言っておいてください」

〈クロキンが漏らしたの？〉

突然、滝沢の口調が変わった。猫なで声に近かった。

「情報源《ソース》を明かすわけには参りません」

〈ドラッグストアのマツザキあたりのデータを混ぜたのか？〉

「誘導尋問されても無駄です」

〈向こう三年間、おたくのサイトに民放一局分の広告予算を回してもいいんだが〉

「滝沢室長、この会話をそのまま記事に追加しますよ」

鶴田は電話に直結させ、会話を記録していたＩＣレコーダーを受話器に近づけて再生した。

〈民放一局分の広告予算を回しても……〉

〈今度体当たり取材なんかしたら、それなりの対応をさせてもらう〉

鶴田は受話器を叩き付けた。

「コーヒーのお替わり、よろしく」

マグカップを天井に向けたとき、傍らに大学生インターンが歩み寄った。

「タレ込みっぽいですよ」

学生の手からメールのコピーを引ったくると、鶴田は文面に目をやった。

『Biz.Today鶴田様』

大手プロバイダの無料メールのアドレスが印字されていた。自らの身分を明らかにしたくない読者が使う常套手段《じょうとう》だった。鶴田は本文に目を向けた。

『与党のプリンス・柏木文部科学相の実兄企業がなぜ野党の大物・三浦《みうら》議員のお膝元に大規模SCを出店できたのか？　ミートステーションがカギ』

鶴田はキーボードを引き寄せ、議員の名を検索欄に入れた。すぐに、宮城県選出のベテラン野党議員、三浦修《おさむ》の脂ぎった顔が現れた。履歴をみると、県議から国会議員に転じ、農政や建設行政に多大な貢献をしたとのキャリアが掲載されていた。

鶴田が画面に釘付《くぎづ》けになっていると、同僚の中年記者がモニターを覗《のぞ》き込んできた。

「三浦代議士と柏木文部科学相は仲が悪いんですよね？」

「最悪だね。オックスの次男坊で大金持ちの柏木、貧しい農家の末っ子・三浦だからね」

「具体的には？」

「保守同盟の党首選挙のときは、奴ら同じ派閥だったのに、利権をめぐって対立してさ。党本部で怒鳴りあったし、柏木が民政党に移ったあとも予算委員会で乱闘している」

鶴田は取材ノートを取り出した。宮城県仙台市郊外にオックスマートが巨大SCを進出させたのは、三年前だった。新潟や岡山など他の地方の大都市に比べ、進出した時期は遥かに遅かった。

タレ込みのコピーを一瞥した鶴田は、至急連絡を取りたい旨、そして自身の携帯電話の番号、メールアドレスを添付してメールを送り返した。

鶴田はデスクの引き出しを開けた。小さな写真立てに入れた笑顔のスナップがあった。

「徹底的にやるから」

小さな声で言ったあと、鶴田はコピーを見つめた。意味深なメッセージのあとに鶴田の知らない名があった。

「ミートステーション?」

インターネットの検索欄に名を入れたあと、鶴田はエンターキーを叩いた。

4

帰京直後から、滝沢は浜松町のオックスマート本社内を駆け回った。役員フロアに辿り着いたときは、午後二時半を回っていた。経営企画室長の札がかかったドアの前で、中年の女性秘書が顔を曇らせていた。

「室長、お客様をお部屋にお通ししてございます」

秘書は名刺を滝沢の眼前に差し出した。

「なぜ呼ばなかった?」

「何度もお呼びすると申し上げたのですが」

「どのくらいお待たせしているんだ?」

「三〇分ほどです」

滝沢はドアを押し開けた。応接セットに痩せた男がいた。新潟店を視察したとき、メールを入れてきた壮年の男だった。

「八田さん、大変お待たせいたしました」

滝沢は男に向けて深く頭を下げた。頰のこけた顔が、薄ら笑いとともに歪んだ。

三年半前、オックスマートは政令指定都市で唯一大規模SCを展開していなかった仙台地区に目を付けた。

だが、地元に根回しを開始した直後から横槍《よこやり》が入った。柏木会長の実弟、柏木友次《ともつぐ》衆議院議員が原因だった。地元経済界と揉《も》めに揉めていた際、八田は今日のようにひょっこりと滝沢の部屋に現れた。その際、大きな借りを作った。

「商談で近くまできたものですから」

大きな二重の目が舐《な》め回すように滝沢を見ていた。暴力団相手の交渉の方がよほど気楽だった。

八田はハイライトを取り出すと、百円ライターで火を灯《とも》した。仙台市を拠点に、東北各地で業容拡大を続ける企業を一代で築いた男は、ゆっくり煙を吐き出した。

「都心向けで低価格商品専門の店舗を展開されるそうですな。どの程度出されるのですか?」

「私鉄沿線を中心に、まずは五〇店舗くらいからと考えております」

八田が鞄《かばん》から書類を取り出し、パンフレットを滝沢の前に置いた。

「新店舗で使ってもらえませんかね?」

「新製品ですか?」

「仙台周辺の店舗で使っていただいている製品の小型版です。性能は従来品より上です」

「検討させていただきます」

「新しい店では、お惣菜《そうざい》コーナー作るんでしょ? 首都圏の忙しい主婦やOLをターゲットにすると日本実業新聞に出ていましたよ。オックスさんから注文をいただいたら機械メーカーに専用ラインをフル稼働させます」

八田の口元が歪み、煙草《タバコ》のヤニで黄色く染まった前歯が見えた。

「新店舗網の具体的な内容が決まり次第、真っ先に担当者を御社に派遣します」

「この場で決めてもらうわけにはいかないですか？」

「少しお待ちください。恩人に失礼なことはいたしませんから」

食品会社や衣料品メーカーの担当者が同じことを言ったら、間違いなく出入りを禁止している。だが、相手は八田だった。

オックスの裏の仕事は、いくつもこなしてきた。しつこいクレーマーや、ヤクザ者とかけ合いを繰り広げたことさえあった。しかし、八田にだけはかなわなかった。

「本当に出来が良いので真っ先に使ってほしいのです。カッターを付け替えれば、従来のソーセージやハンバーグだけでなく、リサイクル品を使ってコロッケも作れますよ」

八田はゆっくりとした口調でセールストークを展開した。

滝沢は八田の歪んだ口元を見た。肉の調達ルートをさらに多様化させたこと、新たに入手した添加物の効能のほか、新型の機械で作り出せる新たな商品がいかに安価であるか、八田は滑らかな口調で強調した。この機転の速さがこの男の会社を成長させた。だが、オックスマートを通じてこの男が作った加工品を買う顧客は、その詳細を知る術《すべ》がない。一方的に話し終えると、八田が立ち上がった。滝沢は自室のドアを開け、八田を役員フロアのロビーからエレベーターホールに誘導した。

「近々、一杯やりましょうか」

「いいですね」

心にもない言葉を吐きながら、滝沢は八田を見送った。自室の前まで戻ると、女性秘書に新型機のパンフレットを手渡した。

「惣菜担当に回してくれ」

「これはどんな機械ですか？」

「デフレの申し子だ」

「はっ？」

「いかがわしい食い物を作るブラックボックスだよ」

滝沢の言葉に、秘書が首を傾げていた。

「なぜあの方だけ特別なのですか？」

長年、滝沢と行動を共にしてきたベテラン秘書が尋ねた。

「仙台だよ」

「そうですか、あの方が地元を説得してくださったわけですね」

「最近は政商気取りだ」

「室長でも苦手な人がいるんですね」

「友次先生と三浦先生は犬猿の仲だからな」

柏木友次は一年前から文部科学大臣を務めている。会長と反りが合わず、大学卒業後すぐに日本保守連合の大物議員の秘書を務め、三二歳にして衆議院議員に初当選した。政界再編後に現与党の日本民政党に転じ、政調会長を経て現内閣で二度目の入閣を果たした。

一方、仙台地盤の三浦修議員は、保守連合時代に友次が属した派閥の事務総長だった。二人は肌が合わず、オックスマートは事あるごとに三浦から睨まれ、嫌がらせを受けた。

「仙台のときは色々なことがあり過ぎた」

滝沢は部屋に籠ったハイライトの煙を手で扇《あお》いだ。頭の中に、煙草とは違う種類の煙が立ちこめたと滝沢は身構えた。

5

「ゴメンな。会議が押しちゃってさ」

「構わないわよ。押し掛けたのは私の方だから」

大手町のビジネスビルの一五階で、鶴田は大学のゼミ同期、河合渉《かわいわたる》と顔を合わせた。

はち切れそうなワイシャツに汗染みを浮かべ、河合が小さな応接テーブルに封筒を差し出した。

河合の肩書きは鶴田と同様に「記者」だが、取材対象は企業の生き死にが専門だった。東都商業バンクという老舗信用調査会社に就職し、五年前から東京本社で全国の問題企業の動向を追っていた。

「いきなりこんなディープな企業のデータが欲しいっていうからびっくりしたよ」

吹き出た汗を拭きながら、河合が封筒から調査票を取り出した。

「創業は一九七五年、八田社長が一代で興した。財務面では一切の問題なしだね」

資本金や従業員数に関する記述が並んでいた。直近一〇年のデータをみると、毎年業容を拡大し、企業評価も最高位の「A」が付与されていた。

「暴力団のフロント企業だからディープなわけ?」

「フロント企業よりたちが悪い。社長の八田は地元で政商と呼ばれている」

ゼミの同期生は、周囲で打ち合わせをする調査マンに気を遣い、小声で言った。

「元々、この人物は東海地方の貧しい農家の末っ子で、親戚を頼りに仙台の精肉店に丁稚《でっち》奉公に出されたそうだ」

河合は八田社長のプロフィール欄を指した。東海地方山間部の中学校の名が最終学歴として記されていた。

「目端の利く少年だったようだ。奉公先に気に入られ、暖簾《のれん》分けで仙台に小さな精肉店を開業したのが三〇歳のとき。その後精肉だけでなく、ハンバーグやソーセージなどの加工品も手がけるようになり、従業員は五〇〇名まで膨らんだ。地元商工会や県庁、それに県議会関係者との付き合いを密にして、あの三浦代議士の側近にまでなった」

「なぜ急激に業績が上向いたの？」

「詳細は知らないけど、安い原料を効率的に調達して、うまく拡販したからじゃないかな。食品加工はいろいろと裏ワザがあるらしいから」

「そうか、それであのタレ込みか」

「鶴ちゃんにネタを持ち込んだ主は、癒着の中身を知る人物だよ」

「でもね、まだ返信がないのよ」

「オックスマートに関するスクープ、面白かった。でも、あんまり叩かない方がいい。実際、こんな怪しい業者を刺すメールが来るくらいだから」

「望むところよ」

「滝沢室長は裏社会にも通じた番頭だし、それに今度のミートステーションだ。先輩に聞いたけど、この企業だって裏に顔が利く。だから政商なんだ」

河合は一段と声のトーンを落とした。

「八田という人物だけど、汗をかかない人らしい」

「人をうまく操るって意味？」

「暗闇にまぎれ獲物を探すハブみたいだってさ。だから汗は無縁なんだ」

「戦うのは一人じゃないわ」

「それと仕事とは分けて考えなきゃ。俺、心配して言っているんだから」

「河合君なら、分かってくれるでしょ？」

鶴田は作り笑いを浮かべたあと、調査票をトートバッグに放り込んだ。

6

応接室で奈津代を見送った田川は、その足で捜査一課の大部屋に向かった。第三強行犯係のシマで、ヌードグラビアを眺めていた池本の肩を叩いた。

「一つ頼まれてくれないか」

「そろそろだと思いましたよ。なにをやればいいですか？」

田川は小声で切り出した。

「この車、探してくれ」

交通捜査課の分厚いファイルを開き、奈津代が断定したEクラスクーペのページを池本に向けた。

「検索範囲は東京二十三区、ナンバーは『練馬』ってことしか分からない」

「不完全ナンバーですね、まぁ、なんとかしましょう」

全国の幹線道路や高速道路には自動車ナンバー自動読取装置、通称Nシステムが設置してある。殺人事件捜査のほか、現在進行形の逃走犯追跡に威力を発揮する。検索をかける際、各陸運局の名前と四ケタの数字を入力する。一つでも欠けていると検索が難航する。照会時には「完全」もしくは「不完全」かが重要となる。

「ひとまず、持ち主を特定してもらえないか」

「了解です」

田川はメモを池本に手渡すと、さっさと古巣の大部屋を後にした。

五階の自席に戻ると、田川は腕組みした。近日中に逃走犯を乗せたベンツの持ち主が判明する。犯人につながるかは不明だが、真っ暗闇だった事件に、薄日が射《さ》してきたのはたしかだった。

この間、もう一人の被害者の鑑を洗う必要があった。逃走に用いられた車両がベンツだったことで、特捜本部が見立てた通り魔的な強盗殺人という筋は限りなく薄まった。

西野の鑑取りでは『モツ煮』というキーワード、大金が入る、弔問客の八田という人物以外は摑めなかった。もう一人の被害者である赤間祐也から濃厚な鑑が浮かび上がるかもしれない。ファイルを開いた田川は、生前の赤間の写真を見つめた。

無造作に伸ばした髪と細い目、無精髭《ぶしょうひげ》は、一見だらしない風貌にも見えた。だが、目尻が下がっている。眠そうな目付きが人柄の良さを映しているようだ。

写真の裏には、赤間の履歴が記されていた。

仙台の銀行マンの長男として生まれた赤間は、地元進学校から岩手大学農学部獣医学科に進んだ。卒業後は宮城県内の畜産と酪農専門診療所に勤務し、東北地方を中心に肥育指導や診療にあたっていた。

赤間の勤務先に電話を入れた。事件の担当になったこと、そして赤間の交友関係等を聞きたいと告げた。女性事務員のあと、東北訛《なまり》がかすかに残る所長が電話を替わった。

〈犯人の目星が付いたわけではねぇのすか〉

「赤間さんがなぜ東京の中野にいらっしゃったのか、心当たりはありませんか？　彼は中野に馴《な》染《じ》みがあったのでしょうか？」

〈知っている限り、彼はずっとこっちにいだからな〉

「彼がトラブルに巻き込まれていたということは？」

〈絶対ないですわ。バカがつくほど正直だったし〉

「誰かに恨みを買うようなことも？」

〈トラブル以上にないですね〉

所長は赤間にまつわるエピソードを教えてくれた。気温が氷点下に下がったある晩、難産に苦しむ母牛を徹夜で看《み》たあと、赤間は藁床《わらどこ》で二時間も大鼾《おおいびき》をかき、分娩《ぶんべん》を終えた母牛に顔を舐められるまで眠り続けたという。

「なにか思い出されたら連絡をください」

受話器を置いた田川は、蛇腹メモを繰った。同じ時刻、同じ場所で殺害された西野守は、暴力団構成員の産廃業者であり、赤間は農家の信頼を一身に集める優秀な獣医師だった。互いに接点はなく、鑑は一向につながらない。

金銭目的の単純な強盗殺人だったのか。鑑のつながりなど、初めからないのではないか。

特捜本部の見立てに目をやりながら、田川は唸《うな》った。Eクラスクーペが盗難車だったらどうか。

韓国や中国の特殊部隊経験者が『逆手持ち』で殺人を犯し、共犯者は盗難車で実行犯を待ち構えていたならば辻褄《つじつま》が合う。だが、奈津代の証言がこれを否定する。強盗犯と盗難車に乗った共犯者が、ゆっくり発進するとは考えにくかった。

手帳をデスクに放り出すと、田川は警察電話《ケイデン》に手をかけた。

「矢島理事官、ご相談にうかがいたいのですが」

田川は直属の上司に対し、仙台出張を切り出した。

〈そんなあやふやなことで出張されては経費が持ちません。もっと確固たるネタが出てきたときのみ、ご報告をお願いします〉

強い口調で言い放ったあと、矢島は電話を切った。上司の言うこともしかりだった。

「見落とした要素があるかもしれない」

デスクに放り出したままになっていた手帳を取り上げると、田川は一心不乱に自身のメモの字を追った。

7

愛用の小刀・肥後守《ひごのかみ》を取り出すと、田川は鉛筆を削り始めた。

〈迷ったときは、鉛筆を削って呼吸を整えろ〉

先輩刑事の言葉を思い起こしていると、背後からドスドスと足音が響いた。

「分かりましたよ」

池本だった。

「どこで引っかかった？」

「やはり練馬の陸運局管内でした」

池本は背広の内ポケットから書類を取り出した。交通捜査課の担当者印が押されていた。

「メルセデス・ベンツ、この年式のＥクラスクーペ保有者は都内で一五〇名。このうち、白や赤、シルバーなどのカラーを除外すると、残りは二〇台、うち一五台は男性名義。ちなみに一〇台は会社経営者やプロ野球選手、二台は目撃者《マルモク》が言った通り、ホストが所有していました。念のため、生活安全課《セイアン》にいるツレ経由でホストのアリバイ等を調べましたが、シロでした」

池本の言葉を聞きながら、田川はじっくりと書類の内訳に目をやった。

「練馬管内、グレーや黒は五人です。このうち、女性は一人だけです。例のチーママの証言が的を射ていたら、ですけど」

「彼女は間違ってないよ。日焼け防止の腕カバーを覚えていたくらいだからな」

池本が書類の一点を指した。

「『安部早苗《あべさなえ》』か」

住所は杉並区阿佐谷南だった。ＪＲ中央線沿線にある高級住宅街で現場に近い。

「この書類、もらっておくぞ。まずはこの人物を当たってみる」

「ちなみに独身です。勤務先も調べておきました」

「なに？」

「こんな車を買える連中ですからね。自営業者の他は水商売だろうって睨んだわけですよ。生活《セイ》安全課《アン》のツレにはたっぷり貸しがあるんで、洗わせました」

「何者だ？」

「六本木のクラブのママでした」

田川は書類を引ったくるように取り上げた。個人資料だった。生活安全課のどこかの班が独自に作成したもので顔写真も添付されていた。

「高級店か？」

「そうです。座っただけで四万円、お姉ちゃん二、三人つけたら軽く一〇万円超えます」

安部の顔を睨んだ。飛び切りの美人ではなかった。やや面長で、切れ長の目をしていた。年齢は三二、三歳程度だろうか。

「源氏名は村上冴子《むらかみさえこ》、銀座の有名店を経て、五年前に『エスカレード』にスカウトされたそうです。夕飯食ってから行ってみませんか？」

田川は腕時計を見た。既に午後六時半をすぎていた。

「酒は飲むなよ。勤務中だからな」

「酒で油断させる田川さんとは思えないな」

池本が減らず口を叩いた直後だった。池本の携帯電話がけたたましく鳴った。着信番号を見た瞬間、相棒は眉根を寄せた。

「管理官です」

池本は駆け足で継続捜査班のシマを後にした。

田川は、手帳の蛇腹メモに村上冴子こと安部早苗の個人データを書き込み始めた。Ｅクラスクーペの残像が頭の中に浮かんだ。この安部という女が逃走の手助けをしたのか。白っぽい顔と薄暗い中野の路上の光景がなんども頭の中で交錯した。

8

職員食堂で定食を摂《と》ったあと、田川は六本木交差点に向かった。六本木通りと外苑《がいえん》東通りを行き交う車の多さは昔と一緒だったが、鑑取りで頻繁に顔を出していたころと比べ、人通りは格段に減っていた。

待ち合わせで有名な洋菓子店の脇から細い坂道を下った。タキシード姿の若い男や、金色の髪を結い上げた女たちが名刺大のチラシをさかんに配っている。

小径《こみち》を飯倉《いいくら》方向に二分ほど歩くと、テラス席を備えたレストランが見えた。Eクラスクーペの所有者、村上冴子こと安部早苗は、このレストランの下、高級クラブ「エスカレード」にいる。

事前に客を装って電話を入れた。同伴中で店に顔を出すのは夜の九時半前後になると聞かされていた。田川は腕時計に目をやった。午後九時三八分だった。

レストランのテラス横からビル内部に続く通路を進むと、肩を剝《む》き出しにした若い女が三人立っていた。

「いらっしゃいませ」

ロングヘアをカールさせた女が口を開いた。交差点裏でビラを配っていた若い女とは違い、高そうなドレスを着ていた。口調も落ちついている。

「お店はこの下だったかな？　久しぶりだから忘れちゃったよ」

酔客のふりをして尋ねると、女は恭しく一礼し、細い指でエレベーターのボタンを押した。地下一階では、黒服が待機していた。田川は警察手帳を取り出した。

「他の客に迷惑をかけたくない。カウンターにでも通してくれるかな」

「ご苦労様です。どうぞこちらへ」

「すぐに帰るから」

店に入ると、板目の美しい内壁が見えた。壁には油絵もあった。

「こちらにおかけください」

フロアの手前の通路側に黒いカウンター席があった。背後の棚には高級ブランデーやシングルモルトがあった。その横にはガラスの冷蔵庫があり、シャンパンやワインが詰まっていた。中野の「スナック　えんじぇる」とは全く趣が違う。

「ビールかグラスのシャンパンでもお持ちしましょうか？」

かすかにミントの香りがするおしぼりを差し出し、黒服が田川の顔を覗き込んだ。

「仕事中だから、ウーロン茶もらえるかな」

「どういった捜査でしょうか？」

「うん、ママにちょっとだけね」

「どのママでしょうか？」

黒服が探るような目付きで言った。高級クラブではオーナーの下に複数の雇われママを配置するケースがある。「エスカレード」もそういうシステムなのだ。

「冴子ママに話を聞きたい。出勤しているかな？」

黒服は静かに従業員控え室らしき部屋に向かった。

ウーロン茶を舐めながら、田川は周囲を見渡した。客の入りはまばらだったが、既に二〇人程度の中年男たちが四、五個のボックス席に陣取っていた。

フロアの奥には螺旋《らせん》階段が見えた。その先はＶＩＰルームのようだった。

「お待たせいたしました。村上冴子でございます」

背後から、ハスキーな声が響いた。村上冴子こと安部早苗は背が高く、細身のジャケットをまとっている。タイトスカートから細く長い足が伸びていた。面長な輪郭の中に、ぼってりとした唇があった。口元は笑みを浮かべていたが、切れ長の目は鋭く田川を見ていた。カウンターの隣席を勧め、冴子ママを座らせた。

「お尋ねしたいのは、この車です」

「どうしたのですか？」

「詳細は明かせませんが、事件の裏付けでちょっとだけ知りたいのです。村上さん、いや、安部さん。同じタイプのものをお持ちですよね？」

冴子ママは小さく吹き出した。一見クールな印象だったが、笑うと鼻の頭に皺が現れ、別人のように愛想が良くなった。このギャップで、客の心を摑んでいるのだ。姉御肌で、男を巧みに操るタイプだと思った。

「ええ、たしかに持っておりました」

「持っていた？」

「手放したんです。スプレーで悪戯《いたずら》書きされちゃったので」

「下取りに出したということですか。それはいつ？」

「一年半前、いえ、二年前だったかしら」

カウンターの背後、ちょうどシングルモルトのボトルが並んでいる辺りに目を向けながら、冴子ママが答えた。田川は視線を追った。シングルモルトから、今度は控え室方向、田川の後ろ側を見ていた。

「正確な日付は？」

「業者に任せきりにしていたので」

「書類は保管していますか？」

「すみません、引っ越しのときにいくつか段ボールがなくなってしまいまして」

冴子ママは、唇を尖《とが》らせ、困った表情を作った。

「そうですか。今はどんな車に？」

「これです」

冴子ママは、携帯電話を取り出すと、小さなモニターを田川に向けた。薄いピンクのネイルの間から、交通捜査課のファイルで見た小型のハードトップが見えた。

「SLK350ですね。排気量三五〇〇cc、V6エンジンだ」

「よくご存知ですね」

冴子ママが作り笑いを浮かべたとき、黒服が近づいてきた。黒服は掌で口元を覆いながら、耳元で何事か囁《ささや》いた。

「もうよろしいでしょうか？　指名がかかりましたので」

冴子ママは愛想笑いをしながら言った。ただ、切れ長の目は、露骨に帰れと言っていた。

「大変失礼しました」

田川はカウンター席から離れると、さっさと出口に向かった。

地上に上り、店の女たちの姿が見えなくなったところで、携帯電話を取り出した。

〈はい、継続班〉

立原が電話口に出た。

「クルマの照会頼むよ」

田川は蛇腹メモからデータを探すと、安部の名前と車種を告げた。

電話を終えた田川は、外苑東通り沿いの二四時間営業のコーヒーショップに入った。ブラックコーヒーをオーダーし、表通りを見下ろせる二階席に着いた。

手帳を取り出し、データを整理しているうちに一時間が経過した。

田川がおかわりのオーダーで腰を浮かしかけたとき、携帯電話が鳴った。

〈立原だ。分かったよ。二年前の九月二〇日付で廃車になってる。名義人は安部早苗だ。練馬の業者でスクラップになった〉

「スクラップだって？　事故か？」

〈いや、事故のデータはなかった。業者の連絡先は携帯にメールしておくよ〉

「助かったよ」

電話を切った田川は、冴子ママの顔を思い浮かべた。突然の刑事の訪問にも、ママは冷静に対応した。だが、ベンツの話を切り出した途端、わずかではあったが目が泳ぎ始め、安部早苗の素顔が現れた。

「当たりだな」

先ほど安部は「手放した」と告げた。その後、田川が正確な日時を聞いた際は、時期を偽った。下取りに出したあと、新たなオーナーが事故に遭い、廃車にした可能性も考えた。だが、継続班の同僚ははっきりと安部早苗の名を口にした。

廃車と下取りでは扱いが全く違う。新車時に一〇〇〇万円近くした車両は、下取りに出せば多少の擦り傷があっても、年式が古くとも四〇〇万円程度にはなったはずだ。廃車扱い、しかもスクラップにしてしまえばただ同然だ。

雇われママにそこまでの余裕があるだろうか。不況のど真ん中だ。高級クーペを廃車にして、今度もまたベンツを買う余裕などあるはずがない。羽振りの良いパトロンがいる、そう考えるのが自然だった。

もう一度、田川は安部の顔を思い浮かべた。下取りと田川が告げた瞬間、目線が泳いだ。誰かを庇《かば》っている。

田川は蛇腹のメモを遡《さかのぼ》った。『逆手持ち』『モツ煮』『豪勢な宿』『ベンツ』と記したページに辿り着くと、田川は『逆手持ち』『ベンツ』を矢印でつないだ。

六本木の高級クラブのママを囲うような輩《やから》が居酒屋の売上金を狙うのは不自然だった。中野におびき寄せた西野と赤間を殺すのが目的であり、売上金奪取は粗暴犯にみせかけるための偽装だ。

田川は蛇腹メモの空きスペースに西野・赤間と記した。しかし、今度は別の矛盾が浮かび上がった。今のところ、西野と赤間の間に明確な鑑のつながりは見出《みいだ》せていなかった。

田川はなんどもメモを見返した。

時刻は午後一一時を回っていた。六本木一帯は、麻布署の取り締まり強化で午前一時に一斉にクラブが閉まる。変則的な形ではあったが、久々の張り込みだった。

9

日付が変わり、午前一時一〇分になった。田川がビルの陰で「エスカレード」のエレベーターを張っていると、池本が合流した。

「地検向けの書類に不備がありましてね。管理官にたっぷりしぼられました」

池本は田川の視線の先を睨んだ。コーヒーショップで過ごす間、携帯メールで冴子ママと会ったこと、そして明確に嘘《うそ》をつかれたことを池本には伝えてあった。

田川と池本は、地下フロアから出てくる中年男たちを見送った。一時二五分になると、日産のエルグランド、マツダのMPVがハザードランプを灯しながら停車した。

「送りだな」

客とアフターに行かないホステスたちは、店が手配した車で帰宅する。若いホステスが連れ立って店から出てきた。派手な髪型とは対照的に服装は地味で、娘の梢と大差ない女もいた。

送りの車が相次いで発車した。直後、恰幅《かっぷく》の良い壮年の男と腕を組みながら、冴子ママがテラス横に現れた。

背後には、田川を先導した黒服がいた。黒服は素早く流しのタクシーをつかまえた。タクシーが発車すると、田川はビルの陰から駆け出した。

「先ほどはどうも」

声をかけると、男は肩を強張《こわば》らせた。

「刑事さん、どうしました?」

黒服は田川と池本の顔を交互に見ていた。

「夜食食べにいかないか?」

「はぁ?」

「早く着替えてきなよ」

池本が黒服の肩を何度も叩いた。黒服は渋々頷《うなず》き、店の中に駆け込んで行った。

当事者本人ではなく、外側からネタを引き出し、徐々に間合いを詰めていく。この間、黒服のような人物には穏やかに対応し、かつ釘を刺しておく。田川流のやり方だった。

「あの、私、あまりお話しするようなことはないのですが」

「いきなり手帳出すなんて無粋なことをしたからさ、お詫《わ》びだよ」

ポロシャツ、コットンパンツに着替えた黒服を六本木交差点方向に導いた。その後、田川は交差点のメガバンク支店の並び、牛丼屋が入居するビルの六階に黒服を連れていった。

「おや田川さん、ご無沙汰です」

細長い雑居ビルの最上階にあるバー、「リモーネ」だった。

第三強行犯時代、田川が度々情報提供者《ネタモト》を連れてきた隠れ家的な場所だ。田川はターンテーブル脇のボックス席に黒服を座らせた。

「ここは穴場でね。メシが特別ウマい店だ」

「でも、私は刑事さんにお話しするようなことは……」

「無粋な捜査のお詫びだってば。まだメシ食ってないんだろう?」

田川はカウンターの店主、広田《ひろた》に目配せした。広田と入れ違いに、バーテンダーが黒服の前に生ビールのタンブラーを、田川と池本の前にウーロン茶を置いた。

「『エスカレード』の黒服君たちは礼儀正しいね」

「オーナーの教育が徹底していますから」

「色んなクラブに聞き込みに行ったけど、あの店は大したもんだ。お客さんも上品だったしね」

「過剰営業をやらせないので、自然とお客様の層が良くなったと聞いています」

黒服はビールを飲みながら、少しずつ話し始めた。

「冴子ママの他にママは何人いるの？」

「二人です」

「冴子ママの売り上げが一番だよね？」

「やっぱり分かりますか」

田川は美人すぎるホステスに優秀な人材が少ないとの持論を展開した。

「冴子ママは僕らにもお小遣いをくださいますし、気配りが行き届いた方です。姉御肌とでも言うのでしょうか」

「だから各界の大物が集うってわけだ」

「そうです。店の真ん中に螺旋階段があったのをご覧になりましたか？」

「VIP席だろ？」

「きょうも清田《きよた》選手がお見えになりました」

プロ野球のスター選手の名を黒服が告げた。清田光輝《こうき》はここ数年、億単位の年俸を勝ち取っていた。一〇〇〇万円クラスのクーペを冴子ママにプレゼントしても不思議ではない。

「芸能人は？」

黒服は大物演歌歌手、黒田光男《くろだみつお》の名を口にした。黒田クラスならば年収は優に億円単位だ。

「次はなにを飲む？」

黒服は遠慮がちにスコッチの水割りを頼んだ。

「IT長者とか、若手実業家はどうだい？」

「一昔前のIT系の方々はいなくなりましたけど、実業界にもママのファンは多いですよ。小売業界や製造業のお偉いさんたちも頻繁においでになります」

「ちなみに、どんなＶＩＰかな？」

「野球選手や芸能人ではないので、個人名は勘弁してください」

「企業名くらいはかまわないだろう？」

「トミタ自動車の役員さんのほか、東証一部上場企業の方々が頻繁においでになります」

「なるほど。ちなみにお爺《じい》ちゃんではないだろう？」

「最近の上場企業は世代交代とかでお若い方が役員をやっていらっしゃいますから」

黒服の言葉を聞いた直後、田川は電話が入ったふりをして、トイレに立った。個室に飛び込むと、聞き出したＶＩＰたちの名を蛇腹のメモに刻み込んだ。

『清田光輝、黒田光男、トミタ自動車』とそれぞれ記したあと、田川は腕を組んだ。

朝一番で事件当日のアリバイを調べなければならない。

『逆手持ち』『モツ煮』『豪勢な宿』『ベンツ』のうち、ベンツの目星はつきかけている。新たに加えたリストのうち、誰がナイフを『逆手持ち』にしたのか。それに被害者である西野と赤間とはどのようにつながるのか。朧《おぼろ》げではあるが、薄《うっす》らと筋が見えてきたような気がした。

10

六本木から帰宅し、三時間だけ睡眠を取った。起床すると、田川は急いで本部に出勤した。自席に着くと、電話帳で目的の番号を探し出し、ひたすら電話をかけ続けた。

「そうですか、九月一五日から清田選手は福岡に遠征されていたわけですね」

〈延長戦でしたので、球場を出たのが一五日の午後一一時過ぎです。これでよろしいですか?〉

行動履歴を尋ねる田川に対し、球団職員は露骨に不快な声をあげた。

受話器を置いた田川は、スポーツ新聞のスクラップと蛇腹メモを引き寄せると、『清田』の欄にバツ印を付けた。

「精が出るね」

田川の背後から、あくびを嚙み殺しながら立原が現れた。田川は昨晩の礼を言った。

「手伝おうか?」

「大丈夫だ。一課の人間を一人つけてもらったからさ」

「玄関で矢島理事官《ヤッチャン》に会ったんだけど、探りを入れてきたよ」

「探り?」

「当時の特捜指揮官としては気が気じゃない、そんなとこだろうさ」

「彼には黙っていてもらってもいいか」

「もちろん。プライドの高い捜一理事官に肩入れする理由はないからね」

立原はつまらなそうな顔で席に着くと、自身の資料ファイルを読み始めた。

付箋をつけた電話帳をめくった。今度は演歌界の大御所、黒田光男の番だった。朝一番で電話した際は、マネージャー不在で分からないという返事だった。

〈何度もすみませんね田川さん〉

電話の向こう側から擦《かす》れた男の声が返ってきた。男は筆頭マネージャー兼事務所の取締役だと名乗った。

〈組対四課の課長に聞いたけど、田川さんは優秀な刑事さんらしいですな〉

「そんなことはありません」

筆頭マネージャーは、わざと警視庁のキャリアポストを告げた。下手なことを嗅ぎ回るなというサインだ。

〈それで、黒田のなにを調べているわけですかな?〉

田川は中野の事件が起こった日付、それに時刻を告げた。電話口でガサガサと書類をめくる音が聞こえた。二〇秒ほど待たされた後、マネージャーが口を開いた。

〈その時間なら名古屋ですな〉

「なぜ名古屋に?」

〈前日の夕方からホテルでディナーショーを演《や》りました〉

「終演時刻は分かりますか?」

〈どうして?〉

「名古屋からでしたら、今調べている事件が発生した時刻までに帰ってくることが可能なものでして」

〈黒田が疑われているわけですか?〉

「いえいえ、ある関係者の事情を調べておりましたらたまたま黒田先生のお名前が上がったので、念のために調べております」

田川は穏やかな口調で話した。ここで機嫌を損ねられてしまえば、組対四課にねじ込まれる。回り回って同じキャリアの矢島理事官の耳に入ったら面倒なことになる。

〈正式な調書ですか?〉

今まで横柄だった筆頭マネージャーの口調が変わった。

「あくまでも参考ですので、私限りという扱いになります」

〈絶対ですね〉

「はい」

〈ウチの黒田、名古屋にアレがおりましてね。ディナーショーが終わってからは、アレと栄のとある場所におりました〉

手元のメモに、愛人《イロ》と記した。

「ホテルですか？」

〈いや、黒田名義のマンションです〉

「防犯カメラが入っているマンションでしょうか？」

〈もちろん。黒田が買ってやった最新鋭マンションです〉

「ありがとうございました」

〈調書になったりすると、すぐに記者に漏れるもので〉

田川は『黒田』の欄にもバツ印を付けた。あとでマンションの管理人に正式に捜査依頼を出し、防犯カメラの映像をチェックすれば裏が取れる。

田川はさらに電話帳の付箋を辿った。トミタ自動車の若手役員は副社長に就任したばかりの冨《とみ》田春夫《たはるお》だった。

会社情報を辿ると、当時の冨田は北米本社の社長として米国に赴任中で、一度も帰国していなかった。念のため総務部に確認したが、結果は同じだった。乱暴に鉛筆を机に放り出すと、隣席の立原がおどけた調子で口を開いた。

「筋が消えたの？」

「ぷっつりとね。こうなりゃ、第三の池本を使うよ」

「どうやって？」

「あいつの得意技で行く。体力勝負の仕事だよ」

携帯電話で池本に指示を出し終えたとき、立原が顔を寄せた。

「一ついいかな、田川さん」

「なんだい？」

「中野の一件、犯人と共犯が乗った車がベンツのクーペだったって見立てで動いているわけだよね」

立原が首を傾げている。

「自分の車で現場に行くか？」

「しかし、安部という女は、廃車したのに下取りに出したと嘘をついた」

田川が見返すと、立原は肩をすくめた。

「ご丁寧に車をスクラップにするような奴らが、のこのこ自分の車を使うか？　刑事ドラマでも、こういうときは盗難車使うぜ」

「それもそうだな」

田川は腕を組んだ。安部が一日でどの程度の売り上げを立てているかは不明だ。しかし、五八万円を奪った強盗殺人犯を逃がすために、高級クラブのママというポジションを賭してまで自分の車を使うのはリスクが大き過ぎる。

「ドラマだけじゃないよ。映画や小説だって、犯罪に手を出すときは自分の痕跡を消すもんだ。その女、なにか事情があったんじゃないか？」

「調べてみるよ」

田川は蛇腹メモに『盗難車?』と付け加えた。

中野の奈津代から得た目撃証言で、六本木の高級クラブママに辿り着いた。実行犯と思われる男も絞り込みつつある。

だが、立原の発したひと言で大きな矛盾が生まれた。書き記したばかりの自分の文字が、事件全体をぐるぐる巻きにする麻紐《あさひも》のように見えた。

11

ＪＲ大崎駅前の商業ビルの会議室で、鶴田は白衣姿の男が差し出したプラスチックの皿を見つめた。新商品のロールケーキの試食だった。

「おいしい」

スポンジの食感はふわふわで、ロールの内側がしっとりしていた。内側のホイップクリームは、適度にカスタードと絡み合っていた。

「これが一六〇円なんですね?」

「コンビニは一〇〇円以下の低価格ケーキが定番でした。しかし、誰だってほんのちょっと贅沢はしたい。約二〇〇〇名のサンプルを採りましたが、ほぼ八割の人がこの味と価格ならば購入すると答えました」

白衣姿の男が得意気に言ったときだった。傍らに置いたトートバッグの中で、携帯電話が細かく震え始めた。

「ちょっと失礼します」

メールが着信した。オックスマートの記事に即座に反応し、「ミートステーション」の名を知らせてくれた人物のメールアドレスがあった。ハンカチで口元を拭った鶴田は、立ち上がった。

「今日はありがとうございました。記事は一両日中に掲載します」

一方的に告げると、駆け足で会議室を後にした。廊下に出ると、エレベーターに向かう間に着信したメールを開けた。

〈ミートステーションは調べたか?〉

〈もちろん。直接取材をさせてください　ツルタ〉

エレベーターに乗り込むまでの間、鶴田は両手の指を駆使してメッセージを打ち込んだ。エレベーターが一階に降りる間、鶴田はメールの主を想像した。オックスマートの仙台進出を巡りなにが起こったのか。同僚やかつてのゼミ同期生の協力で、薄らと構図は見え始めていた。

柏木友久会長の実弟が現大臣であり、仙台には政敵とも言える野党の大物、三浦議員がいる。柏木大臣の邪魔をしようと、実の兄が経営するオックスマートの地元進出を妨害するのは、三浦代議士にとってはごく自然な行為だった。この対立の構図に、新興の政商とも言える八田が介在したことも分かった。

だが、なぜメールの主はこんな情報を伝えてきたのか。オックスマートの滝沢室長が、手練手管を使って組織を護《まも》ろうとしているのではないか。あるいは偽情報《ガセネタ》で翻弄させようと企てているのか。頭の中で様々な思いが交錯した。

扉が開き、吹き抜けのホールに出たときだった。左手の掌の中で、携帯電話が震えた。反射的に受信ボタンを押した。先ほどと同じアドレスが表示された。

〈すぐ近くにいる〉

白い床材、巨大なガラスに囲まれたエントランスホールには、一〇人程度のサラリーマン、そしてラフな格好をした学生が行き交っていた。なおも周囲を見回すと、西日が射し込んだ回転ドアの外側にいる中年の男と目が合った。

中年男は、煤《すす》けたウィンドブレーカーを羽織っていた。デイパックを背負い、大きなスポーツバッグを襷掛《たすきが》けにしていた。髪と無精髭が伸びていた。仕事と住まいを同時に失った労働者のような風情だった。

意を決した鶴田は、携帯電話を握り締め、回転ドアに向かって歩き始めた。分厚いガラスの向こう側で、男がずっと鶴田を見つめていた。

12

「わざわざ悪いな」

「なんすか、こんなところに呼び出して」

霞《かすみ》が関《せき》の弁護士会館地下にある喫茶店で、田川は小声で切り出した。

「矢島さんがあれこれ嗅ぎ回っているらしい。本部だと人目があるからな」

「それで、どうしました？」

「おまえの得意な仕事、頼まれてくれないか？」

「エスカレード」の黒服から聞き出した常連客がいずれもシロだった旨を伝えた。

「ということは、張り番ですね」

「警部補《シュニン》のおまえさんには頼みづらいんだが」

「ウチの若手を使うわけにもいきませんしね。それで、どうすれば？」

「『エスカレード』を二、三日監視してもらいたい。あの黒服を使って探りを入れる手もあるが、これ以上触ると警戒される」

「カメラで隠し撮りすればいいっすね？」

「機材はあるか？」

「もちろんです。刑事総務課に頼んで借りますよ」

「すまんなぁ、これでおまえさんも矢島さんに目を付けられちまう」

「しょうがないですよ、これだけの大所帯なんですから。ベンツってところまで辿り着いたんですから、最後までやりましょうよ」

「ただな、どうしても西野と赤間がつながらない」

「赤間の鑑取りはどうするんですか？」

「出張申請したが矢島さんにばっさりやられた。確たるネタを摑んでからだとさ」

「ネタを摑むための出張なのに」

「目下のところ、おまえさんの張り番が生命線だ」

田川は蛇腹メモを繰り、黒服の証言を見つめた。

「冴子ママの常連、一流企業に勤める若手幹部を絞り込んでくれ」

「了解しました」

「先が見えんが、片付いたらまたウチで飛び切りのすき焼きをご馳走《ちそう》するからな」

「期待してますよ。俺一人で五〇〇グラムは食いますからね、覚悟してください」

「それと、もう一つ」

「なんですか?」

「おまえ、どう思う?」

立原が指摘した矛盾点を説明すると、池本は首を傾げた。

「そう言われれば、ベンツの持ち主のリスクは大きいですね」

「しかし、廃車にした事実は、絶対に証拠隠滅だと思う」

「難しい問題ですね。でも、一つひとつ当たるしかないですよ」

池本は笑顔で言った。

「それじゃ、早速機材の手配に行ってきます」

「今晩から頼むぞ」

13

大崎駅前のビルを出た鶴田は、メールの送り主とともに、五分ほど離れた地上三〇階建ての商業施設に辿り着いた。

「夕方ですし、一緒にビールでもいかがですか?」

鶴田の誘いに、男が頷いた。

コーヒーショップやトンカツ屋のチェーン店がずらりと並ぶ一角に、全国展開する居酒屋「倉田や」があった。男はオレンジ色の看板を指すと、早足で店に入った。

鶴田は男の背中を追い、奥の個室に腰を下ろした。即座に若い店員がオーダーを取りにきた。

鶴田が生ビールを頼むと、店員は簾《すだれ》を降ろして厨房《ちゅうぼう》に向かった。

「小松隆《こまつたかし》と申します」

中年男は擦れた声で名乗ったあと、ぺこりと頭を下げた。

「変なメール送って申し訳ありませんでした。オックスマートの記事を読み、いても立ってもいられなくなったもので。ストーカーまがいで申し訳なかったのですが、編集部の入るビルから尾《つ》けていました」

小松が言葉を継ごうとしたとき、簾が上がった。店員はジョッキをテーブルに置くと、小さな端末を取り出した。

「注文ね？」

テーブルの隅にあったメニューを取り上げた。朝食でコンビニのサンドイッチを食べただけだった。鶴田は肉料理のページに見入った。網焼きビーフステーキやイタリアン・ミートボールの写真が見えた。

三〇秒ほどメニューを睨むと「厳選・手こね一〇〇％ビーフハンバーグ」、「グリルド・ソーセージ」、「海鮮サラダ温玉のせ」、「焼きおにぎり」をオーダーした。追加はあるかと目配せすると、小松は頭《かぶり》を振った。

「まずは私が何者かを明かします」

小松は下を向き、ウエストポーチから皺の入った名刺を取り出した。

『ミートステーション　工場生産管理課長』との肩書きがあった。これから詳細を調べようとした矢先に、当事者が現れた。鶴田が目を向けると、小松は眉根を寄せた。

「恥ずかしながら失業中です。日雇いの仕事を続け、仙台の家族に仕送りしています」

小松の髪は伸び、無精髭も目立った。名刺の顔写真とは別人のようだった。

「定宿のネットカフェで、鶴田さんの記事を目にしました」

薄らと小松という男が分かってきた。

元生産管理課長の肩書きと変わり果てた姿は、告発という文字を想起させた。回りくどい世間話は無駄だ。鶴田は本題を切り出した。

「オックスマートとミートステーションはどのような関係？」

トートバッグから東都商業バンクの調査票を取り出すと、テーブルに置いた。

「書類の通り、一番の強みは食肉加工と関連製品です。宮城の納入業者と一番のお得意様という構図ですね」

小松が強い口調で告げたとき再度簾が上がり、若い女性店員がじゅうじゅうと音を立てる鉄板を二つ、テーブルに運び込んだ。

鶴田がオーダーしたハンバーグとソーセージだった。女性店員と入れ違いに、今度は男性店員が海鮮サラダと焼きおにぎりを持ってきた。ほんの五分ほどの間だった。調理場のマニュアルが行き届いているのだろう。

「どうぞ、召し上がってください」

鶴田が勧めると、小松は焼きおにぎりを鷲掴《わしづか》みにした。鶴田はハンバーグとソーセージを切り分け、小松の小皿に盛った。

「こちらもどうぞ」

鶴田が湯気の上がる料理を勧めると、小松は強く頭を振った。

「そのハンバーグとソーセージはミートステーション製です。一昨年に商品化して、全国チェーンの居酒屋やファミリーレストランが大量購入したものです」

「なぜ食べないんですか?」

「雑巾だからです」

「雑巾?　どういう意味ですか?」

「文字通りの雑巾なんです」

小松はテーブル脇のデイパックを開き、青いファイルを取り出した。

「これをご覧ください」

「なんですか?」

「製造ラインの一部です。これをお見せするために、この店に入ったのです」

Ａ４ファイルの中身は写真と説明書きだった。

左上には、大きなポリ容器が写っていた。中身は生肉だった。右下の写真には、得体の知れない大量の真っ赤な物体がある。

「左上は老廃牛のクズ肉、下は内臓です。ハンバーグ用の挽肉《ひきにく》を作る前工程です」

鶴田はページをめくった。先ほどと同じような構成で写真と説明が並んでいた。老廃牛とは、乳を出さなくなった年老いたメス牛だと教えられた。

「上はつなぎのタマネギ類と代用肉です。下は血液です」

鶴田は口元を手で覆い、恐るおそるページを繰った。

「ステンレスの機械が写っているでしょう。それがミートステーションの八田社長が開発した特製のミキサー、マジックブレンダーです」

銀色に輝く大きなたらい状の受け皿に肉の塊、内臓、そして血液が放り込まれている写真だった。指が震えた。次のページはそれぞれが特殊な波形のカッターで混ぜられている写真だった。

「この工程に各種の食品添加物をぶち込んで作られたのが、コレです」

小松はテーブルの上のハンバーグを指した。

「カッターの刃を替えれば、ソーセージも作れます。ちなみに、私は製造ラインを管理する立場にいました。ただ、私や同僚は絶対に自社製品を食べませんでした」

鶴田はむせた。苦い液体が喉元まで逆流した。

「代用肉ってなんですか?」

必死に口元を覆いながら尋ねると、小松は頷いた。

「食用油を抽出したあとの脱脂大豆を原料にした肉のようなシロモノです」

小松は素早く手元のファイルをめくると、『特製ハンバーグ』と書かれたページを指した。

「脱脂大豆に亜硫酸ソーダ水溶液を混ぜ、亜硫酸ガスを加えると、繊維のような形をしたタンパク質が生まれます」

書類を指しながら、小松は淡々と説明を続けた。鶴田は首筋に悪寒を感じながら、黙々とメモを取った。なじみのない化学薬品の名前が続々と出てきた。言いようのない不気味さを感じた。

「さらに亜硫酸塩、塩化カルシウム、イオン交換樹脂のクスリで濾《こ》したあとは、甘味料、化学調味料、牛の香りを演出する合成香料、それに容量増しに水を加えてできたのが、このハンバーグです」

再度胃の中のものが逆流する感覚に襲われ、鶴田は慌ててビールを流し込んだ。口中を医療用アルコールで洗浄したい気分だった。鶴田が母親から教わったハンバーグのレシピとは全く違う。

「クズ肉に大量の添加物を入れ、なおかつ水で容量を増すから雑巾なのです。ミートステーションのラインでは、毎月五トンの肉が最終的に一〇トンの製品に化けます」

胃に落ちたビールが逆流しそうだった。鶴田は激しくむせた。なんども胸を叩いたあと、ようやく口を開いた。

「でも、このメニューの表示は一〇〇%ビーフですよね」

「老廃牛の皮や内臓から抽出した『たんぱく加水分解物』でそれらしい味を演出しています。そこに牛脂を添加して旨味を演出しますから、一応一〇〇%らしい食べ物にはなっています。ただし、代用肉を当局から指摘されれば、引っかかりますがね」

「不正競争防止法違反、虚偽表示ですよね」

「摘発されればの話です。ミートステーションのように露骨な業者はわずかだとしても、多かれ少なかれ食品加工の現場はこんなものです。牛肉のみで売値五〇〇円なんて、安い輸入牛肉でも不可能です。原価は一〇〇円以下、そうでなければ、この店の利益は出ません」

デフレが深刻化するに連れ、消費者の低価格志向が強まり、店は仕入れ値を抑制する。製造業者は、一段とプレッシャーをかけられるようになった。こうした悪循環を逆手にとり、積極的に混ぜ物と添加物の数を増やしたのがミートステーションだと小松は言い切った。

「添加物に害は?」

「一応、当局の検査をクリアしたものばかりです」

「なにかリスクがあるのですか?」

鶴田はバッグからメモ帳を取り出したあと、小松を見た。

「一つひとつの添加物は、動物実験を経て発がん性や毒性のチェックをクリアしています。ただ、これを同時に混ぜ合わせた際の実証データはありませんし、国も監視していません」

メモ帳の上で、ペンが停まった。悪寒が首筋から背中いっぱいに広がった。

「水気をたっぷり吸った雑巾のようだという理由のほかに、私やかつての同僚が一切自社製品を食べなかった理由がそれです」

小松は今までと同じように冷静に告げ、もう一つの焼きおにぎりを手に取った。

「この焼きおにぎりは、メニューの中でも添加物が少ない部類です。だから食べさせていただきました」

「おにぎりまで？」

「三個で二五〇円ならば原価は八〇円程度。間違いなく古々米が原料です。古いコメに乳化成分、ブドウ液糖、増粘多糖類を加えていなければ、とても食べられるシロモノにはなりません」

小松はそう言ったあと、焼きおにぎりを頬張った。

「でも、海鮮サラダなら大丈夫でしょ？」

鶴田が小エビの載った皿を差し出すと、小松は強く頭を振った。

「次亜塩素酸ナトリウムという消毒剤、アスコルビン酸ナトリウムという酸化防止剤のプールに浸《つ》かった野菜を食べる気にはなれません」

「今朝、時間がなかったのでコンビニのハムサンドとサラダを摂ったのですが」

「おそらく多数の添加物が入っていますね。サラダの野菜がカットしてから一日経《た》っても黒ずんだりしないのには、ちゃんと理由があるんですよ」

親指についた米粒を口に入れた小松が言った。

無意識のうちに、鶴田は頭を振った。添加物を大量に混ぜた際のリスクは、国ですら把握していない。鶴田をはじめ、一般の消費者は全く情報を知らされぬまま、便利な食べ物を口に運んでいる。

目の前にある定番の居酒屋メニューも同様だ。「倉田や」を運営する企業は東証二部上場だ。鶴田を含めた顧客は、よもや雑巾と呼ばれるようなハンバーグを供せられているとは知らない。オックスマートの巨大な店舗網を通じて、クズ肉で作られたハンバーグが全国を流通するのか。鶴田は身震いした。

肩の震えは、気味の悪い食品への恐れだったが、次第にこれが怒りに変わってきた。安売りが基本のスーパーではどのような実態があるのか。業界一位のオックスマートはどの程度まで消費者を欺く手立てを加えているのか。

「では、このステーキも仕掛けが？」

鶴田が店のメニューの写真を指すと、元生産管理課長が頷いた。

「間違いなく成型肉です。様々なクズ肉を特殊な食品用接着剤で合わせたものです。そうでなければ、二五〇グラムで五五〇円という値段設定はできません。ミートステーションが得意な仕事の一つです。この種の加工品はもはや食物ではなく工業製品なのです」

小松が発した「工業製品」という言葉に、鶴田はもう一度身震いした。

「添加物のリスク、もっと教えてください。それに、ミートステーションとオックスマートもつるんでいるわけですよね？」

「ちょっと鶴田さん、誤解しないでください」

小松が右手で鶴田を制した。

「元々、食品添加物は食材のロスを軽減するため、あるいは傷みやすい食品を一定期間長持ちさせるために考えられ、利用されてきました」

「でも」

「もはや、添加物なしの食生活なんて絶対に無理です。中身を知る、リスクが高そうなものを避ける知恵を持てばいいのです」

そう言ったあと、小松は腕を組み、口を閉ざした。

「どうしました?」

「私が会社を辞めたきっかけを話しましょうか」

小松はデイパックからスナップ写真を取り出した。小学校低学年の男の子と小松本人が微笑《ほほえ》む写真だった。

「息子と親類の家に遊びに行きました。その時、近所のスーパーに出かけ、棚で自社製品を見つけました。息子に買ってくれとせがまれましたが、買うことができませんでした」

小松は目を充血させ、写真に見入っていた。

「自社製品を食べられない社員は失格だ。なんとか混ぜ物を止《や》めさせることが父親の役目だと遅まきながら気付かされたわけです」

目の前の中年男性は、写真を凝視していた。なにも言えなかった。かける言葉さえ見つからない。

「ここ数年、ミートステーションは混ぜ物の比率を高め続けています。ハンバーグでつなぎのパン粉やタマネギの量を増やす、あるいは牛と豚の比率を変える程度だったら、許容範囲でした。しかし、社長は平気で一線を越えたのです」

細かい製造方法は鶴田が知る由もなかったが、ハンバーグという身近な食品のことだけに、「混ぜ物の増加」という言葉には凍り付きそうなリアリティーがあった。

「皆さん、当たり前のように食べている世界チェーンのファストフードも基本的な仕組みは一緒ですよ。大量仕入れで世界中から老廃牛のクズ肉を集め、そこに添加物を混ぜ込む。刺激の強い調味料で肉本来の味なんて分かりっこないのです。ミートステーションほどではないにしてもね」

直後、小松はポケットから携帯電話を取り出し、ボタンを押した。

「隠し撮りした朝礼の一コマです」

鶴田は端末を手にとり、再生ボタンを押した。

真っ白な工場の中、戸棚の陰から撮影された映像とのことだった。

ベルトコンベアらしき機械の周辺に、白い作業着とマスクをつけた従業員が映っていた。正面には白衣の男が立っていた。

痩せた顔に鈍く光る大きな目が印象的だ。蛇のような顔つきの男が口を開いた。華奢《きやしや》な体つきとは裏腹に、低く、通りの良い声だった。

〈安物に慣れ切った消費者に繊細な舌などない〉

〈オックスマートの売場を見ろ！　半額セールをやると飛びつき、列を作るようなバカがたくさんいる。こんな連中が味なんか分かるわけがない！〉

鶴田は震える指で停止ボタンを押した。

「安ければなんでも良いという消費者にも問題はあります。しかし、あまりにも顧客は実態を知らな過ぎる。ミートステーションは歪んだ現状を逆手に取ったデフレの申し子です。そんな企業と組んだオックスマートを許しておけますか？」

小松はそう言い、強く唇を嚙んだ。唇から血が流れ出しそうだった。

「スーパーでもファストフード店でも、価格競争が激化の一途を辿っています。しかし、企業は利益を出さねばなりません。その皺寄せが、こうした食品に向けられているのです。食品添加物や化学調味料で演出されたクズ肉を使い、利益を生んでいるのが企業の本当の姿です。二〇〇円均一セールとかマスコミはこぞって扱いますけど、その裏で、企業は工業製品を売ってきちんと利益を計上しているんです」

鶴田は小松の強い怒りに接し、押し黙った。

第四章　妨害

1

　張り込みを命じてから三日後の午前だった。継続捜査班に顔を出すなり、池本が茶封筒を田川のデスクに広げた。

「分かったか？」

「まずはこいつです」

　池本は薄暗いトーンの写真を田川に提示した。銀縁眼鏡をかけた恰幅《かっぷく》の良い中年男だった。

「ゲームソフト会社、モノコック・エンタテイメントの専務、本橋隆夫《もとはしたかお》、四五歳」

　田川は蛇腹メモの空欄に社名と個人名を記した。

「次は、フリーの映画プロデューサー、下山甲三郎《しもやまこうざぶろう》、四一歳」

　同じ要領で池本は五名の三、四〇歳代の企業幹部らの名前を告げた。

「どうやって名前を調べた？」

「警察学校の同期で二課にいるヤツがいましてね。企業犯罪係ですから、歩く会社四季報ってわけです」

「手分けして潰すぞ」

田川は継続班の書棚から会社四季報を引っ張り出すと、上場企業の役員三名を検索した。映画プロデューサーの分は池本が個人事務所に電話を入れ始めた。

作業を開始してから四〇分が経過した。

受け持った三名のうち、一名は事件当時九州の支社に在籍し、もう一名は台湾《たいわん》の子会社に出向中だった。田川は一旦受話器を置き、肥後守《ひごのかみ》を取り出して先が丸くなった鉛筆を削った。残るは、大手スーパー、オックスマートの番だった。

「こいつも常連か」

細身のスーツを着た男が安部と腕を組んでいる写真だった。

「知り合いですか?」

「新潟に行ったとき、梢と一緒にモールで姿を見た」

オックスマートの役員情報を調べると、若手と呼べるのは、柏木信友スーパー事業本部長、三八歳だけだった。

代表番号から総務部に電話を回してもらった。用件を伝えると、いきなり野太い男の声が響いた。

〈総務部特命担当の楠見《くすみ》だ。捜査一課では誰の下にいる?〉

「現在、宮田課長、矢島理事官の下で働いておりますが」

〈矢島は随分と面倒みたよ。奴が洟《はな》ったらしだったころから知っている〉

「楠見さんは一課に？」

〈二年だけね。あとはずっと四課だった〉

電話に出たのは、警視庁ＯＢだった。縦社会の警察組織では、キャリアとノンキャリという身分制度のほか、年次がものを言う。田川は苛立《いらだ》ちを抑えながら、事業本部長の柏木信友に会いたい旨を告げた。

〈どういう捜査だ？〉

「詳細はお話しできませんが、参考までにお話をうかがいたいだけです」

〈事業本部長は疑われているのか〉

「そういうことではありません。あくまでも参考です」

〈そんなつまらんことで、取締役を引っ張り出すのか〉

「では、正式に本部においでいただけるよう手続きをとりましょうか？」

〈分かった。あとで連絡する〉

楠見というＯＢは乱暴に電話を切った。

オックスマートの総務部では、旧捜査四課《マルボウ》という経歴を買われ、暴力団対策を務めているのだろう。しかし、はいそうですかと引き下がるわけにはいかなかった。田川が手帳のスケジュール欄を見ていると、固定電話が鳴った。

〈今日の午後二時だったら三〇分ほど時間を取れるらしい。本社に来てもらいたい〉

「ありがとうございます。では後ほど」

田川は事務的に告げると、電話を切った。

2

池本を伴い、田川は白い外壁が印象的な地上二五階建ての最新のビジネスビルに入った。受付で名前を告げると、一階ホールの待合スペースで待機するよう指示された。

田川は受付横のパネルに目をやった。

オックス・リアルティ、オックス・セキュリティ、オックス・ロジスティクス、田川に馴染《なじ》みのあるスーパー事業のほかに一〇社あった。本業のスーパーのほかに、不動産から警備、物流を示す企業名が並んでいた。

「なんでこんなにオックス関係の会社があるんですか？」

「自前ならコストが下がるってことだろうな」

「なるほどね」

池本が感心していると、二人の背後から声がかかった。

「田川さんだね」

振り返ると、五分刈りで肩幅の広い背広姿の男がいた。年齢は六〇歳程度だろうか。総務部特命担当の楠見だった。

「俺の顔を潰すようなことをしないでくれよ」

楠見の言いぶりは、暴力団以上にヤクザだと言われる旧四課刑事そのものだった。池本が反射的に楠見を睨《にら》み返していた。

一旦、警察を辞めてしまえば、現場の捜査に口出しするのはルール違反だ、池本の目は雄弁にそう語っていた。だが、田川が大げさにおじぎすると、楠見は満足げに笑みを浮かべた。

田川と池本は五階の役員応接室に通された。焦げ茶色の壁が続く廊下を進み、一五畳ほどのゆったりした間取りの部屋に案内された。

三人掛けのソファを勧めた楠見は、門番のようにドア前に控えていた。田川が壁の油絵に目をやったとき、柏木信友スーパー事業本部長が姿を現した。新潟店で車の中の姿を見たときと同様、細身のスーツを着ていた。

「お忙しい中、恐縮です」

「どのようなお話でしょうか?」

独り掛けのソファに着いた途端、信友が良く通る声で言った。

「早速ですが、この車両についてお話をうかがいます」

田川はメルセデス・ベンツのEクラスクーペの写真を応接テーブルに載せた。写真を手にとった信友は顔をしかめた。

「なるほど、そういうお話ですか」

信友はドアの前に控えていた楠見に顔を向けた。

「楠見さん、立ち会いは結構です」

「しかし、室長からご一緒するよう指示を受けておりますので」

「これは極めてプライベートな事柄ですので」

優男の信友は、存外に強い口調で告げた。楠見は渋々部屋から出ていった。

「失礼しました。この車がどうかしましたか?」

「この車両と同じタイプを六本木のクラブ、『エスカレード』のママ、村上冴子こと安部早苗さんに買ってあげたことはありますか？」

田川は事務的な口調で尋ねた。すると、信友はあっさりと頷《うなず》いた。

「三年前結婚しましたが画に描《え》いたような政略結婚でしてね。恥ずかしい話ですが、早苗の面倒をみているのは事実で、車も買ってやりました」

信友は自嘲気味に言った。田川の脳裏に、冴子ママのぽってりとした唇が蘇《よみがえ》った。

「車は一〇〇〇万円近い値段です。この不況の真っただ中に豪勢ですね」

「亡くなった母が私名義の財産管理会社を作りました。株の配当やらが入りまして、税金対策で車の一台や二台買う余裕はあります」

「なるほど」

田川が頷くと、後ろ頭をかきながら信友が口を開いた。

「管理会社については、あまり世間に知られたくありません。ご配慮いただけますか？」

「どういうことでしょうか？」

「税務署との関係があまり良くないものでしてね」

「心得ました。捜査で知り得た情報を外に漏らすようなことはありません。ところで、この車は現在も安部さんが使われていますか？」

「スプレーで悪戯《いたずら》書きされたので、買い替えましたよ」

「新しい車はこちらですね？」

田川は小さなサイズのハードトップの写真を取り出した。信友は即座に頷いた。

「車をお調べとは、どういうことなのでしょうか？」

「二年前、中野で殺人事件が起こりましてね。現場近くにこのタイプの車があったという話がありまして、念のため持ち主の方々全員にお話をうかがっています」

田川は信友の顔を見た。端整な顔立ちに変化はなかった。田川は事件の日付、犯行時刻を信友に告げた。

「この時間帯、どちらにいらっしゃったのか、お聞かせいただけますか？　皆さんにお聞きしている事務的なことです」

「二年前の九月一六日、午前二時過ぎですね？　少々お待ちください」

信友は、小さなキーボードがついた携帯電話端末を取り出した。

「そのときは、前の晩の午後一〇時過ぎに『エスカレード』に行きました。店からアフターですね」

「どちらに？」

すかさず池本が尋ねた。

「歌舞伎《かぶき》町です。西武新宿駅の近くにいつも行く中華料理屋があるんですよ。午前五時まで営業していて、お粥《かゆ》と点心が抜群です」

信友は店の名を告げ、電話番号を携帯端末から拾い出した。

「刑事さんたちも行かれたらどうですか？　旨《うま》いですよ」

「六本木から新宿まではタクシーを利用されたのですか？」

「冴子ママの運転です。彼女、僕が行く日は必ず酒を抜いているのです。これ、刑事さんだからって言っているわけじゃありませんよ」

悪戯っぽく笑った信友は、小さなキーボードを再び叩《たた》いた。その後、大きく頷くと、画面を田川に向けた。

「個人のブログです。スーパーのお惣菜《そうざい》に活《い》かすために食べ歩きしています。やはり出かけていますね」

画面に目を凝らすと、『新メニュー』のタイトル下に、小龍包《ショーロンポー》の写真、ラー油の隠し味が絶妙とのコメントが載っていた。日付は九月一六日、中野駅前居酒屋強盗殺人事件と同じだった。更新時刻は午前一時〇五分になっていた。

田川はブログのアドレス、それに更新時間を蛇腹のメモに書き付けた。その直後、応接室のドアをノックする音が響いた。ドアが開き、女性秘書が信友に耳打ちした。

「定例取締役会が始まりますので、そろそろよろしいでしょうか？」

田川と池本は応接室を出た。

廊下に出た途端、隣の部屋から見覚えのある顔が出てきた。柏木会長だった。田川が会釈すると、柏木会長は顔をしかめ、足早に去っていった。

「刺激の強い記事がネットメディアから出たもので、機嫌が悪いのです」

田川の背後に立っていた信友が言った。

「記事ですか」

「あることないことを書く連中がいるんですよ」

信友は苦笑いしていた。田川は改めて頭を下げ、廊下で信友と別れた。

「ネットの記事だけで、あんなに不機嫌になるのか？」

田川は流通業界のドンと呼ばれる柏木会長の顔を思い浮かべ、首を傾《かし》げた。同時に、あっさりと車の件を認めた信友にも不信感を抱いた。

「廃車にしたから、もう安心ってことか？」

「妙に自信たっぷりでしたね。多分、ママから連絡が回ってますよ。口裏を合わせているのは確実です」

池本が鼻息を荒くした。

「だろうな」

柏木父子の背中を見ながら、田川は呟《つぶや》いた。

3

オックスマート本社を後にした田川と池本は、山手線で新宿に回り、問題の中華料理屋を訪ねた。昼の営業を終えた客席で、中年のウエイターがスポーツ新聞の競馬面を眺めていた。池本が警察手帳を見せると、ウエイターは慌てて立ち上がった。

「ちょっと調べたいんだが」

田川は二年前の日付を告げ、売り上げデータの有無を尋ねた。ウエイターは弾《はじ》かれたように店の奥に向かったあと、台帳を小脇に戻ってきた。

「この人は常連さんだね？」

田川は本部で用意してきた経済誌のコピーをウエイターに提示した。ウエイターはなんども頷いた。

「さきほどの日時で支払いの記録があるかどうかチェックしてもらいたい」

「分かりました」

ウエイターは親指を舐《な》め、台帳をめくり始めた。すぐに手が止まった。

「ありました。この日は小籠包に海鮮粥と大根餅、海老《えび》の蒸し餃子《ギョーザ》、黄ニラの炒《いた》め物をお出ししていますね。柏木様は紹興酒、お連れ様はウーロン茶です」

ウエイターは台帳の向きを変えると、田川に差し出した。ノートには事件当日の日付とともに、クレジットカードの伝票の写しがあった。「Nobutomo Kashiwagi」の名が刻まれていた。決済時刻は、中野の犯行時刻の五〇分前、午前一時四〇分だった。

「柏木さん本人に間違いはないか?」

「もちろん、いつもご贔屓《ひいき》にしていただいておりますので」

「この店に防犯カメラは?」

「ありますよ、レジの真上、それに店の入口に設置しています。なんでしたら、当時のデータもご覧になりますか?」

「そのうち頼むかもしれない」

田川は支払伝票のクレジットカード番号、当時撮《と》った食事の内容を蛇腹メモに記すと、店を出た。西武新宿駅脇の歩道を歩きながら、田川は首を傾げた。

「歌舞伎町から中野まで、深夜なら五〇分あれば十分に辿《たど》り着けるよな」

「愛人はウーロン茶で、ベンツを運転することができました」

立ち止まった田川は、背広から手帳を引っぱり出した。『逆手持ち』『モツ煮』『豪勢な宿』『ベンツ』のキーワードのうち、『ベンツ』は冴子ママこと安部早苗、そして柏木信友の線が限りなく濃厚となった。

「仮に信友が実行犯で、安部早苗が逃亡を幇助《ほうじょ》したとすれば、理屈は合う」

だが、『逆手持ち』『豪勢な宿』、そして『モツ煮』というキーワードにはどうしてもつながらなかった。田川の背後、百人町の方向から歩いてきた若者の一団から、中国語が聞こえてきた。

「信友が直接手を下さずとも、誰かを雇うことも考えられる。ヒットマンを安部早苗がベンツに乗せていくことも可能だ」

「その線、潰しておきましょう。あの店の従業員が共犯ということもあり得ます」

田川と池本は顔を見合わせ、中華料理屋まで引き返した。店のドアを勢い良く開くと、先ほどのウエイターがレジで釣り銭の補充を行っていた。

「一つ聞き忘れた」

田川は店の従業員に中国の軍隊経験者、特に特殊部隊経験者がいないかを尋ねた。

「残念ながら全員日本人ですよ。自衛隊経験者もおりません」

「ここ二年の間に、ナイフの使い手がいたことはないかい？」

「ウチで使うのは中華包丁だけです」

「この店でモツ煮込みはメニューにあるかい？」

「モツは創業以来使ったことがありませんね。仕入れもしていないので、賄いに出すこともありません」

ウエイターはすまなそうに言った。

「度々悪かったね」

田川は肩を落として店を出た。『逆手持ち』『豪勢な宿』、そして『モツ煮』はつながらなかった。田川は再度手帳を取り出した。今、一番筋が見えてきたのは『ベンツ』だった。

「この線を徹底的に潰すとするか」

「西武新宿線に乗れば、時間はかかりませんよ」

手帳をしまった田川は、携帯電話を取り出しメール画面に切り替えた。立原が教えてくれたスクラップ業者を当たろうと考えた。

住所は中野区の隣、埼玉県と隣接する練馬区だった。信友・安部のラインが実行犯と共犯だとの心証は強くなった。だが、なぜ足が付きやすい自家用車を使ったのか、理屈に合わなかった。消化不良のまま、田川は西武新宿駅の改札に向かった。

4

各駅停車しか停《と》まらない駅に降り立った田川と池本は、駅前交番でスクラップ業者「有限会社須永《すなが》商店」の場所を尋ねた。

若い巡査が住宅地図を広げると、奥から出てきたベテランの巡査部長が田川と池本の襟元の赤バッジに反応し、ミニパトを出してくれた。

駅前の情景は新井薬師前と大差はなかった。ただ、駅前の小さなロータリーを過ぎると道幅が狭まった。七、八分経《た》ち、幹線道路を二つ越えると、住宅街が途切れ、所々に畑が広がる場所に出た。

「あそこですよ」

巡査部長はフロントガラス越しに左前方を指した。錆《さ》びたクレーンと大型トラックが視界に入った。地取りが済むまで待機すると言う巡査部長を帰したあと、田川と池本はモルタル造りの事務所のドアを開けた。タオルを頭に巻いた青年が電卓を叩き、その横では腕カバーを着けた中年の女が古い型のパソコンと格闘していた。

「はい、いらっしゃい」

いかにも肝っ玉母さん然とした女が甲高い声で言った。池本が警察手帳を見せると、女は顔を曇らせた。

「怪しい商売はしてないよ」

「ちょっとした調べでね」

田川は手帳に挟んだEクラスクーペの写真を取り出した。

「ここで廃車したはずなんだが、記録を見せてもらえないかな」

「母ちゃん、あの車じゃん」

今まで電卓を叩いていた青年が身を乗り出して写真を見ていた。

「覚えているの？」

即座に池本が反応した。

「だってあんな高級車をぺちゃんこにするなんて前代未聞だもの」

「そうだったね」

田川は手帳から「エスカレード」の冴子ママのプリントを取り出し、二人に見せた。

「でっかいサングラスかけていたけど、多分この人だ」

青年が言った。壁際の戸棚から伝票を取り出したあと、女は田川に書類を差し出した。

「この車だね。ボンネットとドアにスプレーで悪戯されたって言っていた」

青色の伝票にクリップで写真が添付されていた。

田川は写真に目を凝らした。濃いグレーのEクラスクーペだった。ボンネットの上、そして運転席側のドアに絵文字のような黄色いペイントが施されていた。

「この程度なら、再塗装すれば元通りになるよね？」

「ディーラーに持って行けば二、三日でやってくれますよ」

「その車をスクラップにしてくれと？」

「しかも、絶対にパーツを横流しするな、鉄の塊、あんな風になるまでやってくれって」

女は事務所の窓を指した。大型トラックの背後に、二メートル四方程度の大きさの箱形の鉄の塊が見えた。

「書類を見せてもらってもいいですか？」

「どうぞ、これよ」

女は分厚いファイルを軽々持ち上げると、田川の前に置いた。

廃車記録書類の中で、田川は車台番号の欄を見た。蛇腹メモを繰り、立原が調べた記録を探すと二つの番号はぴたりと符合した。所有者の記録も「安部早苗」で一致した。池本が焦《じ》れた調子で尋ねた。

「彼女は鉄の塊になるまで立ち会っていた？」

「ツレの男もずっと見ていましたよ」

今度は青年が口を開いた。田川は池本と顔を見合わせ、先ほど歌舞伎町の中華料理屋で使ったコピーを提示した。

「もしかしてこの男じゃなかったかい？」

「野球帽を目深に、それでパーカーのフードまで被《かぶ》っていたからね。分からないわ」

「ベンツの鉄屑《てつくず》は残っていますか？」

「とっくに製鉄所の電炉に入って、今はどこかのビルの鉄骨か鉄筋になっているころね」

田川は腕組みした。確信は持てないが、安部早苗とともにこの練馬の外れまで赴いてきたのは信友と見るのが妥当だ。野球帽とフードという組み合わせは、素性を隠すためだ。田川は関係書類一式のコピーを頼んだ。

「刑事さん、これって事件に関係するのかい？」

「単純な捜査の裏付けだよ。お宅に迷惑がかかることはないから」

コピーした書類を受け取ると、田川は池本を伴って幹線道路に向けて歩き出した。

「中野で二人殺したとき、マル被は大量の返り血を浴びた」

「ベンツのドアノブやシートにも大量の血痕が付いたでしょうね」

「だから全部を消し去るためにスクラップにした。やはり御曹司《ジュニア》は明らかに嘘《うそ》をついていたわけだな」

「その公算が限りなく大です」

池本が興奮した様子で言った。

「もう一度、オックスに行きますか？」

「もっとネタを固めてからだ」

「しかし、奴は簡単にバレてしまう嘘をついたわけですよ」

「絶対にバレない自信があるのかもしれない」

「一気に参考人聴取しましょうよ」

「だめだ。獣医師の赤間、ヤクザ者の西野をなぜ同時に殺さねばならなかったのか、その動機が分かるまで触るわけにはいかない。実際、こうして証拠隠滅されているわけだからな」

田川は歩みを止め、スクラップ工場を振り返った。畑の向こう側に、西陽《にしび》に照らされた鉄屑の山が見えた。

5

田川と池本が警視庁本部に戻ると、時刻は午後七時半になっていた。継続捜査班の自席に向かうと、デスクの上に立原からの伝言メモが残っていた。

〈ヤッチャンがお呼び〉

メモの下には、午後七時一五分との文字が見えた。一足先に職員食堂に向かった池本に合流するつもりだった田川は、舌打ちした。

背広を着直し、駆け足で上のフロアを目指した。特命捜査対策室のドアを開けると、捜査員たちの冷たい視線が突き刺さった。

机の間を進むと、窓際の席に矢島理事官がいた。矢島は主要紙の夕刊を読み比べていた。

「田川さん、なにをしたんですか？」

尖《とが》った眼鏡フレーム越しに、矢島が田川を睨み上げていた。

「今日の午後、オックスマートの本社に乗り込まれたそうですね」

「それがなにか？」

「事前に教えてほしかったですね」

「なぜですか？」

「あの会社は警視庁の親戚、防犯協会の大口支援者だからです」

「別に不都合はないかと思いますが」

「不都合だらけですよ。オックスマートから防犯協会には毎年三億円の寄付があり、警備子会社のオックス・セキュリティには毎年警視庁《ウチ》や警察庁《サッチョウ》から何人も人を受け入れてもらっています」

突然、矢島がデスクに拳を叩き付けた。

「オックスマートの柏木会長は、長女の真貴子さんを不幸な事件で亡くされてから、特に防犯意識が高い方だ。警視庁とオックスの関係が悪くなり、天下りの席がなくなったら私の責任にされてしまう」

矢島理事官が本音を漏らした。

「長年の付き合いを、田川さんの乱暴な捜査でひっくり返されるわけにはいかんのです」

「本職は適正に調べに行っただけです」

「適正？　ＯＢを脅してもですか？」

矢島理事官の言葉を聞いた瞬間、田川の脳裏に五分刈りの楠見の顔が浮かんだ。面会を渋る楠見に対し、田川は正規の参考人聴取をちらつかせた。しかし、本気ではなかった。テクニックの一つにすぎない。脅すというには語弊がある。

〈奴が洟ったらしだったころから知っている〉

田川がオックスマートを出たあとで、〝洟ったらし〟だった矢島に嫌味の一つでも言ってきたのだろう。

「防犯協会だけではありません。柏木会長の実弟は文部科学大臣です。閣議のあとで、国家公安委員長が小言でも言われたら、総監の首が飛びます」

「触るなと言うなら、いつでも私を所轄に戻してください」

矢島理事官の目を睨み、田川は声のトーンを落とした。

「目撃者《マルモク》の証言の裏が取れたんです」

田川は犯行現場近くから立ち去った車両が不審な形で廃車処分になっていたと告げた。

「その車両にオックスマートの人間が関わったという絶対的な証拠は？」

「ですから、それを調べています」

「これ以上クレームが来たら、絶対にストップしてもらいます。以上です」

矢島理事官はそう言ったあと、震える手で新聞を繰り始めた。

「どう考えても不審な廃車でした。課長にも報告を入れますので、あしからず」

捨て台詞《ぜりふ》を言ったあと、田川は矢島理事官席を後にした。

6

「室長、楠見さんがお見えになりました」

楠見は一礼したあと、滝沢の向かいのソファに腰を下ろした。

「本日、捜査一課の継続捜査班田川警部補、それに一課の現役が事業本部長を訪ねてきました」

「継続捜査班？」

滝沢は楠見から組織の概要を聞いた。

「車の写真を見せていましたので、恐らくコレの一件ではないかと」

楠見はそう言うと、太い小指を動かした。滝沢は全体像を薄《うっす》らと察知した。

「あとは私から事業本部長に問い合わせておきます。また教えてください」

「いつでもどうぞ。そのために雇われておりますので。幸い、警視庁にはまだまだ沢山の仲間がおります」

「その田川という刑事はどのような人ですか?」

「地取りと鑑取りの腕が抜きん出ているようです。地味な仕事ですが、証拠を見つけ出す猟犬のような刑事です。今は二年前に中野の居酒屋で発生した強盗殺人の継続捜査を任されています」

「そんな刑事がなぜ事業本部長に?」

「もう少し調べましょうか?」

「いや、逆に怪しまれます。それにネタが社会部の記者に染み出す可能性もあります。今、会長は経同会副会長ポストが目前にあります。私の指示を待ってください」

楠見は一礼して席を立ったが、ドアの前で振り返った。

「室長、老婆心ながら」

「なんでしょうか?」

「田川という男、体を壊した輩《やから》なのに所轄に落とされていません。相当なやり手です」

「肝に銘じておきます」

滝沢は執務デスクに向かった。受話器を摑《つか》み、信友の内線番号を押した。刑事が訪ねてきた目的を尋ねると、信友は口籠った。

〈特に問題ないですよ〉

「あの女のことだろ? 会長の耳に入ってみろ、俺まで叱《しか》られる。うまく処理するから詳しいことを話すんだ」

〈本当に大丈夫です〉

「今日はまっすぐ帰れ。刑事が店を張っているかもしれない。当分会わないほうがいい」

〈気を回し過ぎです〉

信友は乱暴に電話を切った。

信友が六本木に入り浸るようになったのは婚約が決まった直後だった。総務部のスタッフに監視させたが、信友は現在、週に三日程度しか自宅に帰らず、あとはあの安部早苗という女の所に転がり込んでいた。

一年半前、週刊誌の契約ライターがネタを摑み、総務部に強請《ゆす》りをかけた。滝沢は総会屋対策費から金を渡し、揉《も》み消した。

楠見の言葉が脳裏をかすめた。信友を訪ねてきた刑事は、中野の強盗殺人事件を調べているという。滝沢は内線ボタンを押し、中年の女性秘書を呼び出した。

「調べ物を手伝ってくれ」

滝沢は楠見から聞いた事件の名を告げ、広報部が持つ新聞や週刊誌のスクラップを取り寄せるよう指示した。

滝沢は椅子の背に体を預けた。

入社してから四〇年近く、オックスマートと柏木家のために尽くしてきた。牛肉の安売りから総合スーパーに成長したころ、オックスは食品や衣料品を扱う各種の問屋団体と対立した。安売り攻勢をおそれる問屋勢は、商工族の国会議員を動員し、反オックスの陣営を形成した。若き柏木会長は現金仕入れでこれに対抗し、世間の耳目を集めた。また、このころから、地方の遊休地を札束で買い付ける地上げめいた動きも加速させた。土地の売却を渋る地主には、ヤクザ者を使ったいやがらせもしていた。いくつかの大新聞から柏木会長の強引な商法が批判を浴びた際、滝沢は現金を詰めた菓子折りを携え、永田町や霞が関、主要新聞社の論説委員の間を駆け回った。

役員室の天井を睨みながら、滝沢は唸《うな》った。またトラブルの芽が出てきた。

総務部のスタッフとともに二度、六本木のクラブを訪れた。あの女は細やかな気配りで滝沢の一行を歓待した。完璧な気配りのできるホステスだった。お稽古事しか知らずに育った商社マンの娘より、女としての魅力が数段勝っていた。

信友は、幼少のころから姉・真貴子の陰に隠れ、引っ込み思案だった。それがいきなり経営の第一線に引っ張り出された。幼少期と現在の信友の気弱な表情を思い出すたび、滝沢は柏木家の不運を憂えた。

信友と真貴子を比較するのは酷だ。会長以上の行動力と統率力を兼ね備えた真貴子は、誰の目から見ても強かった。経営会議の席上、父親である友久に食ってかかる場面がいくどもあった。

柏木会長は早くから真貴子を後継者に指名し、帝王学を叩き込んだ。一方、信友は私大の映画学科に進み、アメリカ留学も果たした。全ては真貴子の非業の死で変わってしまった。

信友はごく普通の人間だ。いや、一般企業に勤務していたら、十分に能力を認められていた人材だ。しかし信友が入った企業は、オックスマートなのだ。

〈室長、メールを転送しましたよ〉

固定電話のスピーカーから秘書の声が響いた。滝沢は礼を言うと、電話脇のパソコンに目をやった。

『主要紙誌ファイル』

画面を開くと、事件を扱った主要紙の社会面、週刊誌のスクラップが現れた。

『外国人の犯行か?』、『マニー、マニーと深夜の凶行』

扇情的な見出しがあった。大和《やまと》新聞の事件本記に目をやった。被害者の生前の写真が二つ、掲載されていた。

滝沢はマウスを握り、二人の顔写真を拡大した。丸顔の被害者が赤間という獣医師だった。滝沢は横の顔写真に目をやった。西野という被害者の肩書きも大写しになった。まさか、と思った。滝沢は慌てて引き出しを開け、名刺ホルダーを取り出した。三年前の日付が刻まれたページを勢い良くめくった。

『西野守』

新宿区大久保との住所表示の横に、スクラップに載っていた名と同じ文字があった。名刺の右隅には、漢数字の八をマル印で囲った自身の手書きメモがあった。

仙台のミートステーション社長、八田の紹介だった。八の字の横には、〈信友同席〉と記した走り書きもあった。

パソコンの画面に、蛇のような八田の目が映った気がした。滝沢は固定電話の受話器を取り上げると、総務部の内線番号を押した。

7

特命捜査対策室を出た田川は、同じフロアにある捜査一課長室に向かった。廊下で食堂帰りの池本に遭遇した。

「矢島さんとやりあったんですって?」

「もう知っているのか?」

「食堂で特命捜査対策室《トクメイ》の連中がこそこそ話してましたから」

「宮田さんは？」

「綾瀬《あやせ》の捜査本部《チヨウバ》から戻ったんで、いると思いますよ」

田川は大部屋を横切り、宮田の個室に足を向けた。

大部屋のかつての同僚たちは、好奇心丸出しの視線で田川を見ていた。上司の命令に異を唱えるのは、本部の中では最大級の御法度だった。

捜査実績、能力、そして物わかりの良さが総合的に評価された者しか本部に在籍する資格はない。上司に楯突《たてつ》けば、組織の体裁が維持できなくなる。個室の前に辿り着いたとき、田川は深呼吸した。

「失礼します」

「派手に揉めたそうだな。歳《とし》を考えろよ」

書類に視線を落としたまま、宮田が舌打ちした。

「所轄から上がったばかりの若造じゃあるまいし、下の模範になる年次だよ」

依然として宮田は書類を見たままだった。

「いつでも所轄に回してください」

「誰が所轄に落とすって言った？」

ようやく宮田が田川に顔を向けた。口元がわずかに歪《ゆが》んだ。

「揉めたって聞いたから、どのくらい頭に血が上っているのか試したんだよ」

宮田の切れ長の目が、わずかに笑った。

「なにか出たのか？」

宮田は普段の顔に戻った。田川は手帳を取り出した。

「分厚くなったじゃないか」

「課長直々の案件ですよ、こっちの身にもなってください」

溜息《ためいき》をついたあと、田川は当時の鑑取りの杜撰《ずさん》さ、そして目撃者が出たこと、そこから実行犯とこれを幇助した可能性のある人物がいる旨を伝えた。

「その実行犯かもしれないという人物がオックスマートの御曹司《ジュニア》だってわけだな?」

「そうです。ただ……」

「動機が読めないか」

「もう一人の被害者《マルガイ》の鑑取りも済んでおりません。謎のキーワードの解明も残っています」

田川は蛇腹メモを繰ると、『逆手持ち』『モツ煮』『豪勢な宿』『ベンツ』の項目を宮田に見せた。

「宿題がこんなに多けりゃ、おまえを外すわけにはいかんだろう」

「不可解なことが多すぎます」

「好きなようにやれ。報告は俺だけにすればいい」

宮田がもう一度、口元を歪ませた。話の分かる上司は助かる。田川は安堵《あんど》の息を漏らした。

「本部にいると矢島やオックスに天下った連中にネタが漏れる。どこか分室を使うか?」

「ぜひ」

「相手は業界トップの大企業だ。迂闊《うかつ》なことをやれば俺だけでなく総監まで首が飛ぶ。矢島じゃないが、そのあたりは慎重にな」

宮田の顔が面倒見の良い先輩刑事から、幹部職の表情に変わっていた。口を真一文字に結び、田川は頭を下げた。

「絶対ものにしろ」

宮田の激励を聞き、田川は課長室を後にした。

五階の自席に戻る途中、田川は携帯電話を取り出すと、馴染みのある名前をメモリから呼び出した。幸い、相手はすぐに電話口に出た。

「田川だ。ウチの捜査共助課を通じて正式に依頼するが、ちょっと手伝ってほしいことができた」

〈喜んでやらせていただきますよ〉

かつて同じ釜のメシを食べ、捜査本部の道場に泊まり込んだ仲間は、快活な声で答えた。

8

池本を動員した田川は、麹町《こうじまち》署の近く、捜査一課特殊犯捜査係（ＳＩＴ）の秘密車両部隊《トカゲ》が常駐する番町の商業ビルに赴いた。

三階の一〇畳ほどの角部屋を確保した田川と池本は、ほぼ徹夜で臨時の捜査本部を設《しつら》えた。妻の里美に出張用の荷物を届けてもらったあと、パイプ椅子を並べ、蒸し暑い部屋で仮眠を取った。

午前七時台の東北新幹線に飛び乗った田川と池本は、携帯電話のアラームをセットし、東京駅を出発した。

都内から大宮駅に続くトンネルを新幹線が抜けたと思った直後、携帯電話のアラーム音がけたたましく鳴り、田川は飛び起きた。時計をみると、午前九時を過ぎていた。隣席では、池本が豪快にいびきをかいていた。

網棚からスポーツバッグを降ろし、田川は池本の肩を小突いた。やがて、新幹線は徐行を始めた。

新幹線ホームを下り、笹《ささ》かまぼこの土産物屋が見え始めたころ、小柄な田川よりもさらに背の低い男が、精一杯背を伸ばして手を振っているのが見えた。

宮城県警捜査一課の門間《もんま》資《たすく》警部補だった。年齢は田川より五歳若い四二歳、田川とは対照的に髪の量が豊富で童顔のため、実年齢よりずっと若く見えた。捜査研修で一年間警視庁捜査一課第三強行犯係に在籍した宮城県警の刑事だ。

「ご無沙汰」

「三年ぶりですよ、ちっとも仙台に遊びにきてくれないじゃないですか」

門間は田川と池本のスポーツバッグを持つと、池本とがっちりと握手し、勢い良く階段を降り始めた。

「車を用意しました。早速回りましょう」

「今、抱えている事件《ヤマ》はないの?」

「ええ、大丈夫ですよ」

バスターミナルとタクシー乗り場の隣にある駐車場には、グレーのスカイラインが停めてあった。大震災で新幹線のホームが甚大な被害にあったことをテレビのニュースで知った。田川は周囲を見回した。道行く人々は足早に歩き、なんどか訪れたかつての仙台と街の表情は同じだった。ただ、駅の外壁には工事用のシートと足場がかかったままの状態となっている。

「市内の中心部は大分、復旧したようだね」

田川が告げると、門間が頷いた。

「沿岸に比べたら、なにもなかったに等しいですよ」

淡々と言った門間はトランクに二人分のバッグを積み込むと、てきぱきと運転席に着いた。

「嫁の叔母夫婦が東松島で被災してね。なんどか直接現地に行っていたんだ」

「そうでしたか。皆さんはご無事で？」

「おかげさまでね。仙台に寄るつもりだったけど、水に浸《つ》かった家の後片付けやったら体力が残っていなかった」

「僕もかつて気仙沼《けせんぬま》署にいました。なんどか不明者捜索の応援に行きましたけど、街を見た瞬間、もう言葉が出ませんでした」

「テレビや雑誌で見る風景とは全く違うからな」

田川が小声で言うと、門間が小さく頷き、口を開いた。

「赤間家に連絡を入れておきました。まずここから回りましょう」

田川は背広から手帳を取り出した。産廃業者の西野とともに殺害された獣医師、赤間祐也の実家は、仙台の中心部から北東の方向、泉区南光台という場所にあった。

「相変わらずすごい厚さになっていますね」

「スタイルは変えられないからね。どのくらいで着く？」

「道が混んでいなければ二〇分ほどです。それより、体の具合は大丈夫ですか？」

「さっさと所轄に戻せって言っているんだが、解放してもらえない」

「田川さんが継続担当なんて宝の持ち腐れじゃないですか」

「買い被らんでくれよ。今回の事件にしても、鑑《かん》ピュータが錆び付いているから、無駄足が多い」

「鑑ピュータですか」

刑事一人ひとりには、得意分野がある。

田川のように地取り・鑑取りを得意とする捜査員のほかに、盗犯専門の捜査員も少なくない。それぞれが地道な捜査で得た犯罪者のクセ、あるいは敏感に察知する犯罪の気配は、捜査員ごとの頭の中に「鑑」のデータベースとして蓄積される。

大事件が発生した際、捜査本部にいる捜査員の鑑ピュータに収納されたデータが嚙《か》み合えば、早期検挙に結びつく。今、田川が関わっているのは、捜査員同士の鑑が重ならなかった典型例だった。

門間の駆るスカイラインは、市街地を抜け、小高い丘にさしかかった。池本は車窓の景色を珍しそうに眺めていた。木々の緑が夏の日射《ひざ》しに映えていた。

「典型的なベッドタウンです。この辺りは震災の影響が比較的軽微でした」

田川の視線を辿った門間が反応した。丘の中腹から頂上にかけては、建て売り住宅が規則正しい区画に配置されていた。東京郊外や横浜の新興住宅街と似ている。

「あと少しです。良い話が聞ければよいのですが」

幹線道路から住宅街に続く道にハンドルを切りながら門間が言った。

「ありのままの話を聞くだけだ」

田川は自らに言い聞かせるように言った。

「あの家です」

クリーム色の外壁、二階建ての平凡な一軒家が見えた。小さな庭の横には、グリーンの日産マーチが停まっていた。

インターフォンを押すと、縁なしの老眼鏡をかけた赤間夫人が現れた。

夫人が玄関脇の洋間に三人の捜査員を導こうとしたとき、田川が口を開いた。

「最初にお線香を上げさせてください」

赤間祐也の母親は目頭を押さえた。新潟の三条、西野の実家を訪れた際もそうだった。遺族に接すると、気持ちが引き締まる。新しい仏壇、そして赤間の遺影を見た瞬間、田川は唇を噛んだ。

線香を上げた一行は、改めて洋間に案内された。そこには、夫人に似た若い女がいた。

「祐也の妹の元美《もとみ》です。なにかお役に立てるかもしれないと、今日は仕事を休ませております。残念ながら、主人は銀行の支店長でして、仕事が外せなくて」

「当初からこうしてうかがうことができれば」

本心から言った。初動で筋の見立てに間違いがなければ、事件の翌日に捜査員が足を運んでいたはずだ。

田川は、自身の仕事の内容を夫人と妹に告げたあと、犯人につながる公算のある事柄が出てきたと告げた。夫人が身を乗り出した。妹も鋭い視線で田川を見ていた。

「祐也さんが恨まれるような覚えはありませんか？」

「怨恨だったのですか？」

「当初は強盗殺人の線でしたが、通り魔的な犯行だとは言えない要素が多々出てきました。お仕事でトラブルに遭っていた、そんな話は聞かれませんでしたか？」

「心当たりはありません。事務所は本当に働きやすい、兄は常々そう言っていました。担当した畜産家の皆さんにも仲良くしていただいたようです」

妹の元美は言い切った。やはり、怨恨の線は薄い。手帳から西野の写真を取り出し、二人に見せたが、反応はゼロだった。

赤間、そして西野が同時に殺されたが、二人を結ぶ鑑は仙台の住宅街でも見出《みいだ》すことができない。

「祐也さんの周囲、同僚や学校時代の友人、知り合いでナイフを使う方はいますか？」

唐突な問いに二人は顔を見合わせ、頭《かぶり》を振った。蛇腹メモに目を向けた田川は、もう一つのキーワード、『モツ煮』という言葉も口にしたが、反応はなかった。

田川は手帳のポケットから、オックスマートの柏木信友の写真を取り出した。応接テーブルの上に載せたが、母親と妹の表情は変わらなかった。

田川は懸命にメモをめくった。赤間が最後に居住していたのは、泉区の実家ではなく、青葉区大町《おおまち》の賃貸マンションだったとの記述が目に飛び込んできた。

「青葉区にお住まいだったんですね？　当時の荷物は？」

「祐也が使っていた二階の部屋にしまってあります。衣類やスキー道具ばかりですけど」

母親が沈んだ声で告げたが、妹は違った。元美は肘で母親を突《つつ》いた。

「母さん、あの話」

田川は身を乗り出した。

「兄が殺されたあと、借りていた部屋が空き巣に入られていたことが分かったんです」

「空き巣？　被害届は出しましたか？」

田川は門間に目を向けた。門間は目を見開き、頭を振った。

「葬儀でバタバタしておりました。大家さんから連絡があったのは、遺品をどうしようかと相談したとき、亡くなってから五日ほど経ったころでした」

「大家さんの連絡先は分かりますか？」

田川が尋ねると、母親は慌てて応接間から出て行った。

「空き巣と言っても、ノートパソコン二台がなくなっただけです」

「メーカーは？」

「アップルです。一台はすごく薄いタイプ、もう一台はスクリーンの大きなタイプでした」

タイミングが良すぎる。赤間を殺害した犯人が、赤間が持っていた何らかのデータを狙ったのかもしれなかった。池本、門間が頷いていた。

田川は元美の言葉を漏れなく書き込んだ。

「他にはなにかありませんでしたか？」

田川の言葉に、母娘は顔を見合わせた。元美が口を開いた。

「時期は忘れてしまいましたが、兄の死後、家の周りをうろついていた男の人がいました」

「人相は？」

「野球帽を目深に被っていたので、分かりません。中年で、どちらかといえば細身の男でした」

「どの程度の頻度でしたか？」

「週に一、二度程度だったと思います。気味が悪かったので、最後は玄関先で警察に通報すると大声で言いました」

「そのあとは？」

「慌てて逃げて行きました。以降、姿を見たことはありません」

仙台まで出向いた甲斐《かい》があった。空き巣という要素はなにを意味するのか。まだ明確に事件そのものにつながったわけではないが、新しい手掛かりであることは間違いなかった。赤間家の周囲で様子を探っていた男は何者で、なにが目的だったのか。新たな謎が浮上したが、決して無駄足ではなかった。赤間はなんらかの理由で計画的に殺されたのだ。

練馬のスクラップ業者に姿を見せた男も野球帽を目深に被っていた。安部早苗と一緒だったと思われる柏木信友が仙台にも現れたのか。田川は手帳に『野球帽』と書き込んだ。

9

赤間家を出た田川と一行は、妹の元美を伴って仙台中心部に戻った。ＪＲ仙台駅から広瀬通りに出る手前で、田川は手帳を繰った。

「門間君、すまんがこの番地の前で停めてくれないか」

もう一人の被害者である西野の実家でメモしたミートステーションという企業名、そして番地を門間に告げた。八田という人物が暴力団関係者ではないことは分かっていた。西野の母によれば、仕事上の関係者だという。どの程度の鑑があるのか、当たってみるつもりだった。

「あの信号の先ですよ。調べですか？」

門間は幹線道路の先、細長いビルを指していた。

「地取りで出てきた名前でね。知ってるかい？」

「たまに地元紙に広告が出ていますけど、あまり馴染みがないですね」

スカイラインは二分程で目的のビルの前に停車した。門間と元美を待たせた田川は、池本と連れ立って一階の受付に向かった。八田という社長に会いたい旨を受付嬢に伝えると、すぐに五階の社長室に通された。

「突然申し訳ありません」

ドアを開けた田川は、窓際の執務机で帳簿を見ていた男に言った。

「どのような御用でしょうか?」

目の大きな男が、机の前の応接セットを勧めながら言った。田川は殺人事件捜査の一環として、西野の実家に赴いたことを明かした。

「たしかに彼が亡くなったあと、ご実家にお線香をあげに参りました」

ゆっくりした口調で八田が言った。丁寧な物言いだったが、探るような目付きだった。

「西野さんとはどのようなご関係で?」

「出入り業者の一人ですよ。真面目な男でしてね、目をかけていました」

八田は落ち着いた調子で言った。

田川は八田の背後に目を向けた。壁には地元商工会からの感謝状、地元政界関係者らしい人物との記念写真が飾られていた。

「ウチは食肉加工業者でしてね、廃棄される部位も出ます。そこで西野さんに仕事をお願いしていました」

「御社は手広くご商売をなさっているようです。一介の出入り業者の実家にまで?」

「彼は元高校球児でしてね、会社の野球チームの助っ人をしてくれたんですよ。もちろん、営業面で食い込もうという意図はあったのでしょうが、なにせ一生懸命でしてね」

「なるほど、よく分かりました」

田川は蛇腹のメモを繰った。三条署の佐々副署長は西野が高校野球に打ち込んでいたことを明かしてくれた。八田の言葉に矛盾はない。

「あくまでも参考ですが、西野さんの周囲でナイフの使い手がいた、そんな話を聞いたことはありませんか？」

「ナイフ？　彼はプロの殺し屋にでも刺されたのですか？」

「心当たりがなければ結構です。それから、亡くなる直前、彼がモツ煮に固執した、そのようなことはご記憶にありませんか？」

「モツ煮？　弊社でレトルトパックのモツ煮を作っておりますが、特段、彼がどうこうということは記憶にありませんな」

「彼とは仕事上、密接な関係でしたか？」

「どういう意味です？」

「亡くなる直前、彼は大金が入ると言っていたようでして。金銭絡みの事件ということも考えられます」

田川の問いに対し、八田が身を乗り出した。

「西野さんは他の会社とも手広く付き合いがあったようですから、心当たりはありませんな。ウチとの取引は細く長くという形式でしたしね」

「そうですか。色々とありがとうございました。念のため、御社の製品カタログをいただいてもよろしいですか？」

「彼の殺害とつながるのですか？」

「いえ、あくまで参考程度でして」

八田は執務机に戻ると、引き出しから数枚のチラシを持ってきた。

「ハンバーグとソーセージが主力ですが、モツ煮はその下の方に載っております」

田川は、チラシを一瞥《いちべつ》した。銀色のパッケージに「業務用モツ煮」の文字がプリントされていた。チェーン店の居酒屋にでも卸すのだろうか。銀色のパッケージに大きく業務用と刷られていた。

「わざわざこのために仙台まで？」

再び、八田が探るような目付きで田川を見ていた。

「いえ、他の捜査も兼ねております。お忙しいところ、まことに恐縮でした」

チラシを畳んだ田川は、立ち上がった。

「早く犯人を捕まえてください」

社長室のドアの前で、八田が告げた。

「もちろんです」

田川は池本とともに、エレベーターに乗り込んだ。

「なんだか薄気味悪いオヤジでしたね」

「そうだな。腹を探られているような気分だった」

田川はメモを見返した。だが、八田の発言自体に不自然な点はなかった。

「ひとまず、赤間氏の捜査に戻ろう」

エレベーターの扉が開くと、田川は小走りで門間のスカイラインに向かった。

10

街一番の繁華街国分町《こくぶんちょう》を越え、スカイラインは広瀬通りを市街地西部に向かった。助手席から振り返った池本が元美に顔を向け、口を開いた。

「なぜお兄さんは青葉区の大町に?」

「事務所が近いことと、研究で頻繁に訪れる東北大にもアクセスしやすいからです」

「なるほど」

車中で田川はずっとメモを取った。元美の記憶は鮮明で、曖昧な所がなかった。

「この辺りですね」

自動車ディーラーの角を左折した門間は、二つほど小路を通り過ぎたところで停車した。古びた賃貸マンションの前だった。マンションの前には、門間が連絡した所轄の仙台中央署のPC《パトカー》が停車していた。中から制服姿の巡査部長が降り立った。

田川と元美がスカイラインから降りると、地域課警官が先導する形で一行は外階段から二階に上がった。階段を歩くたび、カンカンと靴音が響く古い建物だった。

「あいにく今の借り主が不在で連絡が取れず、中を見ることはできません」

地域課の三〇代半ばの警官が、二〇五号室の札の前で申し訳なさそうに告げた。

「どんな感じだったの?」

池本が巡査部長に目を向けた。

「バール状の工具でドアをこじ開ける荒っぽいやり方でした。一応、署の盗犯係も立ち会ったのですが、プロの犯行ではないとの見立てでした」

田川はメモから目を離した。

「目撃者、あるいはドアを壊す音を聞いた住人は?」

「あいにく、このマンションは留守がちな借り主が多くてですね。全世帯はもちろん、近隣の住人にも当たりましたが、情報はありませんでした」

田川は周囲に目をやった。隣は雑居ビルの壁、それに当該のマンションにしても単身者向けで、他の部屋に人がいる様子はなかった。田川と池本は目を合わせ、互いに頭を振った。焦れた様子の門間が口を開いた。

「どういう経緯で部屋が荒らされていることが分かった?」

「赤間さん殺害の連絡を受け、大家経由で管理会社が確認に来て、それで判明した次第です」

蛇腹メモに要点を書き出しながら、田川は頷いた。

だが、内心は面白くなかった。当時、この地域課の警官を含め、周囲が真剣に調べた形跡が乏しかった。田川は元美に顔を向けた。

「元美さんがこの部屋の中を確認したわけですね?」

「はい。大切に使っていたパソコン二台がなくなっていました」

パソコンという点が気になった。物取り目的で侵入した犯人が金目のものとして盗んだ公算はあった。ただ、赤間が殺害されたことを知る人物が、意図的に侵入したとすれば話は別だった。当初からパソコンが目的だった、と言い換えることもできる。

田川は二〇五号室の鍵穴を見た。赤間の死を知る人物が侵入したのではないのか。田川は、感じた事柄をメモに記した。

「田川さん、当時の盗犯係を呼びましょうか?」

「被害届が出されなかった以上、盗犯係も意識を集中していたとは思えない」

手帳を背広にしまい、田川は元美に顔を向けた。

「この部屋を片付けてくれるような恋人はいませんでしたか?」

「そういえば、亡くなる一年前、久々に実家に戻ったとき、好きな人ができたというような話をしていました」

「思い出していただけませんか」

田川は元美の顔を見続けた。元美は眉根を寄せたあと、手を叩いた。

「そういえば、兄からメールをもらっていました」

元美はポーチから携帯電話を取り出すと、メール画面を遡《さかのぼ》った。

「二年前のメール、残っていますか?」

「大好きな兄の思い出ですから。そうそう、実家の御飯に誘ったとき、兄は東京に行くから帰れないと言ったことがありました」

「東京?」

今までの田川の調べでは、赤間が東京で動いた形跡はなかった。なぜ中野にいたのかも判然としなかった。

「相手はどうも東京の人らしかったから……あ、ありました。兄が付き合っていたらしい人は、この人です。『カワヅ』とありました」

元美は小さな液晶画面を田川に向けた。たしかに片仮名でカワヅとあった。即座に池本が反応した。

「三本川の川津でしょうか、それともサンズイの河津でしょうか? ファーストネームは分かりませんか?」

「私が冷やかしたとき、カオちゃんとか、言っていたような気がします。ごめんなさい、たしかなことは言えませんけど」

「カオリとか、カオルとか、あるいはカオルコとかでしょうかね」

田川は蛇腹メモに複数の仮定の名前を記した。

「念のため、お兄さんの携帯番号と携帯のメールアドレスを教えてください」

「これです」

元美は端末の画面を切り替え、赤間祐也と記されたメモリを表示した。田川は携帯番号、メールアドレス、それに事務所の仕事用アドレスを記録した。

「皆さん、わざわざありがとうございました」

手帳を背広にしまった田川は、一同に頭を下げた。直接的な手掛かりは得られなったが、赤間の鑑につながる材料は得た。

カワヅという名の女性、なくなったパソコンが『逆手持ち』『モツ煮』というキーワードにどうつながるのか、あるいは全く関係がないのか、田川には見当がつかなかった。だが、新たに出てきた名前にすがるしかなかった。

11

「近所で流していてくれ」

運転手に指示した滝沢は、細長い黒いビルを見上げた。

新宿区大久保二丁目、明治通りと戸山団地の狭間《はざま》に滝沢が目指す場所があった。通りを横切った滝沢は、雑居ビルの三階角部屋にある「長田《おさだ》プランニング」の呼び鈴を押した。

「室長自らこんな所に足を運んでいただいて恐縮です」

「会社に来られても困るからな」

滝沢は社長の長田憲雄《のりお》に言った。広域暴力団の情報収集担当者は、淀《よど》んだ目で滝沢を見ている。

「今回はどういったご用件ですか？　以前のように、御曹司《ジュニア》を尾《つ》け回したゴロツキライターにお灸《きゅう》を据えるようなお話ですか？」

「違う。これを見てほしい」

滝沢は新聞のコピーを長田に手渡した。

「あぁ、ウチの系列の人間が中野の居酒屋で殺《バラ》された一件だ」

長田は机脇の戸棚に向かい、黒い表紙のファイルを取り出した。ページを繰った長田は、中程で手を止めた。

「三年前、ある人物の紹介で名刺交換した。オックスマートの一部店舗で売れ残り食材を廃棄する業務を請け負うってことでな」

「そうですね。西野は各種産業廃棄物の処理を稼業《シノギ》にしていました」

長田の口元に笑みが浮かんでいた。

「どんな奴だった？」

「大した活動もなかったですし、どちらかと言えば目立たない男でしたよ」

長田はもう一度口元に気味の悪い笑みを浮かべた。

「地獄の沙汰も金次第か」

滝沢は銀行の名入り封筒を応接テーブルに放り出した。長田は素早く中身を覗《のぞ》き込んだ。

「殺されたのは中野の居酒屋でしたよね。警察の見立ては強盗殺人、通り魔的な凶行で殺された、か」

「なにか知っているのか？　対立組織にやられたのか？」

「敵に殺《や》られたなら、ウチの本家が黙っていません。抗争ではありません。それに私の見立ては、警察《デコスケ》とは全く違いますよ」

「もう一人の被害者は仙台の獣医師だ。西野との接点はない」

「そうでしょうか?」

「結論を言え」

「室長自らご出馬されてきた。それに、西野だ。記事を読んだとたん、私の中では事件の構図が見えましたよ」

長田はページの中程を指した。滝沢は長田の指先に目を凝らした。

「表向きの産廃処理と、本物の稼業とでは儲《もう》けの額が違います」

所属する広域暴力団の三次団体での西野の役職が記されていた。その下に、長田の言う儲けの額が違う稼業が刷られていた。滝沢は息を呑《の》んだ。

「まさか、二人はそのために殺されたのか?」

「御曹子《ジュニア》に確認したらいかがですか?」

「絶対に他言するな」

「もちろんです。ただ、月々のお手当を上げていただけると助かります」

「総務の担当者には伝えておく」

滝沢は立ち上がった。

だが、足が動かなかった。会社の裏仕事で様々な揉み消しや掃除をやってきたが、今回の一件は間違いなく最大級の難物だった。鶴田記者が度々指弾するように、独占禁止法など様々な法律スレスレで事業を展開してきたことも事実だ。しかし、今度の案件はまったく性質が違う。

「警察が動いている？」

「そうだ」

「見立てはどうでした？　私と同じでしたか？」

「通り一遍のことを聞かれただけだ」

「念入りに掃除するんですな。警察内部の情報収集、担当刑事への圧力、やることは沢山ありますよ」

「裏方を四〇年近くもやってきた。あてはある」

そう言い残して滝沢は事務所を出た。役員車を探そうと周囲を見回したとき、背広の中で携帯電話が震えた。

12

赤間が住んでいた賃貸マンションを出て、一行が停めていたスカイラインに戻ったときだった。門間警部補の携帯電話が鳴り出した。

「どういうことですか？　本職は事前に課長の了解を得ております」

なにが起こったのか。田川は門間の横顔を凝視した。池本も同じだった。

「了解しました」

渋面の門間が携帯電話を背広にしまった。

「ちょっと外に」

田川の隣にいた元美に気を遣い、門間が言った。田川はドアを開け、歩道に降り立った。池本も続いた。

「刑事部長でした。協力を打ち切れとの命令でした」

「警視庁《ウチ》の捜査共助課を通じて宮城《みやぎ》県警の許可は取っているけど」

「有無を言わさずってやつでして。恐らくどこからか圧力がかかったのだと思います」

「圧力？」

田川の問いかけに、門間は力なく頭を振った。

「本職は本部でなかなか内部情報が取れません。誰の差し金かは分かりません」

「どういうことです？」

池本が門間との間合いを詰めた。

「出身高校の壁ですよ。本職は、県北の栗原《くりはら》市の外れの生まれで、高校は越境して岩手の一関高校だったのです」

「それがどう関係してくるんだい？」

「主要なポストは仙台中央高校出身者が占めています。県庁や地銀、新聞、テレビや財界は閥でガチガチに固められています」

「なるほどな」

門間の言葉を聞いた直後、池本がスカイラインの前輪を蹴った。

「実家は貧乏な雑貨屋でした。仙台までの交通費が高かったので、家から近い一関に通っていたものですから」

「あとはこっちで調べる。県警の決め事に口を挟むわけにはいかないからな」

「仙台市内に家を買ったばかりなので、申し訳ありません」

門間は県内の所轄署を三つ経たあと、県警本部に配属された。捜査研修で警視庁に派遣された際、本部勤務のプレッシャーに押し潰されそうだと言っていた。

派閥が幅を利かせる組織の中で命令に逆らえば、僻地《へきち》の駐在所に飛ばされる公算もある。家を買ったばかりだという言葉に、田川は組織の硬直度合いを感じ取った。

「すまんが、元美さんを自宅に送ってもらえないか？」

「もちろんです。あと、これを」

門間は背広から封筒を取り出し、田川に手渡した。

「赤間医師が担当した畜産農家のリストです。ピックアップしておきました。一緒に回るつもりだったのに残念です」

田川は封筒から紙を取り出し、広げた。地図のコピーとともに、十数軒の畜産農家の名前と連絡先が記してあった。

「こんな準備までしてくれていたのか」

「不甲斐なくて申し訳ありません」

「あと一つ、最後にいいかな？」

「なんでしょうか？」

「安くて旨いメシが食えるところを教えてほしい」

おどけた調子で田川が言うと、門間はようやく笑みを浮かべた。

「駅前にはファストフードや全国チェーンのファミレスが一通りあります」

「あの手のメシは味が強くて苦手なんだ。舌がビリビリするもんでね」

「それなら、青葉区の一番町、ここよりも仙台駅寄りに壱弐参《いろは》横丁という場所があります。仙台空襲のあと、露店が集まってできた古い横丁です」

「新宿の思い出横丁《しょんべん》みたいなところかい？」

「そうです。一杯飲み屋のほかに、定食屋や蕎麦屋《そば》がたくさんあります。最近、沿岸の港町が復興し始めたので、ウマい魚を出してくれる居酒屋もありますから。庶民の食堂街は健在ですよ」

門間は背広から取り出したメモ帳に壱弐参横丁への道順を記し、田川に手渡した。

「折りにふれ、ネタを提供します」

「監察に見つかると面倒だ。無理しなくていい」

田川がそう言うと、門間はスカイラインに乗り込んだ。池本がトランクから二人分の荷物を降ろすと、スカイラインはクラクションを一回鳴らして発車した。走り去るテールランプを見ながら、田川は首を傾げた。

「誰が宮城県警《みやぎ》に圧力を？　矢島さんですか？」

舌打ちしながら、池本が言った。田川は頷いた。

「オックスマートの楠見から連絡が行ったんだろうな。相当、俺たちが煙たいらしい」

どのようなルートで田川が仙台にいることを摑んだのか、詳細は分からなかった。楠見はキャリアの矢島のことを「凄ったらし」と揶揄《やゆ》していた。楠見は矢島のなんらかの弱みを押さえているのかもしれない。田川の胸の中で、オックスマートのスーパー事業本部長、柏木信友への疑念は着実に高まった。

13

仙台駅前のビジネスホテルにチェックインした田川は、着替えや捜査資料が入ったスポーツバッグを携え、田川はロビー横にある宿泊者用のパソコンブースに足を向けた。

「なにを調べるんですか?」

「オックスマートだよ。これだけ露骨に邪魔されたんだ。敵のことをもっと知っておく必要があるだろう」

「俺がやりますよ。今どき、人差し指でキーボード叩く人はみっともないですから」

池本はパソコンに歩み寄り、検索欄に「オックスマート」と打ち込んだ。

検索結果を示す一覧画面の先頭に、「企業情報」や「投資家向け情報」などと書かれた項目が現れた。オックスの公式ホームページだ。田川は目を凝らした。

「なにを調べますか?」

マウスをなんども動かしながら、池本がカーソルを画面の下に動かした。系列企業群のあとは、オックスマート株式の値動きに関する個人投資家のブログ、また、オックスマートの柏木会長の財界活動に関するフリーライターのブログがあった。田川が目的のブログを指すと、画面に記事が現れた。

オックスマートの廊下で出会った柏木会長の仏頂面を思い起こした。財界の総本山、経同会の次期副会長人事に関する分析記事だった。

「微妙な時期に、刑事にウロウロされてはかなわないってことだな」

再度、田川はパソコンの画面に目をやった。すると、個人投資家のブログのタイトルが目に留まった。

『オックスマート沈黙、このネタは確実！』

「池、この記事もプリントしてくれ」

池本がクリックすると、オックスマート本体の株価がここ数日来、不安定な値動きをしているとの記述が現れた。田川は目を凝らした。すると、株価の動きをグラフ化したチャートの下に見出しがあった。

『巨大流通業の落日＝逆回転始めたオックスマートの成長戦略　提供：Biz.Today』

刺激的な内容だった。オックスマートの大規模ＳＣ戦略が岐路に立たされ、有力テナントが相次いで離散していると触れていた。田川は筆者の名を見た。「鶴田真純」と名前が記され、その横に勝気そうな女の写真があった。

「随分と手厳しいですね」

画面を覗き込んだ池本が口を開いた。

「捜査の参考になるかもしれん。じっくり読んでみるよ」

田川は新興メディアの記事を凝視した。日頃田川が目にする新聞やテレビの記事とは比べ物にならないほど刺激が強かった。

田川や一課刑事を追いかけ回す社会部記者たちは、常に鮮度の良いネタを追う猟犬だ。だが、手元の記事からは、ネタの鮮度ではなく、企業の存在そのものを敵視するような強い念が湧いていた。

第五章　魔手

1

翌朝午前七時にホテルをチェックアウトした田川は、池本とともに東北新幹線と在来線を乗り継いで山間《やまあい》の町に辿り着いた。時刻は午前一〇時を過ぎていた。

駅から路線バスに乗り換え、山の中腹にいくつもの丘が重なりあう集落に着いたときは正午を回っていた。

「門間君のフォローがないときついな」

「レンタカーを使うべきでしたね。こんなに便が悪いとは思いませんでした」

バスを降りた田川と池本は、地図を頼りに緑色の丘を歩き始めた。

門間が赤間の勤務先で得たデータによれば、このR高原にある複数の畜産農家を赤間は頻繁に訪れていた。亡くなる二カ月前から、R高原への出張が突出していた。獣医師事務所にもその理由は報告していなかったという。

田川が電話で事務所に再確認すると、赤間は慎重を期す性格だと繰り返し伝えられた。過去に何度も同じような事例があり、行動に不審な点はなかったという。

田川は緩やかながらも、だらだらと続く登り坂に閉口した。

「俺が荷物を持ちましょうか？」

「それには及ばんよ。しかし思った以上に体力の低下はすさまじいな。継続捜査班に入ってから、格段に歩く距離が短くなったからだ」

肩に食い込むバッグのストラップをなんども掛け直し、田川はなだらかな道を三〇分程度歩き続けた。二、三分に一回の割合で、先を歩いていた池本が振り返った。

額に脂汗が浮かび、息があがった。夏草が陽《ひ》に映えるのどかな高原だが、徒歩ではきつかった。やがて小高い丘の先に、平屋の建物が見え始め、同時にのんびりした牛の鳴き声が聞こえた。

「池、あそこが増渕《ますぶち》農場だ」

赤間が足繁く通っていた農場だった。田川は鼻を動かした。小学生の頃遠足で訪れた酪農家の施設とは違い、鼻をつくような臭いはほとんどしなかった。牛舎の背後に、モルタル造りの建物があった。飼料と農機具を入れる倉庫のようだった。

牛舎に近づくと、ブルーのつなぎを着た壮年の男が手押しの一輪車で飼料を運んでいた。

「こんにちは」

池本が声をかけた。男は一輪車から手を離し、首に巻いたタオルを外し、会釈した。

「バスの時間、分かりませんかね？」

田川はわざと間の抜けた声を出した。すると、男は腕時計に目をやったあと、人懐っこい笑みを浮かべた。

「次は一時間半後だね」

タオルで額の汗を拭った男が笑った。青いつなぎの胸に「増渕」とネームが入っていた。

「仕事でこの近所まで来たんですがね。しかし、参ったな」

「良かったら茶でもどうだね？」

「よろしいですか？」

わざと息を切らせた池本が愛想笑いを浮かべ、言った。

「いいよ。今から餌やりだけど、見ていくかい？」

「是非。すき焼きが大好物でしてね。こんなことを言ったら失礼ですけど、生産現場を見る機会なんてめったにないですから」

「そうかい」

増渕の姿を見た黒毛の牛たちが、牛舎の柵の中から一斉に顔を出した。田川と池本は、増渕の後ろについて行った。

「何頭いるんですか？」

「三二頭だ」

コンクリートブロックで仕切られた餌箱に増渕は飼料を入れた。すると柵から牛が顔を出した。

「牛も立派だし、お父さんも安泰だね」

おどけた調子で池本が言うと、増渕の肩がぴくりと動いた。次の餌箱の前で増渕が一輪車を止めた。

「この牛は一年前に五〇万円で買った。年間、四〇万円から飼料代がかかる。でもね、丹誠込めて肥育しても、出荷したらせいぜい一五〇万円だ。飛び切り上質な牛でも二、三〇〇万円。儲《もう》けは二年で二〇万円ばかり、これが三〇頭、二年で六〇〇万円そこそこ。とても儲かる商売じゃない」

「これは失礼しました。全く知らなかったもので」

池本が後ろ頭を掻《か》いていると、増渕がしげしげと田川、そして池本の顔を見ていた。

「あんたら何者だ?」

田川は背広から警察手帳を取り出した。

「警視庁捜査一課の田川と申します。こちらは池本です。実は、増渕さんと親交の深かった赤間さんのことを調べておりまして」

「そうかい。ウチは放射線検査も全てパスしているし、お上に目をつけられるようなことはないよ」

赤間の名を出した途端、増渕は田川に背を向けて一輪車の取っ手を持った。

「原発の問題で風評被害に遭われたことは存じておりますが、全くの別件です。事務所に確認したところ、以前赤間さんが増渕さんの所には頻繁に出入りされていたとか」

「そうだったな」

「赤間さんの死に不審な点が見つかったので、調べ直しています。亡くなる直前、彼に変わった様子はありませんでしたか?」

「いや、別に」

最後の餌箱を回ったあと、増渕は駆け足に近いスピードで一輪車を押し、牛舎を出た。

「誰かに恨みを買っていたとか、トラブルを抱えていたとか、そんな様子はありませんでしたか?」

「知らねえ」

増渕は壁に一輪車を立てかけると、農機具と飼料が入った小屋に向かった。田川は増渕の背中に言った。

「赤間さんは計画的に殺害された可能性があります」

「強盗に遭って殺された、俺は新聞で読んだ以上のことは知らねえ」

増渕は田川に視線を合わせることなく小屋に入り、内側から鍵をかけてしまった。

「増渕さん」

田川はなんども扉越しに叫んだ。だが、応答はなかった。

「なにを隠している?」

小屋を見上げ、田川は池本と顔を見合わせた。

「確実になにか知っていますね」

田川と池本は牛舎まで戻り、餌を食《は》む黒毛和牛の群れを見た。

背広から手帳を取り出した田川は、蛇腹のメモを広げた。『逆手持ち』『モツ煮』『豪勢な宿』『ベンツ』のキーワードのうち、ベンツは柏木信友の線が色濃く浮かんだ。

しかし、残りの三つについては、依然として今までの捜査に結びつくことがなかった。メモを覗《のぞ》き込んでいた池本が口を開いた。

「モツ煮って、牛のモツも入るんじゃないですか?」

「この農場は高級な黒毛和牛ばかりだ。主力はあくまでも肉だよ」

「やっぱりつながらないか」

田川は門間が用意した畜産農家のリストを取り出した。

「一応、他も当たってみるか」

スポーツバッグを肩にかけると、田川は重い足取りで農場をあとにした。池本がなんども後ろを振り返った。閉ざされた扉が開くことはなかった。

2

R高原の奥まった停留所から路線バスに乗った田川と池本は、在来線の駅に辿り着き、各駅停車に延々と揺られた。

増渕の農場のあと、約二キロ離れた佐藤《さとう》という牧場を訪ねた。赤間の名を出すと、中年の畜産家は懐かしそうな表情を浮かべ、溜息《ためいき》を漏らした。

池本が怨恨の可能性を尋ねると、佐藤は真っ向から否定した。この間、近隣の畜産家、暗に増渕とトラブルがあったかについても問い質《ただ》したが、トラブルなど起こり得なかったと全否定された。『逆手持ち』『モツ煮』『豪勢な宿』に関する情報も尋ねたが、答えは得られなかった。

「わざわざ出向いて成果ゼロはきついな」

遠くR高原を望むのどかな田園風景を見ながら、田川は溜息をついた。佐藤の牧場をあとにした田川と池本は、門間がリストアップした他の農家五軒を回った。

「一〇キロ以上は歩きましたね」

「結局、増渕なんだ」

「まさか、あの爺《じい》さんが実行犯ってことですか?」

池本が首を傾《かし》げた。調べてみる価値はある。しかし、今までに判明した手掛かりと、増渕を結ぶ鑑はなかった。

田川は蛇腹のメモに目をやった。増渕と赤間との間につながりはあっても、もう一人の被害者である西野との接点はなかった。まして、ベンツの所有者である六本木のママ、村上冴子こと安部早苗、そして柏木信友との結びつきも見えなかった。

田川が溜息をついている間に、在来線の各駅停車の車両が目的地の駅に近づいた。

「もう六時半ですよ」

田川は腕時計を見た。ホテルを出てからずっと歩きづめだった。

「東京に戻るにはどうすればいい？」

駅舎で時刻表を見ると、新幹線停車駅までの乗り継ぎはぎりぎりだった。スポーツバッグを抱えた田川は反対側のホームに駆けようとしたが、膝に鈍い痛みが走った。

「あちこちガタがきて困るよ」

顔をしかめた田川は、抱えていたスポーツバッグを一旦、地面に降ろした。

「出張旅費の精算は課長に出せばいいわけですし、もう一泊しませんか」

「そうするか」

池本の提案に頷《うなず》いた田川は改札に足を向けた。すると背後からスポーツウエア姿の大学生の集団が追い越していった。改札を出た田川は、売店横の総合案内所に足を向けた。

「駅前のビジネスホテルを予約したいんだが」

パソコンで作業をしていた女子職員が振り向き、申し訳なさそうに頭《かぶり》を振った。

「大学サッカーの強化合宿が重なりまして、どこも満室です」

「駅前旅館でもいいんだけどな」

「駅前はどこもいっぱいですが、インター近くならばビジネスホテルがいくつかあります」

女子職員は電話をかけ始めた。二言三言先方と話したあと、職員が田川に顔を向けた。

「『ルートホテル』で部屋が空いているそうですが、どうします？」

「田川といいます。二つ予約してもらえるかな」

職員はてきぱきと手続きを進めた。田川と池本は案内所を出てタクシー乗り場に向かった。地元タクシーが三台、乗り場で客待ちをしていた。

「このホテルまでお願いできますか」

「一〇分ほどですよ」

田川と同年代の運転手は、いまどき珍しいマニュアルシフトをローに入れた。小さなロータリーを出ると、蕎麦《そば》屋や雑貨店が見えた。人通りの少ない商店街をタクシーは順調に走った。市役所が設置した観光案内標識に、城址《じょうし》公園の文字が見えた。池本が口を開いた。

「ここは城下町だったの？」

「お殿様が蕎麦打ちを奨励したそうで、昔から蕎麦屋の数だけは多いんですわ」

駅前を少し外れると、シャッターが目立ち始めた。捜査で訪れた新潟の三条と同じように、全国チェーンの大型店舗に街が壊されていた。

「シャッター街だね」

「インター脇にオックスマートが進出してから、牛丼屋やら家電量販店、眼鏡のチェーン店ができましてね」

「これから行くホテルもそういう場所なのかな」

「ドラッグストアと眼鏡チェーン店の隣ですよ」

運転手の答えに、田川は顔をしかめた。

タクシーは県道を右折し、新幹線の高架をくぐり、幹線国道に向かった。タクシーが在来線の線路を越えると、原色の毒々しい看板が田川の視界に入った。片側二車線の幹線国道を左折すると、運転手が言った通り、紫色のドラッグストア、オレンジ色の眼鏡チェーン店の間に、モスグリーンの外壁、「ルートホテル」が姿を現した。

国道を挟んで反対側に、黄色の看板、オックスマートのショッピングセンターがそびえていた。

「今晩の夕飯はオックスの惣菜《そうざい》にするよ。ありがとう」

田川は領収書を受け取って降車した。ロビーに足を踏み入れると、駅の構内と同様、色とりどりのジャージ姿の若者たちがいた。五分ほど待たされたあと、田川と池本はチェックインを済ませ、五階の部屋に辿り着いた。

「一息ついたら、惣菜と弁当を買いに行こう」

「俺はビールを買わせてもらいますからね」

「勝手にしろ」

池本が奥の部屋に消えたあと、田川はドアを押し開けた。広めの部屋だと思い込んでいたが、シングルの間取りに無理矢理大きなベッドを詰め込んだようで、テレビを置いた台との間が三〇センチほどしかなかった。

ネクタイを外し、窓辺のカーテンを開けた。

国道を挟んだ向かいにオックスマートの看板が見えた。どぎつい黄色の看板の後ろ側、小高い丘の上に小さな天守閣が見えた。風情ある城下町も完全に街並みが破壊されていた。

3

二人分のコーヒーをオーダーしたあと、滝沢は目の前の男を見た。

「さすが帝都ホテルですね。向こうに与党の幹事長がいますし、その隣はハリウッドの俳優さんだ」

口元に気味の悪い笑みを浮かべた八田は、周囲を見回していた。夕暮れどきの老舗ホテルのロビーは、海外からの観光客や会議室を利用したビジネスマンが集い、ざわついていた。

「ご用件は？」

コップの水を喉に流し込んだ滝沢は、もう一度八田の顔を見た。口元は笑っていたが、蛇のような両目は笑っていなかった。

「もう一度、機械の件でプッシュしておこうと思いましてね」

「もう少しお待ちください」

「滝沢さん、なにかお困りではないのですか？」

「会長はワンマン、次期トップは修業中の身ですので、気苦労は絶えません」

「御曹司《ジュニア》のことでフォローしきれないような話があるのではないか、私はそう睨《にら》んでいるんですがね」

滝沢は温《ぬる》くなったコーヒーを飲み干した。

「御社に産廃業者を紹介させていただいたこと、覚えていますか？」

産廃業者という言葉に触れた途端、滝沢は胃から血が噴き出すような感覚に襲われた。

「仕事柄、いろんな方を紹介されますからね」

「廃棄食品や使用済み食用油を扱う業者でしてね。滝沢さんと御曹司《ジュニア》に直接ご紹介しましたよ」

八田はわざとらしく腕組みをしていた。

「彼は真面目な男でした。首都圏のほかに東北で足がかりを作りたいと、なんども仙台まで足を運びましてね。それでウチの工場の処理を任せたんです。御社に紹介したのは、そのツテでした」

八田はすらすらと言ったあと、また口元を歪《ゆが》ませた。滝沢は両膝の上に握った拳を置き、考え込んだ。情報屋の長田と同様、八田は事件の構図を知っている。

「西野という男です」

「会社に戻って名刺ホルダーを見ればはっきりすると思います」

「でもね、西野は二年前に亡くなりました。中野の居酒屋で強盗殺人に遭ったそうです」

八田は笑っていた。膝の上の拳が意識とは関係なく小刻みに震え出した。

「警視庁が調べ直しているようですな。わざわざ仙台まで刑事が来ましたよ。でも、私は新聞の報道通り、強盗殺人だと思っていますがね」

八田が低い声で言った。全面降伏だ。これ以上とぼけても時間の無駄になる。

「南東北だけでなく、北東北、新潟店でも御社の機械を導入します」

滝沢が発した言葉に、八田がわざとらしく手を叩《たた》いた。

「本当ですか?　いやぁ、東京に来た甲斐《かい》がありましたよ」

「絶対に口外しないでいただきたい」

滝沢は膝に手をつき、頭を下げた。奥歯がギリギリと軋《きし》んだ。

「口外とは？」

「居酒屋強盗殺人事件です」

「西野が死んだのは通り魔的な強盗殺人でしょう？」

声を押し殺し、八田が笑っていた。

「図々しいお願いですがね、少し契約に色を付けてくださいませんか」

事件の真相が暴露され、オックスマート全体が危機に陥るくらいなら、一台当たりの納入単価が二倍や三倍になっても構わない。どんな上乗せを提示するのか、滝沢は無言で八田を見た。八田が身を乗り出した。滝沢の耳元に口を近づけ、生臭い息を吐いた。

「私の本当の狙いは首都圏じゃない、中国だ。北京《ペキン》、上海《シャンハイ》の既存店を大拡張するのを手始めに、御社は内陸部の大都市に五〇店以上の計画を進めていらっしゃるとか」

「どうしてその話を？」

不況が長期化し、人口減少に歯止めがかからない日本市場を見限り、成長著しい中国市場で高収益を達成するという新たな五カ年計画は、ごく限られた人間しか知り得ない機密だった。

「私だって商売人だ。取引先のことは早い段階で知っておきたい、それだけですよ」

「会長と相談の上、鋭意検討させていただきます」

「私は御社と共存共栄したいだけです。信用してください」

八田はハイライトに火をつけながら言った。滝沢はもう一度、膝に手をついて頭を下げた。

4

国道を渡った田川は、黄色い建物に足を踏み入れた。

オックスマートの中規模店舗入口には、見取り図があった。一階の奥が食品売り場となっていた。田川は食品売り場前、そして二階のエスカレーター前に白い紙が張り付けてあるのに気付いた。

「改装か？」

「テナントの入れ替えじゃないんですか」

入口からすぐの場所には、カジュアル衣料品の店があった。有名なクロキンではなく、馴染《なじ》みのないカタカナ表示の店だった。その隣は若者向けの雑貨店、ドラッグストアが並んでいた。田川の知らないブランドばかりだった。

食品売り場に続く広い通路は人もまばらだった。二階、三階のフロアに通じるエスカレーターの横を過ぎると、三〇メートルほど先に食品売り場の看板が見えた。田川は歩みを速めたが、進行方向左側に突然、白い壁が現れた。足を止めると、壁には地元小学校の子供たちが描いた画《え》が張られていた。

『働くお父さん・お母さん』と書かれたパネルには、地元小学校の名前が並んでいた。

少女漫画風に大きな目をした母親、髭面《ひげづら》でつるはしを持つ父親もいた。

「見取り図にあった白い紙は、ここだ」

「だから、テナントの入れ替えですよ」

「ちょっと待てよ」

田川は仙台でプリントした記事を手帳から取り出した。オックスマートを鋭く批判した記事だった。絵画展と見比べながら、田川は手を打った。

「入れ替えなんかじゃない。テナントが撤退したからスペースを埋めているわけだ」

田川は記事の問題部分を池本に読ませた。池本の顔がたちまち曇った。子供たちが描いた無邪気な画だったが、記事と併せ読むと強烈な皮肉だった。池本があきれ顔で言った。

「子供を使ってまでスペースを埋めなきゃいけないってことですね」

絵画展示スペースをあとにした田川は、食品売り場に足を向けた。買い物籠を携え、田川はまず酒類コーナーに足を向けた。缶ビールや缶チューハイがずらりと並ぶ棚の隅に、田川はノンアルコールビールを見つけ、二缶を籠に入れた。池本は辛口ビールの五〇〇㎖缶を掴むと、四本も放り込んだ。

「飲み過ぎるなよ」

「水みたいなもんですよ」

隣のブースに足を向けると、「特選お惣菜」の看板が見えた。グリルしたソーセージやハンバーグが大皿に盛りつけられていた。

「安いっすね」

籠を抱えた池本が声を弾ませた。

「ちょっと安過ぎやしないか?」

田川は大皿の脇の手書きの値段表示を指した。

「こんなに大きなハンバーグがどうして一〇〇円なんだ? フランクフルトにしたって五〇円

だ」

「中国あたりで作った冷凍品じゃありませんか?」

「安いのも結構だが、俺はこんなに食えんよ。それより、精肉売り場に行ってみよう」

田川の視界に黄色い垂れ幕が入った。牡牛《おうし》が染め抜かれ、「オックス・ミート」の文字があった。オックスマートの原点だった。

「池、俺はこっちの肉にするよ」

「品揃えが豊富ですね」

巨大なガラス製のショーケースの中には、牛、豚、鶏《とり》、そしてラムや鴨《かも》までの多様な部位が陳列してあった。売り場の一番右側には、調理済みのコーナーがあった。

鶏モモや手羽先の唐揚げ、焼き鳥、ローストチキンの横には、ラムチョップのソテー、豚の生《しょ》姜《うが》焼きもあった。先ほど見たハンバーグやソーセージと比べ値段は高めだったが、素材は同じ精肉売り場のもののようだった。田川は大好物の牛肉の惣菜を見つけた。地元産の黒毛和牛を使っているとステッカーに記してある。

「甘辛煮か、それともすき焼き重にするか」

田川はそれぞれのパックを手に取り、見比べた。

「俺は両方にしますよ。疲れたんで、肉でエネルギー補給します」

「閉店時間まであと少しだから、割引のシール張ってあげる」

冷蔵ケース越しに、中年の女性店員が笑みを浮かべていた。悩んだあげく、田川はすき焼きを選び、籠に入れた。

「スーパーで黒毛和牛のお惣菜が買えるとは思わなかったよ」

「精肉部門のお惣菜はひと味違うわよ」

「あっちと随分差があるんだね」

田川は顎《あご》で格安のソーセージやハンバーグを指した。一瞬だけ、店員の眉間に皺《しわ》が刻まれた。

「一緒にしないでよ。だってオックスはお肉屋さんが発祥だもの」

「どういう意味だい？」

田川が問いつめると、店員は困惑顔で頭を振った。なんらかの事情があるのか。さらに尋ねようと口を開きかけると、先回りした店員が作り笑いを浮かべていた。

「はい、シール」

店員は秤《はかり》の横にあったシートからシールを一枚剝《は》がすと、田川に手渡した。

「地元産ってどこのお肉？」

「R高原よ」

「へぇ、そうか」

「ちょっとこっちに来てみてよ」

店員は手招きすると、冷蔵ケースの中央部分で足を止めた。すき焼きやしゃぶしゃぶ用にスライスされた霜降り肉が並んでいた。

「ボーナスが出たら、最高級品を買うよ」

田川は店員に微笑《ほほえ》み返した。だが、ショーケースの中、霜降り肉の大きな塊の横で視線が釘付《くぎづ》けになった。反射的に足を止め、ショーケースを指した。

「田川さん、どうしました」

「池、見ろ」

目を凝らした池本がいきなり肩を強張《こわば》らせた。中年の店員が笑っていた。

「グラム一八〇〇円の特級品よ。お目が高いわね。お好きなようにカットするわ」

「そうじゃない。この写真だ」

「ウチの特約よ。県で一番の畜産農家が丹誠込めて育てたA5ランクよ」

「A5の黒毛和牛か」

田川はショーケースを指したまま固まった。池本は無言でケースを睨んでいた。

「どうしたの、お客さんたち」

「この人は増渕さんだよね」

「そうよ、よくご存知だこと」

田川は自分の指先を凝視した。ガラスケースの内側に、昼過ぎに会ったばかりの増渕がいた。今日会ったときと同じ青いつなぎで、首にタオルを巻いていた。

5

ホテルに駆け戻った田川は、手帳を開いた。肩越しに池本が覗き込んでいた。

目撃証言をたぐると、全身黒ずくめだった犯人は、中野通りに停車中のベンツのクーペに乗って逃走した。『ベンツ』の持ち主は村上冴子こと安部早苗、そして購入資金を出したのが、オックスマートのスーパー事業本部長の柏木信友だった。

田川が面会すると、信友は事件当日、現場からさほど遠くない新宿歌舞伎町にいたことが確認された。加えて、逃走に用いられたとみられる車両は不自然な形でスクラップにされた。

「柏木信友が犯人ですよ」

つばを飛ばしながら池本が言った。田川はメモに最新の捜査結果を加えた。

『オックス信友・精肉売り場↓増渕・畜産家↓赤間・獣医師』

増渕という畜産家の存在が浮かび上がったことで、今まで全く無関係とみられていた信友と獣医師の赤間の鑑がつながった。

「信友が実行犯だとすると、なぜ赤間氏を?」

「なにかトラブルがあったんですよ」

「そのトラブルはなんだ? それになぜ西野まで?」

「分かりません。でも、一歩前進は間違いないですよ」

「たしかに前進だ。鑑が一つつながった。しかし、『逆手持ち』と『モツ煮』と『豪勢な宿』が全く分からない。それに、なぜ足が付きやすいベンツを使ったのかもだ」

残りの謎が解けねば、柏木信友に触ることはできない。田川はメモを睨んだ。

「池、刑事総務課に頼んで通信会社に捜査要請かけろ。携帯電話の通話とメール、それぞれの履歴を洗い出せ」

「誰のですか?」

「赤間氏のものだ」

「赤間と信友をつなぐ確固たる証拠を洗い出せばいいわけですね」

「もう一つある。赤間氏の恋人、妹さん宛のメールにあったカワヅという人物も探し出す必要がある。頼めるか?」

「もちろんですよ」

田川は改めて手帳を見た。蛇腹のメモの厚みが格段に増していた。使い始めたときよりも三倍程度に膨らんだのは確実だ。

「ひとまず乾杯しましょうよ」

「そうだな」

買い物袋を漁《あさ》った池本は、田川にノンアルコールビールを、自分用にビールを出した。気の抜けた飲み物を喉に流し込み、田川は口を開いた。

「保秘を徹底してくれ。情報は一元的に宮田さんに集めること。刑事総務課に依頼をかけるときも、面倒だろうが宮田さん経由でな」

「了解です」

「矢島さんや記者連中に漏れると、オックスマートを刺激してしまう」

田川は買い物袋を漁り、惣菜と弁当をサイドボードに並べた。池本は早速、甘辛煮とすき焼きのパッケージを開いていた。

「東京に戻ったら、こんな悠長にメシを食う暇はなくなるからな」

田川は自分に言い聞かせるように、低い声で言った。

第六章　追跡

1

翌朝、朝一番の東北新幹線で帰京した田川は、一旦新井薬師前の自宅に戻り、シャワーを浴びた。浴室を出ると、里美が頰を膨らませていた。

「あれほど気をつけてって言ったのに」

里美は洗濯機の上、背広の左胸を指していた。

「悪かったよ」

膨らみが増した手帳を頻繁に出し入れするうち、背広の形がすっかり崩れていた。

「服は替えたら済むけど、信ちゃんの替えはないんだからね」

頰を膨らませたまま、里美は脱衣場を後にした。

着替えを済ませると、田川はリビングダイニングに向かった。ラップがかかった皿に、手作りのサンドイッチがあった。野菜とハムのサンドイッチを紙袋に放り込むと、家を飛び出した。

ラッシュが過ぎた電車を乗り継ぎ、田川は麹町の警視庁分室に辿《たど》り着いた。午前一一時四五分だった。

サンドイッチを頰張っていると、池本が飛び込んできた。挨拶もそこそこに、池本が書類を広げた。依頼していた資料だった。

「課長が口を利いてくれたので、一晩で通信会社から資料が届きました」

「なにが分かった？」

「まずは赤間氏の恋人です。カワヅという女性はこの人でした」

池本は書類の一番上を指した。『川津香《かわづかおる》』と記されていた。名前の下には契約している携帯電話の一一ケタの番号があった。書類の最下段には黄色の付箋が張られ、池本が書いた角張った文字があった。

「現住所は世田谷区奥沢二丁目、勤務先は新宿区大久保の私立星城学園、彼女は中等部の国語教師です」

田川は手帳を開くと、川津香のデータを写し取った。

「同姓同名の人物があと二人いましたが、一人は六八歳のお婆《ばあ》ちゃん、もう一人は男性でした。この人物で間違いありません」

「行ってくる」

「ちょっと待った。報告はまだあります」

「早くしろ」

池本が別の資料を広げた。表計算ソフトで記された膨大な量の数字一覧表だった。

「まずはこれ。表の左側は赤間氏が亡くなるまでの一年間の通話記録。右は西野守の通話記録です」

「西野？」

「西野の分も刑事総務課経由で通信会社に照会をかけたんです」

「気が利くじゃないか」

「蛍光ペンの所を見てください」

池本は節くれ立った人差し指を一覧表の右側に置いた。

「〇三」の下に、固定電話の番号があった。このほかに、携帯番号を示す「〇九〇」、「〇八〇」の番号も大量に載っていた。

「赤間氏の分はどうでしょうか？」

田川は表の左側に目をやった。やはり、東京「〇三」で始まる番号が出ていた。

「まさか」

「そうです。この番号が接点ですよ。場所は港区東麻布、会員制の焼肉屋でした」

「でかした！」

背広を放り出した田川は、両手の拳を握りしめた。

「赤間氏の恋人はあとで回るとして、とりあえずこの店に行ってみましょう」

「二人が顔を合わせたことがあるかもしれん」

「捜一の車両を持ってきました。店がランチをやっていたら、奢《おご》ってくださいよ」

「特上カルビでもサーロイン定食でも好きなものをたらふく食ってくれ」

田川は池本に告げたあと、一目散に雑居ビルの階段を駆け下った。

2

中央区八丁堀《はっちょうぼり》の機械商社の会議室で、滝沢は八田とともに担当部長と向き合っていた。

「八田社長、ひとまず三〇〇台の製造に取りかかります。ありがとうございます」

「お礼は室長に言ってくださいよ。天下のオックスさんが導入を決断してくださったからこそなんだから。ねぇ、滝沢さん」

「まぁ、そうですね」

八田と製造担当部長が満面の笑みを浮かべている横で、滝沢は仮の注文書を凝視した。『ミートステーション・スーパーマジックブレンダー2　見積書』、仰々しい書類にはオックスマートと、次期トップ柏木信友の将来が託されていた。

滝沢は不意にむせた。口の中に逆流した胃液を飲み込んだ。

以前、宮城地区店舗の客からクレームが入った。ミートステーション製の牛肉一〇〇%の肉団子から、異物が出た、との内容だった。

調べてみると、異物の正体は傷んだ鶏《とり》の砂肝の一部だった。しかも、異臭を放っていた。ブレンダーのカッターに不具合があり、砂肝が形を残していたのだ。添加物がしみ込まず、味に異変が生じた。今後はあの種のクレームが増える。しかし、会社を潰すよりましだ。

今後は苦情処理のマニュアルやメディア対策も新たに策定しなければならない。本来、クレーム必至の商品など仕入れてはならない。そんなことは百も承知だ。だが、会社が消えてしまっては元も子もない。

「部長、納期はどんな感じ？」

「とりあえず一〇〇台は二カ月後、残りは半年の間に納入できるかと」

「それじゃ困るね。二カ月後に二〇〇台だな」

「八田さん、そりゃきついですよ」

「仕切りをやってこその専門商社だ。ねぇ、滝沢さん、そう思いませんか？」

「やれる範囲で構いません。私は午後一番の会議に出席せねばなりません。今日はこれで」

滝沢が立ち上がると、八田と部長が慌てて席を立った。

「滝沢室長、夜のご予定は？」

「あいにく、先約がありましてね」

鞄《かばん》を抱えた滝沢は、さっさと会議室のドアを開けた。これ以上、この場に留《とど》まりたくなかった。

廊下を早足で歩いた滝沢は、エレベーターに乗り込んだ。八田も便乗した。

「つれないなぁ」

「悪く思わんでください」

「お互いに共存共栄でいきましょうや」

「こんな便宜を図らせていただくのは御社だけです。なにとぞご理解のほどを」

「分かってますよ」

エレベーターが一階に着いた。玄関前に待たせていた役員車に向かった。

「一段落したら、中国でも同じようにやっていきましょうや」

「もうこれくらいにしてもらえませんか？」

「嫌だな、まるで御社を脅しているように聞こえるじゃないですか？」

「違うのですか?」

「誤解されているようですが、あくまでも私は御社との取引関係を密にしたいだけですよ」

滝沢は顔をしかめた。運転手が怪訝《けげん》な顔でドアを開けていた。滝沢はそのまま後部座席に滑り込み、力一杯ドアを閉めた。

「出せ」

運転手がシートベルトを締め終わらないうちに、滝沢は大声で言った。

3

古いプリメーラの助手席で、田川は池本に指示を飛ばした。

「池、法務局の裏を右折だ。インド料理屋の二軒向こうが目的の店だ」

港区東麻布二丁目、六本木や麻布十番に近い住宅地の一角に、目指す会員制の焼肉屋「巴《ともえ》」がある。手元のメモを凝視した。鼓動が大きくなっているのが手にとるように分かった。

「あれじゃないか?」

インド料理屋の脇を通り過ぎたとき、田川はフロントガラスの先を指した。通りの右側に、コンクリート打ちっ放しの建物が見えた。その前には、冷蔵コンテナを備えた小型トラックが停車していた。池本はトラックから少し離れた場所にプリメーラを停《と》めた。

「行くぞ」

池本がサイドブレーキを引く前に、田川はドアを開け、駆け出した。トラックの陰で見えなかったが、コンクリートの壁に「巴」の看板があった。池本がドア脇のインターフォンを押した。

〈開店は夕方ですよ〉

間の抜けた声が返ってきたが、池本は間髪を容《い》れず警視庁捜査一課だと名乗った。直後、ドアのロックが解かれた。

田川と池本は店内に足を踏み入れた。店の内部は板張りだった。通路の両側にそれぞれ六人程度が座れる個室があり、その奥に大きなガラスで仕切られた調理場が見えた。調理場に電灯が点《つ》いていた。

「どういった御用でしょうか?」

調理場の奥から、坊主頭の男が現れた。田川と池本はそれぞれの身分を明かし、二年前の事件の捜査だと概要を告げた。

坊主頭がスイッチを入れると、薄いオレンジ色の照明が灯《とも》った。すると、男の背後の壁に、肉付きの良い黒毛和牛の写真がかかっているのが見えた。

「この牛は?」

「今年の品評会でチャンピオンになった牝牛《めうし》です」

肩の盛り上がりや腰から尻にかけての毛艶が良かった。

「これはなんですか?」

池本がパネル横の額縁に目をやっていた。墨でなにかの痕跡をプリントしたものだ。

「血統書と鼻紋です。父牛、母牛の血統がダイレクトに出てくるのが和牛の世界です。指紋と同じように、牛の鼻の紋は世界に一つだけしかありません」

食い入るように血統書を見た田川は、畜産農家の名を見て口を開いた。増渕の農場のあと訪ねた農家、佐藤とR高原の名がプリントされていた。

「R高原はよほど良い産地なんですな」

「プライドの高い畜産家が切磋琢磨《せっさたくま》していましてね」

田川は調理場に目をやった。大きなガラスの横に習字のように太く筆書きした文字が見えた。

『当店は信頼の一頭買い＝骨付き状態で肉を熟成させています』

「熟成とは？」

「鶏や豚と違って、牛は屠畜《とちく》してから一四日から二〇日間程度熟成させると、肉本来の旨味《うまみ》成分が引き出されます。骨付きは加工に手間がかかるのですが、旨味の出方が違います」

田川は坊主頭の表情がほぐれてきたと判断し、背広から赤間の写真を取り出した。

「このお店に、この人が訪ねてきたことはありませんか？」

田川は男に写真を手渡した。男はしげしげと見つめた。

「獣医師なんですがね」

池本の言葉に男は首を傾《かし》げ、ようやく反応した。

「そうか、思い出しましたよ。時期は忘れましたが、電話を入れたあと、突然来店された人です」

「思い出していただけませんか？」

男は腕組みしたあと、チャンピオン牛の写真に目を向けた。

「あれはたしか、キヨミと同じころだったかな」

「キヨミ？」

田川と池本が同時に聞き返した。

「牛の名前ですよ。キヨミと同じ時期だから、多分二年くらい前ですよ」

赤間に違いない。田川は口を開いた。

「お店に来て、この人はどうしました？」

「冷蔵庫の肉を見せろって、いきなり言い出したんです」

「見せましたか？」

「まさか。見ず知らずの人ですからね」

「訪問の理由は明かしませんでしたか？」

「とにかく見せろの一点張りでした。なにか言いにくい事情でもあったのかもしれませんね。段々気持ち悪くなりましてね。半ば強引にお引き取りいただいた次第です」

「心当たりは？」

「一切ありません」

「その後、この人から連絡は？」

「ありません」

手帳に赤間の不可解な行動を書き留めた。今度は西野の写真を男に手渡した。

「この人に見覚えは？」

坊主頭の男の表情が一変した。

「西野さんじゃないですか」

田川は池本と顔を見合わせた。

「知ってるの？」

「もちろんですよ、ウチの店がお世話になっていましたから」

「どういう関係？」

池本が鼻息荒く詰め寄った。

「どういう関係もなにも、彼の口利きで大久保のコリアンタウンから絶品のキムチを仕入れることができたんですよ」

「キムチ？」

「開店準備をしていた頃、オーナーが西野さんと一緒に来たんですよ。西野さんは、焼肉とキムチは切り離せない、そう言っていました」

再度、田川は池本と顔を見合わせ、頷《うなず》いた。

「西野さん、殺されたんですよね？　どうして今頃警察が？」

「彼の死因に不審な点が浮かんでね。それで色々と調べ直している」

「そうですか。彼の本業はよく知りませんでしたけど、大久保に事務所があるとかで、地元のオモニが作ってくれたキムチやらマッコリを回してくださったんですよ」

「彼に変わった点はなかったかい？」

田川の問いに、男は再び首を傾げ、店の奥に向かった。一分後、男は台帳を持ってきた。

「思い出しました。獣医師が訪ねてきた翌日だったと思います。普段は裏口から入ってくるのに、玄関から血相変えて入って来たんです」

「なぜ覚えているの？」

台帳をめくると、男は田川に差し出した。営業日誌の備考欄、九月一一日に「西野氏来店」の文字が見えた。

「キヨミのことを尋ねられましたから」

「それで？」

「産地をしつこく確認していました」

「産地？」

「そうです」

「ちなみに、その頃仕入れていた牛は分かりますか？」

「ちょっとお待ちください」

坊主頭の男はそう言って手元の台帳を繰った。

「分かりましたよ。ここに書いてあります」

男は右側のページの「商品詳細」の欄を指した。その瞬間、田川は絶句した。

「増渕さんの所から一頭買いしていますね」

「二人は、増渕さんの牛だということを知っていたのでしょうか？」

「そうだと思いますよ。なにか不都合でも？」

「いえ、大変参考になりました。ところで、念のため、もう一枚写真を見ていただきたいのです。この人をご存知でしょうか？」

田川は手帳から柏木信友の写真を取り出し、男に手渡した。すると男は、赤間、そして西野のときとは全く違う反応を見せた。

「ご存知もなにも、うちの共同オーナーの一人ですから」

「共同オーナー？」

「信《のぶ》さんとそのお友達の若手経営者が四人集まってこの店を作ったのです」

「念のため、オーナーの皆さんの写真かなにかありませんかね？」

「ちょっとお待ちください」

坊主頭の男は、再度店の奥に戻った。

「田川さん、この筋は本物ですよ」

興奮気味に池本が言った。田川は唇の前で人差し指を立てた。

「お待たせしました」

男は雑誌を携えていた。付箋のページを開くと、田川に差し出した。

「店がオープンした当初、グルメ雑誌に取り上げてもらいましてね」

見開きのカラーページを凝視した。

襟の高いワイシャツを着た信友がいた。その傍らには、無精髭《ぶしょうひげ》や派手な色の眼鏡をかけた男たちがいた。

「時間があるときは、信さん自身が肉の仕込みもやりますよ。会社の仕事でストレスが多いみたいで、ここではしゃぎながらやってます」

「ちょっと写真を撮らせてもらうよ」

池本が携帯電話のカメラでページを撮影した。田川はページをめくった。自慢の牛肉のほか、客が肉を頬張る写真が載っていた。

「池、ここも写してくれ」

田川は肉の塊の下、女性客同士がワイングラスを傾けている写真を指した。

「えっ」

池本が反射的に呻《うめ》いた。

「この女性も会員ですか?」

「冴子ママは常連ですよ。信さんの大事なお友達ですからね」

「セレブご用達ってわけだ。お肉の仕入れは柏木さんが?」

「もちろん。彼がオックスのルートを使ってこれだという肉を仕入れるのです。増渕さん、それに佐藤さんの牛、R高原産は特にお気に入りですよ」

「申し訳ないけど、この営業日誌、コピーさせてもらえませんか」

田川が薄いピンク色のファイルを指すと、男が頷いた。

「今、コピーしてきます」

男の後ろ姿を見送ったあと、田川と池本は無言で互いの手を叩き合った。

4

プリメーラに乗り込んだ田川と池本は、蛇腹メモを挟んで顔を突き合わせた。

焼肉店の「巴」、そして増渕農場を起点に、赤間と西野、そして柏木信友、冴子ママの鑑がつながった。赤間は誠実で、真面目すぎるほどの獣医師だった。あの高原の畜産農家たちは皆、赤間を信用し、人柄を評価していた。田川が考え込んでいると、池本が口を開いた。

「西野はなぜあの店に? どうして産地にこだわったんですかね? 奴は産廃処理業者です。畜産家とは関係ないはずです」

「カギは牛だ。結局、牛なんだよ」

田川は手帳をダッシュボードに置いた。次いで、鉛筆で紙の真ん中に『牛』と記した。『牛』の下に矢印を引き、『赤間』、『西野』と被害者の名を記した。『牛』の右横に矢印を引き、『増渕農場』、『柏木信友』、『巴』と書き入れた。

「赤間は畜産の獣医師だから、つながりますよね。それに、この女が出てきました」

池本は携帯電話のモニターに冴子ママの写真を表示した。

「冴子ママは信友とは濃すぎるほどの鑑がある」

運転席から腕を伸ばした池本は、赤いボールペンで『赤間』と『牛』、『柏木信友』、そして新たに『冴子』の文字を加えて、それぞれを線で結んだ。

田川は信友の姉、窃盗犯に殺された真貴子の新聞記事を改めて思い浮かべた。同時に、冴子ママの写真を見た。姿や顔は違った。だが、面倒見の良い姉御肌という共通点があった。だが、西野と牛を結ぶ鑑はなかった。

「あの坊主頭、西野がオーナーの知り合いだって言っていましたよね？」

「そうだな。マル暴だってことを知っていたのか、その辺りは調べる価値があるな」

池本はボールペンで『西野』と『柏木信友』を点線で結んだ。

「増渕農場が出荷した牛は、『巴』、そしてオックスマートの地元店舗に出荷されていた。二カ所とも柏木信友の関係先だ。そこに絡んでいたのが赤間氏だというのは分かる。仮に信友が真犯人《ホンボシ》だとして、なぜ赤間氏を殺す必要があるのか？」

用紙の下にあった『赤間』と、右横の『柏木信友』の項目を赤い線でつないだ池本は、中間地点に「？」のマークを記した。

「西野を殺す理由も分かりませんね」

池本は先ほど書いた赤い点線の中間点にも「？」のマークを加えた。

「それに、まだ大きな謎が残っている」

田川はそう言ったあと、『牛』の文字の左側に『逆手持ち』、『モツ煮』、『豪勢な宿』と書き加えた。『西野』と『モツ煮』を線で結んだあと、田川は腕組みした。

「決定的な動機が見えない。まだ信友に触るのは無理だ。今の店員から俺たちの話が漏れるのは確実だしな」

「関係者の背後、俺がもう一度徹底的に洗い直してみます」

イグニッションを捻《ひね》りながら池本が言った。

「俺は赤間氏の恋人、川津さんに会ってみる」

着実に事件の枝葉の構成が分かってきた。だが、肝心の幹、計画殺人の動機は未《いま》だ分からずじまいだった。

5

編集部に現れた小松は髪を短く刈り込み、無精髭も剃《そ》り上げていた。鶴田は編集部脇の小さな会議室に小松を案内した。

「おかげさまで、二カ月ぶりに湯船に浸《つ》かり、ベッドで眠ることができました」

「編集長に掛け合って予算を取りましたから、気兼ねする必要は一つもありません」

おどけた調子で言うと、小松は弾《はじ》かれたように笑った。その後、鶴田は小松の仙台に残した家族の様子を聞きながら、弁当を食べた。

家族の話に触れると、小松は瞳を濡《ぬ》らした。一方、ミートステーションの八田社長のことに話題が及ぶと、顔を紅潮させた。〝混ぜ物〟を止めるよう迫った小松を、八田は足蹴にしたことさえあったという。

小松は地元紙やテレビ局、関係官庁に足を運んだものの、いずれも八田の手回しが先になり、黙殺されたと語った。あげく再就職の先が見つからず、東京に流れ着いたと吐露した。鶴田はICレコーダーを回し、小松の言葉を取材ノートに記した。

一通り話を聞き終えたときには午後一時を過ぎていた。

「なぜオックスが仙台地域に進出できたのか、詳細を教えてください」

「元々、県内は三浦一族の地盤でした」

小松は、市町村の首長、議会、商工会までもが三浦ファミリーの一員だと言った。

「四年前、オックスマートが宮城県議会の一部議員に打診をしたところ、これがたちまち漏れてしまいました。保守的な商工会を中心に反対の署名運動まで沸き起こりました」

「当時、八田社長のスタンスは？」

「反対派の側にいましたが、ある日を境に変わりました」

「ある日とは？」

「マジックブレンダーの一号機ができ上がったときです。テストを繰り返し、不具合がほとんど出なくなった頃、八田は実際に動き出しました」

「なにをやったの？」

「反対運動の急先鋒《きゅうせんぽう》、県議会の大物をはめたのです。裏でどうやってオックス側とつながっていたかは知りませんが、彼なりの計算が働いたのだと思います」

小松によれば、八田は旧知の県議会議員を酒席に招き、同席させた国分町のホステスに淫らな接待をさせたのだという。

「狡猾《こうかつ》だったのは、この一部始終を隠しカメラで録画させていたことです」

小松はデイパックを開けると、ファイルの束を取り出した。

「在職中、秘《ひそ》かに集めた資料です」

小松はファイルの中から隠し撮りされた写真や、拇印《ぼいん》が押された覚書を広げた。

「その後も反対派の議員を次々に籠絡しました。行政にも水面下で働きかけました。固定資産税が飛躍的に増えるというクスリを打ったのですよ」

小松によれば、オックスマートの進出予定だった地域の大半は、休耕田を含んだ農地だった。荒れた農地を開発することで固定資産税が増える、ひいてはそこに新規雇用の道が拓《ひら》けると説いて回ったのだ。

「たしか八田は東海地方の貧しい農家の出ですよね？　どうやってそこまで地元の有力者に取り入ることができたの？」

「地縁が薄いことを逆手に取ったのです」

丁稚《でっち》奉公からスタートした八田は、番頭を経て、独立を果たした。この間、主人の取引先である食料品店の娘を嫁にもらい、二人の息子が生まれたという。

「長男、次男ともに成績優秀で、地元で一番の進学校、仙台中央高校から東北大に進みました。二人の息子の親として、地元政界、経済界にゆっくりと根を伸ばしていったのです」

「時間をかけたわけですね」

「このほか、裏でも八田は根を張りました」

「裏？」

「商売は綺麗《きれい》ごとばかりではありません。特に食肉加工工場を県内のあちこちに展開するには、地元と揉《も》めることもありました。その際ヤクザとも昵懇《じっこん》になったのです」

鶴田はペンを止めた。

「県議会の大物を陥れる際もヤクザ者の協力がありました。表と裏を巧みに使う。県議会まで侵《しん》蝕《しょく》した八田は、やがて地元のボスとも言える三浦代議士ともつながりを持ち、新興の政商と言われるまでにのし上がったのです」

鶴田は、「政商」という言葉をノートに刻んだ。

「仙台や周辺都市の地場スーパーや食品会社向けにマジックブレンダーが着実に利益を積み上げ出した頃、八田は三浦議員と距離を置き始め、自身の利益につながるオックスマートを取ったのです」

「なるほど」

「しかし、オックスマートも危ない橋を渡ったものです。八田があそこまで狡猾な人間だと気がついていたかどうか」

「どういう意味ですか?」

「オックスマートは元々精肉店です。肉に関してはプライドを持っています。ミートステーションのマジックブレンダーのような混ぜ物専用機は本来嫌うはずです」

「それで私に接触してきた、そういうことですね?」

「オックスのような焼き畑商法は大嫌いです。それ以上に、オックスマートの店舗ネットワークでマジックブレンダーが全国に広がり、怪しげな商品を口にする消費者を増やしたくない、それが一番の目的です」

小松は一気に語ると、唇を嚙《か》んだ。瞳が真っ赤に充血していた。

「あのブレンダーで製造された商品を子供たちに食べさせるわけにはいきません」

「お話しくださってありがとうございました」

鶴田はそう言い残すと、会議室を出た。ゲラや資料で散らかったデスクの間を小走りで自席に戻った。引き出しから小さな写真立てを取り出し、再び会議室に駆け込んだ。

小松がきょとんとした顔で見上げていた。

「これを見てください」

「女子高生?」

「妹の真美《まみ》です」

「おいくつですか?」

「生きていたら、二五歳です。四年前に死にました」

「えっ?」

「妹が私を後押ししてくれているのです」

ブレザー姿でVサインする妹に目を向け、鶴田は言った。

6

東麻布の「巴」を出たあと、新宿区の大久保で池本と別行動を取った。田川が新大久保駅前から私立星城学園に電話を入れると、職員室にいた川津香と連絡がついた。大久保の裏通りを山手線沿いに歩き、星城学園の校門に辿り着いた。

校門前に背の高いショートカットの女が立っていた。化粧気はほとんどなかったが、瞳の大きな美しい女性だった。

「川津です」

「少しだけ、お時間を頂戴できますか？」

「次の授業までは一時間程度ありますから。あの、できれば校外で」

田川は川津とともに百人町方向に歩き、総合病院近くの古びた喫茶店に入った。田川が二年前の事件を調べ直していると告げると、川津の顔がみるみるうちに強張《こわば》った。

「今さら、警察はなにをしようというのですか？」

田川は面食らった。川津はなおも怒りのこもった声で言った。

「私、野方署に二回出向いたんです。これを持って」

川津はポーチから携帯電話を取り出すと、小さな画面を田川に向けた。

『急用で中野に行くことになった。一日早く東京に向かう』

田川は端末を手にとった。

送信者は赤間祐也、着信は事件の一日前、九月一五日の午後七時五〇分だった。メールの文言と数値情報を手帳に書き取った。やはり、赤間は何者かに呼び出されていた。

当時の捜査本部の様子が手にとるように想像できた。

捜査一課長を頂点に、現場責任者だった矢島管理官は外国人軍隊経験者の線で突っ走った。川津に会った捜査員が誰かは分からないが、捜査本部幕僚の見立てと違う証言に蓋をした可能性が大だった。

地取り捜査の杜撰《ずさん》さに加え、ここでも初動捜査のミスが口を開けていた。田川が引き継いだ捜査資料には、川津の存在や証言は一つも記載がなかった。

田川はテーブルに両手をつき、詫《わ》びた。捜査ミス、不誠実な対応、そして二年も経過してからようやく川津に辿り着いた非礼をひたすら謝罪した。

「最初から田川さんに当たっていたら」

川津が瞳に涙をためていた。

「赤間さんのご遺族と面識は？」

「彼の意向で会っていませんでした。おそらく、私の意思を確認してから紹介するつもりだったのでしょう。私も辛《つら》くて、彼の死後、仙台には行けなくて」

田川は唇を噛んだ。最初に捜査員がきちんと対応していれば、捜査方針だけでなく、川津の心もケアできたはずだ。

「彼とは、いわゆる遠距離恋愛でした」

ぽつりぽつりと川津が話し始めた。課外学習の下見でR高原を訪ねた際、町営のロッジで出会ったという。

「彼の朴訥《ぼくとつ》とした人柄に惹《ひ》かれました。年の離れた兄にどことなく似ていました。私の一目惚《ひとめぼ》れでした」

「彼を悪く言う人は一人もいませんでしたね」

田川が告げると、川津はこくりと頷いた。

「ロッジで強引に名刺交換してから付き合い始めました。今から三年前です」

その後も、二、三カ月に一度の割合で川津が仙台を訪れ、二度ほど赤間が東京を訪ねてきたと川津は言った。

「先ほどのメールはどんなタイミングだったのですか？」

「九月一六日は私の誕生日です。どうしても直接会いたいと言っていました」

「なぜですか？」

「多分、プロポーズだったと思います。彼、分かりやすい人でしたから、夏前から緊張していました」

川津がハンカチで口元を覆った。

田川は押し黙った。娘の梢に恋人ができ、真剣に結婚を考えるようなタイミングが訪れたらどうか。突然恋人を失ったら、梢は耐えられるのか。梢の心中を思うと、父親の田川も気が狂いそうになるに違いなかった。

田川は奥歯を噛み締めた。

川津の胸の中で、赤間はまだ生きている。赤間の死を現実として受け止めなければ、川津は前に進めない。残された川津のために、絶対に犯人を挙げねばならない。

「赤間さんは当初から東京に来る明確な目的があった。しかし、誰かに呼び出され、予定を前倒しした。この事実に間違いありませんね？」

「彼は一六、一七の二日間の休暇を取る予定でした。東京には一六日の昼過ぎに到着し、当日の夕食で私の誕生日を祝ってくれるはずでした」

田川は蛇腹メモに『九月一六日　誕生日　プロポーズ』と記した。

赤間は恋人に求婚するため、予《あらかじ》め日程を組んでいた。なぜ一日早く上京して、中野に向かったのか。プロポーズを行ってからでも遅くはなかったのではないか。人生の一大イベントよりも急ぐ必要があった。赤間を呼び出すだけの理由を持つ人物がいたのだ。

「誰に呼び出されたか、心当たりはありませんか？」

「分かりません。〝まだ明かせない〟その一点張りでした」

「お友達は？」

「東京での知り合いは私だけです。仕事が相当に立て込んでいるとは言っていました。もしかすると、その関係かもしれません」

「中身については聞いていましたか？」

「聞いておりません。それから、お役にたつかどうかは自信がないのですが」

川津はポーチから青い表紙の小さな手帳を取り出した。

「今となっては彼の形見です。亡くなる直前、私のマンションに置き忘れたものです」

「どういうことですか？」

「一〇日の夕方、彼はいきなり上京してきました。なにをしていたのかは分かりませんが、仕事だと言っていました。立て込んでいたと申し上げたのは、そのためです」

田川は蛇腹メモを遡《さかのぼ》った。東麻布「巴」の従業員によれば、赤間がいきなりおしかけてきたのは九月一〇日だ。川津の証言と合致する。

「帰りの新幹線がなくなったと言って、私の部屋に泊まりました。翌朝、事務所で緊急に調べることがあるからと始発で慌てて帰りました。それで忘れてしまったんです」

問題の手帳は、医療機器メーカーが配ったであろうありふれたものだった。

田川は週間日程欄を見た。

九月一六日の日付には、二重丸がついていた。川津の誕生日であり、プロポーズを予定した大事な日だ。二重丸の横に、川津のイニシャルであるKKの小さな文字が見える。一〇日の欄に目をやると、「巴」の名前と住所、電話番号が細かい字で書かれていた。

元々、赤間は一六、一七日と川津を訪ねることを決めていた。だが、一〇日、そして一五日と連続して東京に来た。仕事上で重大かつ緊急を要する用件があったことは間違いない。だが、予定欄にはその用件に関する記述は見当たらない。

ページを遡った。赤間が訪れていた東北各地の農家の名前が記してあった。さらにページを繰った。事件が起きる二カ月前から、増渕の農場のあるR高原を頻繁に訪れていた。

「この増渕という農家について、彼はなにか言っていませんでしたか？」

川津は頭を振った。

「この記述の意味、分かりますか？」

田川はページを広げ川津に見せた。しかし川津は頭を振るだけだった。

田川の視線の先には、『Ｍ一〇五』『Ｍ一〇八』と書きなぐったような記述があった。

「赤間さんの字に間違いありませんか？」

「彼の字です」

川津は言い切った。

田川はもう一度記号を見た。全く意味が分からなかった。

「これはなんだ？」

「手帳、今こそ捜査に活《い》かしてください」

警視庁にはその道のプロがいる。彼らを動員すれば、赤間の無念を晴らすことができる。

「赤間さんの周囲にナイフの達人、あるいはモツ煮が好きな人はいませんでしたか？」

川津はいないと答えた。田川は手帳から西野の写真を取り出した。

「同じ場所で亡くなった方ですよね」

「赤間さんとこの人物、以前から知り合いだったということはありませんか？」

「ないと思います」

川津はきっぱりと言った。田川はもう一枚、柏木信友の写真を取り出した。西野のときと同様、川津に反応はなかった。

「貴重なお時間をいただき、ありがとうございました。適宜連絡をさせていただきます」

田川は席から立ち上がり、川津を見送った。

駅に向かう途中、田川はなんども赤間の手帳に見入った。川津にも告げずに東京に来た理由、そして記号の中身は一向に分からなかった。だが、赤間の業務に関係する事柄で呼び出され、そして斬殺された事実は確実になった。

7

「男の存在、それに覚醒剤のことは知らなかったのですか?」

「当時は猛烈に忙しい時期で、太田に帰る時間はほとんどありませんでした」

鶴田は小松に対し、淡々と妹・真美の話を続けた。

「父はガンで早くに亡くなりました。その後は、母が家業の文具店を細々と営み、妹も手伝いをしていました」

鶴田の脳裏に「鶴屋文具」と実家の屋号を記した看板が浮かんだ。亡き父で三代目となる地場の文房具店だった。地元の幼稚園や公立学校の購買部、役所が得意先だった。

「私が大学生のとき、オックスマートが進出したのを機に廃業しました」

「なぜですか?」

「当初は入居を勧められましたが、テナント料が高すぎました」

「なるほど」

「SCに全国資本の大型店が進出し、半年で売り上げが半減しました。一年後には五分の一です。あげく、一〇〇円均一の店もできたので、母が切り盛りするのは限界でした」

実家の最終営業日、就職活動中だった鶴田は太田に戻った。店舗裏の倉庫には、問屋の名が入った段ボール箱がうずたかく積まれていた。

母と妹とともに売れ残りのペンやノートを詰める間、涙が止まらなかった。母は亡き父に申し訳ないとずっと謝り続けた。

「同じ商店街にあったスポーツ用品店や小さな食堂も軒並み廃業しました」

「日本のあちこちで同じことが起きているんでしょうね」

小松は自分のことのように表情を曇らせている。

「廃業から一年後、母は親戚の紹介で地元自動車部品工場の課長と再婚しました。でも、妹は継父と折り合いが悪くて、家を飛び出したのです」

そう言った直後、鶴田の脳裏に真美の声がこだました。

〈お母さんは私のお母さんじゃなくなった〉

電話で話した際、真美が言い残した言葉が異変のきっかけだった。

〈お母さんはあの人の女になった〉

高校二年、多感な時期だった。鶴田自身は記者の仕事を覚えることに必死で、妹が発したSOSに応えることができなかった。

「妹は高校中退と同時に家を出て、ガソリンスタンドのアルバイトをしながら同級生の女の子と市内のアパートに住み始めました」

「そのとき、悪い男に?」

「相手は、単身赴任で太田に来ていたオックスマートの副店長で、三五歳の男でした」

「単身赴任ということは、不倫だ。別れさせようとはしなかった?」

「私も出張取材が多く、連絡がとれなかったんです。母が気付いたときには、副店長のマンションにいたそうです」

「そのあとは?」

「副店長は激務の反動からギャンブルに嵌《はま》りました。それで悪い筋から金を借りるようになり、最終的には妹からも金を取り上げていました」

鶴田の脳裏に高校の入学式で笑みを浮かべた真美の姿が浮かんだ。学費を援助するため、仕送りを続けた。

「金に困った妹は地元の怪しげな風俗店で働くようになりました。帰る家がなかったからでしょうね。バカな男でも、一緒にいたかったのだと思います」

「太田にはその手のお店があったのですか?」

「再開発が盛んに行われた時期でした。複数の地主が全国チェーン企業向けに土地を売り始め、街が壊れたのです」

地元商店街は続々とシャッター街に変貌し、空いた店舗に怪しげな風俗店が相次いで入居した。

「元々は妹が悪いし、私にも非はありました。でも、街が壊れなければ、真美が風俗に勤めることもありませんでした」

そう言った途端、鶴田の脳裏に母から連絡が入った晩の記憶が蘇《よみがえ》った。母は地元の救急病院の駐車場から電話をかけてきた。

昼夜を通して働いていた妹は、いつしか覚醒剤に手を染めた。疲れがピークに達した昼下がり、妹は覚醒剤を過剰摂取し、即死した。

オックスマートになんども掛け合ったが、知らぬ存ぜぬを貫かれた。日本実業新聞の社会部デスクに話を持ち込んだ。遊軍記者が動き出したとき、本社事業局から待ったがかかり、取材は打ち切られた。妹を死に追いやった副店長は北海道に配置替えとなり、あとはうやむやにされた。滝沢の差し金であることは間違いなかった。

「なんども企画や特集を提案しました。街を壊す再開発はやめようって」

鶴田は古いファイルをテーブルに載せた。オックスエレキが太田に進出する際、地元の体育館を借り、九割引きの特価セールを開催した。一般客だけでなく、電器店の主人たちが血眼で商品を漁《あさ》る写真が手書きのメモとともに載せてある。小松が顔をしかめた。

「これはなんですか?」

鶴田は地元・太田を殺したオックス商法の一端を説明した。鶴田はページをめくった。地主たちと滝沢らが、銀座で豪遊するシーンを隠し撮りしたものだった。滝沢は土地購入に際し、法外な値段を提示する一方、売却を渋る地主の元にはヤクザを動員した。次のページには、農地に投棄された産業廃棄物の写真があった。たちまち、小松の顔が曇った。

「掲載されたのですか?」

「全てボツでした。元々日本実業新聞は業界寄りでした。ただ、あそこまで露骨に社長室や広告局が横槍《よこやり》を入れてくるとは想像できませんでした。当時の流通経済部長もデスクも、誰一人私を守ってくれませんでした」

「それでネットのメディアに転じた」

「数十倍好きなことが書けます」

「だから私がメールする気になったあの刺激的な記事も可能になったわけですね」

「根っこの部分はあくまでも私怨です。地主たちが安易に土地を売り、商店街の自助努力が足りなかったのかもしれません。ただ、急激に街が壊れたのは事実です。大企業のエゴが、地域の人のつながりや私の妹の命まで奪ったんです。全国でも多数の人がこんな目に遭っているかと思うと、許せません」

「私もお手伝いします。ネットカフェで寝泊まりする所まで墜《お》ちた身です。もう怖いものなんかありませんよ」

小松は笑った。鶴田が手を差し出すと、小松は力を込めて握り返してきた。

8

川津と別れた田川は、タクシーを飛ばし、警視庁本部に戻った。正面玄関から六階に上がり、宮田一課長の個室を目指した。電話で進捗状況を伝える手もあったが、新たな事実はどうしても直接、上司の目を見て報告したかった。

捜査一課の大部屋を通ると、いくつもの視線が背中に刺さった。分室に専用部屋を設《しつら》えたことが、様々な憶測を生んでいるのは間違いない。

特命捜査対策室の矢島理事官があちこちで情報収集している。田川が直接宮田のもとを訪れたという情報は、筒抜けになる。大部屋の外れ、役職者の在籍状況を示すランプを見ると、幸い宮田は部屋にいた。

「突然、失礼いたします」

宮田は執務机でメモを書いていた。定例記者レクの草稿のようだった。

「なにか分かったか」

宮田がペンを止めた。田川が背広から手帳を取り出すと、宮田が口笛を吹いた。

「その様子だと、面白いネタがあったな?」

「色々あります」

手始めに、田川は新潟の三条出張で得た西野の母親の証言に触れた。西野は死の直前、『モツ煮』というキーワードのほかに、近々大金が入る旨を母親に告げていた。加えて、箱根の高級旅館に行く計画さえ立てていた。

「金が絡む怨恨、あるいは強奪等の線を考えました。ただ、赤間氏の周辺を調べると、別の側面が見えてきました」

田川は仙台出張で得た新たな情報を宮田に告げた。赤間が殺害されたあと、住んでいた賃貸マンションが荒らされ、赤間が仕事用に使っていたノートパソコン二台がなくなっていたこと、そして恋人・川津と会ってきたことを報告した。

「恋人からは重要な証言も取れました」

田川は、赤間が誰かに呼び出され、中野に向かったことを明かした。

「赤間氏はプロポーズのため、元々東京に来る予定がありました。しかし、その直前、二回も慌てて上京しています」

田川は続けた。

赤間が頻繁に訪れていた畜産農家と柏木信友の鑑がつながったこと、そして「巴」という高級焼肉屋では赤間、西野が訪れていた事実も摑《つか》んだ。西野は信友と旧知の間柄だった。田川が概略を説明し終えたとき、宮田は目を閉じ、腕組みしていた。

「続けろ」

「動機の解明はまだですが、当初、通り魔的犯行で殺されたとされていた二人の被害者と柏木信友は、鑑の上で完全につながりました。計画殺人と断定できます」

「よくやった。ただ、動機が分からん以上、御曹司《ジュニア》には触るな」

宮田が目を開いた。捜査が大詰めに差し掛かったときに見せる鋭い目つきだった。

「『逆手持ち』に『モツ煮』に『豪勢な宿』だったかな。そのへんの謎は解けたのか？」

「まだです。それに、なぜ足が付きやすい自家用車を使ったのかも判然としません」

「矢島は随分と杜撰なことをやったわけだな」

宮田が天井に向けて息を吐き出した。田川は川津から預かった赤間の手帳を取り出した。

「遺留品か？」

「これを見てください」

田川は記号だらけのページを開き、宮田に手渡した。畜産に関するデータだと思われることも伝えた。宮田の目が鈍く光っている。管理官時代に見せた現場刑事の表情だ。

「科捜研に分析させる」

宮田が内線をかけると、秘書役の女性警官が部屋に入り、手帳を持っていった。

「課長、本職はこれから柏木信友の身辺を洗い直します」

「池本はちゃんと働いているか？」

「もう一人の被害者、西野の背後を洗っています」

「頼んだぞ」

廊下に出た田川は、手帳に挟んだ記事を取り出した。目を細めながら、携帯電話に記事中の番号を打ち込んだ。

9

編集フロアが一望できる応接室で、田川が壁にかけられた赤い文字「Biz.Today」のロゴを見ていると、背後のドアが開いた。

振り返ると、ボブカットの女性記者が立っていた。クルクルと良く動く瞳が印象的だった。サイトの顔写真で想像したよりもずっと小柄だった。

「捜査一課の赤バッジ、初めて見ました」

「まぁ、一応一課にはおりますが」

「田川警部補、どういった御用でしょうか？」

田川はオックスマートに関する鶴田の記事を取り出し、テーブルに乗せた。

「オックスマートを調べていましてね。お詳しいようなので、お知恵を拝借に」

「巨大企業ですから色々ありますよ」

さすがに記者だ。刑事と同様に調べのコツが分かっている。相手との間合いを図りつつ、鶴田は逆にこちらの真意を探り出そうとしていた。

「私は昔気質《かたぎ》の人間でしてね、オックスマートの大規模ＳＣはどうも肌に合いません」

ここ数日の間に訪れた新潟店、東北の城下町近くの店舗、そしてそこに連なる全国チェーンの店舗が、街固有の表情を奪っていると田川はのらりくらりと語った。

「なにをお知りになりたいのですか？」

「オックスマートが強請《ゆす》られているなんて噂《うわさ》は聞いたことがありませんかね？」

「トラブルの一つや二つはあるでしょう。クレーマーも増えています。でも、警察が動くような話ならば、企業恐喝担当の一課特殊犯捜査係の領分ではありませんか？」

「ちょっとばかりスーパー事業本部長の柏木信友さんの交友関係をあたっておりまして」

「会員制の焼肉屋とか、高級外車サークルの方面ですか？」

「タチの悪い連中に目をつけられ、金をせびられているなんてことはありませんかね」

「具体的になにか起こったんですか？」

「そういうわけではないのです。素行は悪くないのでしょうか？」

「滝沢という番頭格の役員が、彼を子供の頃からフォローしていますし、表立って騒ぎになるようなことはないですね」

「滝沢さんですか」

田川は初めて出てきた名前を手帳にメモした。

「すごい量のメモですね」

「頭が悪いので、なんでもかんでもメモに残さないと不安でしてね」

田川は鶴田に顔を向けた。先ほどまでの作り笑いが消えていた。

「御曹司《ジュニア》に関して、私が知っていることをお話ししますよ」

「それは助かります」

「留学から帰国したあと、映像企画会社を立ち上げ、一年ちょっとで潰しています」

「典型的なボンボンですな」

「その頃、跡取りが確定していたお姉さんが亡くなるという不運がありました。会社を潰し友久会長に一喝され、オックスの様々な部署で修業して今のポジションに就きました」

「オックスは精肉店が発祥でしたね。ジュニアも精肉部門にいたのでしょうか？」

「焼肉屋を共同経営しているくらいですから、こだわりがあるのは間違いありません」

「そうですか。参考になりました」

　蛇腹メモに『精肉部門』と記したあと、田川は手帳を閉じた。このままこの場に居続ければ、捜査情報を逆に探り出される恐れが大だった。

「ただの身辺調査ではありませんね？」

「継続捜査班なんて閑職におりますが、一応、これも捜査の一環でしてね。鶴田さんに予断を与えるわけにはいかない」

　田川が席を立ったときだった。鶴田がドアに先回りし、行く手を遮った。

「ご参考になるかは不明ですが、オックスマートを脅している企業が現在進行形で存在するかもしれません」

「本当ですか？」

　田川が問い返すと、鶴田は大きく頷いた。

10

午前中に予定されていた店舗視察を終えた滝沢は、会長室に足を運んだ。

「会長、大事なお話です。すぐにご決裁を」

滝沢はミートステーションの「スーパーマジックブレンダー2」の見積書を取り出した。老眼鏡をかけた柏木会長は、すぐに顔をしかめた。

「宮城限定じゃなかったのか？　この手の機械を入れ過ぎると客が離れる」

柏木会長は三年前の約束を正確に覚えていた。

「実はわけがありまして」

滝沢はファイルの中から二年前の社会面のコピーを出し、デスクに置いた。

「強盗殺人がどうした？」

柏木会長は明らかに機嫌を損ねていた。しかし、ここで引き下がるわけにはいかなかった。執務机に両手をついた滝沢は、声を潜めた。

「この事件、犯人は信友です」

突然、息子の名を告げられた柏木会長は口をポカンと開けていた。

「これがその証拠です」

滝沢はデスクの上、「スーパーマジックブレンダー2」の見積書を指した。

「信友のことで弱味を握られているのか？」

「間違いありません。中野で殺されたこの二人は、信友とつながっていました。八田は事件の構図に気付いています」

「しかし、なぜ今頃になって」

「警視庁のベテラン刑事が信友の周囲を嗅ぎ回っています。実際、刑事は宮城まで足を延ばし、八田の所にも現れたようです。奴はそこで全体像を把握したのだと思います」

滝沢は、被害者となった赤間、そして西野の背後関係を説明した。柏木会長の手が小刻みに震え始めた。

「なぜ人殺しなんて」

「信友なりに、会社を守ろうとしたのだと思います」

「会社を守ることが、どうして人を殺《あや》めることになるんだ？」

「信友は追い込まれたんです。会社にも、そして会長にも」

「原因は俺か？」

「残酷かもしれませんが、遠因になったことはたしかです」

柏木会長は机に肘をつき、頭を抱えた。

「信友はずっと悩んでいました。真貴ちゃんのように強くないからです」

「捕まるのか」

柏木会長が髪を掻《か》きむしったときだった。滝沢の背広のポケットで携帯電話が震えた。着信画面を見た滝沢は、即座に通話ボタンを押した。

〈あの件でまずいものが出た〉

「本当ですか？」

〈どうする？〉

「押さえ込んでください。お礼はなんでもいたします」

〈また連絡する〉

電話を切った滝沢は、背中に冷たい汗が幾筋も流れ落ちるのを感じた。

「警察か?」

「そうです。会長は普段通りに振る舞ってください。私が全て取り仕切ります」

滝沢は強い調子で言った。

信友を説得し、会長を納得させた上で自首させる方法をずっと考えていた。だが、事件から既に二年が経過している。この段階で自首しても社会的な批判は免れない。会社の存続に直結するのは明白だった。協力者に全てを委ねるしかなかった。

「絶対に大丈夫です」

滝沢はもう一度、言った。

11

鶴田に案内されたのは、会議室だった。小松と名乗る男が座っていた。

「宮城の役所、県警は小松さんの話を聞こうともしなかったわけですな?」

「八田はあらゆる所に金を撒《ま》いています。県警も侵蝕されています」

デスクに置かれた肉加工品製造機の写真を横目に、田川は唸《うな》った。

R高原のあとに訪れたオックスマートの惣菜《そうざい》売り場、そして隣の精肉売り場での出来事が脳裏に浮かんだ。精肉担当者が顔をしかめた理由はこの機械が作る忌まわしい食品だった。

オックスマートの全国の店舗にこんな機械が納入されたら、膨大な数の消費者が不利益を被るのは確実だ。

池本が安い値段の惣菜に反応した。同じように、全国の消費者が商品を手に取るに違いない。しかし、安価な加工品にはカラクリがある。田川自身が嫌う刺激の強い味付けには、精肉売り場の担当者が顔をしかめるような仕掛けが潜んでいるということだ。

だが鶴田によれば、精肉店をルーツとするオックスマートが黙ってこんな機械を納入するはずがないという。

「この機械の納入を巡り、オックスマートが強請られている、そういう風にお二人は睨《にら》んでいるわけですな?」

鶴田と小松が同時に頷いた。

田川は腕を組んだ。意外なつながりが突然、浮上した。

仙台出張したとき、参考程度に聞き込みに赴いた八田という人物がオックスマートと深い関係を持っていた。

八田が探るような目付きをしていたのは、突然の訪問に驚いたのではなく、警察が動いていることで、信友犯行説の裏付けを自分なりに図っていたためではないか。

現段階で確証はないが、西野の年老いた母が八田に警視庁の捜査に関する連絡をしたのか、あるいは八田が彼女に問い合わせを行い、田川の捜査に気付いたのかもしれない。

田川は、仙台の街中で鑑取りしたときの光景を思い起こした。

赤間が住んでいたマンションを出た直後、宮城県警の刑事部長が強引に門間警部補を引き揚げさせてしまった。

オックスマートが田川の捜査を嫌い、ＯＢの楠見、そして矢島理事官経由で県警に圧力をかけたものだと思い込んでいたが、ここに地元の政商・八田が加わっていたのは確実だ。キャリアと地元有力者がセットで動けば、地元採用の刑事部長ならば簡単に動かせる。

「なるほど、今調べている事件の構図が段々と分かってきましたよ」

田川は唸った。

信友の犯行が裏付けられるようなことになれば、オックスマートの企業イメージは地に墜ち、存続さえ危うくなる。犯行の全容を知る八田がオックスを強請っていても不思議ではなかった。田川は蛇腹メモに機械の名前、そして簡単な見取り図を描いた。ミートステーションの言いなりになってまでオックスマートは信友と企業全体を守る態勢に入っている。だが、未だに肝心の動機そのものが見えてこなかった。

「ミートステーションが作った製品は都内の居酒屋チェーンにも出回っています。「倉田や」という大規模店の肉製品は大半が混ぜ物です。品質の低下した肉に大量の添加物を加え、それらしい味を作っているのです。添加物が幾重にも混じることで、人間の味覚は徐々にマヒします。子供や若者の間に、味覚障害が増えているのは、混ぜ物食品と無縁ではありません」

鶴田が発した「倉田や」という名前に、田川は秘かに手を打った。ミートステーションという仙台の企業、そしてオックスマートは濃密な関係にある。ミートステーションの製品がある「倉田や」という店についても、信友が知っていた可能性がある。

「倉田や」の店長がパック詰め食材を使っていると触れたことが、意外な場所でつながった。

「追っている事件が片付いた際、手助けしましょう。担当に知り合いがいます。どうやらこの八田という人は捜査の邪魔をした気配が濃厚です。お返ししなきゃならない」

「確実に立件するという保証は？」

鶴田の顔が薄《うっす》らと紅潮していた。

「ノンキャリ一人の力では潰されてしまうかもしれない。だが、あなた方の勇気は無駄にしない」

田川はそう言って席を立った。

第七章　包囲

1

麹町の分室に戻った田川は、引き出しから肥後守《ひごのかみ》を取り出し、鉛筆を削った。二本目に取りかかったとき、廊下を猛烈な勢いで走る足音が響いた。

「田川さん、鑑が取れました！」

ドアを開けるなり、池本が大声で叫んだ。大久保で別れたあと、池本は本部に戻っていたはずだが、どこで鑑を摑《つか》んだのか。

「組対四課で取れたんですよ！　一人、貸しがある後輩がいましてね。西野のことを徹底的に調べさせていました」

「なにが分かった？」

「西野の産廃ビジネス、古建材や医療機器を処理するなんて一般的なものじゃないんです」

「山の中とか、採石場跡の穴にでも遺棄していたのか？」

「そんなの誰でもやっていますよ。西野は家畜を扱っていました！」

「それは牛とも関係あるのか？」

「大アリですよ。いや、牛が一番儲《もう》かった時期があるそうです」

「モグリの精肉店でもやっていたのか？」

「違いますよ。化製場《かせいじょう》を知ってますか？」

「なんだそれ？」

池本はデスクにあったメモ用紙を取ると、牛のイラストを描いた。

「ここはサーロイン、こっちはモモです」

牛肉の部位を画《え》に描き込んだあと、池本は三角屋根の工場のイラストを記した。池本によれば、屠畜《とちく》のあと食肉に適さない部位をペットフードや工業製品向けに加工する施設が化製場だという。

「都道府県知事の許可が必要ですし、出入りの運搬業者も営業許可が要ります」

「それがどう西野と関係する？」

「西野が産廃業者としてのし上がった背景には、化製場に持ち込めない家畜、特に裏で牛を扱った経緯があったそうです」

田川は顔をしかめた。口の中に砂が混入したときのような嫌な感覚だった。

「その手の営業許可を取るのは難しい。審査やら手続きが厳密だからな」

「だから、マル暴の稼業《シノギ》になるんですよ」

田川は『牛』を描いた見取り図を手元に引き寄せた。同時に、自分の蛇腹メモを遡《さかのぼ》り、関係者の相関図を探し出した。

『牛』の真下には、『赤間』、『西野』の名があった。『牛』の右横には『増渕農場』、『柏木信友』、

『巴』が載っていた。牛と赤間は赤いボールペンでつながっていたが、西野と牛をつなぐ線はなかった。

「増渕農場の牛を西野が裏で運んだとしたらどうだ？」

田川は見取り図のそれぞれの矢印を睨《にら》んだ。裏稼業の人間がのし上がるためには、法の目をかいくぐって実績を上げるのが近道だ。「巴」の従業員は西野の本業を知らない。だが、信友は知っていた公算が高い。

「なぜ裏で牛を運ぶ？」

「絶対に知られてはならない事情があったとしか考えられません」

「増渕の牛は超高級品で、オックスマートと焼肉屋の『巴』が目玉商品としていたが、そんな事情が生じたとなれば……」

「真面目な獣医師が足しげく農場に通い、東麻布の『巴』まですっ飛んで行ったと言えば、答えは一つです」

「ＢＳＥか」

自身が口にした言葉に、田川は肩を強張《こわば》らせた。

十数年前欧州で発生し、世界的なパニックをもたらした家畜の病だった。日本でも風評被害が広がり、牛丼屋や焼肉屋が一斉に苦境に立たされた。

「西野は増渕農場でＢＳＥが発生したことを知り、なんでもかんでも危ないと勘違いして故郷《クニ》のお袋さんに『モツ煮を食べるな』って言ったんだ。そう考えられないか？」

突如、『モツ煮』のキーワードの謎が氷解した。田川は分室のパソコンを起動し、インターネットでＢＳＥという言葉を検索した。いくつもの関連ページ、解説を読んだあと、田川は手を打った。

「国内でBSEが見つかってからは、関係省庁と地方自治体できっちりと対策が練られた。屠畜段階でも適正な処理がなされているから、危険部位ではない内臓《モツ》を食べても安心だ。しかし、西野はそこを理解していなかった」

「西野だけじゃありません。一〇年前の騒動のときと同じで、多くの消費者が大騒ぎする可能性が高かったはずです」

「目玉商品を仕入れている農場からBSEが発生したなんてことになったら、オックスマートだけじゃなく、R高原全体にも風評被害が及ぶ公算があった」

田川は池本と顔を見合わせた。西野の背後関係に、とんでもない事実が潜んでいた。

「感染の疑いがある牛、もしくは感染した牛を特別料金で遺棄したのか？」

「特別料金をせしめた上、マル暴の本来の強面《こわもて》でオックスマートまでを脅していたとしたらどうですか？」

「お袋さんを豪勢な宿に招待したとしても十分におつりがくる」

蛇腹のメモに目を転じた田川は、なんども頷《うなず》いた。

「獣医師の赤間は、BSE発生に関する情報なり検査データを得た。一方、西野は遺棄を依頼された牛を強請《ゆすり》のネタにした」

メモを遡った。川津と会った際の記録を凝視した。赤間は大切なプロポーズを控えていながら、仕事上の用件で二度も東京に駆け付けた。川津でさえ把握できなかった突然の上京には、こんなのっぴきならない事情が潜んでいたのではないか。

「赤間氏が信友に会う、あるいは呼び出されたとしたら、理屈は合うんだ」

池本が目を見開き、頷いた。

「生真面目な赤間氏が公表を迫る一方で、西野は強請ってくる」

「そうなれば、オックスマートの信友は板挟みですよ」

赤間の恋人、川津が田川に託した手帳に記されていたのは、BSEに関する記述だったのではないか。増渕のもとに通い、データを積み重ねた赤間は、関係機関への届け出や公表を強く迫った。だが増渕、あるいは信友がこれに難色を示した、あるいは、なんらかの懐柔策を提示したのか。

手元に手帳を引き寄せた田川は、蛇腹メモを遡った。

『M一〇五』『M一〇八』

赤間が遺《のこ》した記号だ。これは牛の疾病に関するデータである公算が高い。手帳を凝視していると、池本が口を開いた。

「西野は武闘派ではなく、頭脳派だったそうです。組対の表のデータに記述が乏しいのも納得ですよ」

「どういう意味だ?」

「産廃業者という仕事柄、様々な企業との接点ができます。西野は、企業の恥部を探り当てる嗅覚に長《た》けていたと後輩が言っていました。つまり裏の仕事を請負う過程で、相手の傷口を抉《えぐ》り、さらなる旨味《うまみ》を吸い取っていた。きっちりシノギをやっていたわけです」

「オックスについても、その嗅覚が働いたってことだな」

「西野はマル暴です。牛を極秘に処理する意味合いを熟知していたはずです」

「信友にしてみたら、たまったもんじゃなかった。公表と隠蔽の板挟み状態に陥り、これを強引に打開しようとした」

ＢＳＥの存在を隠すため、二人を同時に消し去る。これが中野居酒屋強盗殺人事件の真の動機だ。

田川は蛇腹メモをなんども見返した。方々に足を運んで得た捜査情報に間違いはない。

全く鑑がつながらなかった獣医師と産廃業者が同時に殺害された背景には、風評被害に蓋をしたうえ、大企業の体面を守るという大きな動機が潜んでいた。

仙台の八田は、西野の死になんらかの不審を抱いていたが田川が捜査に動くまでは確証がなかった。だが警視庁の再捜査に接したことで、オックスマートに揺さぶりをかけた。その結果が、あの忌まわしい機械をオックスマートに納入する決め手になったのだ。

田川はもう一度、蛇腹のメモに目をやった。

オックスマートのスーパー事業本部長を務める信友にとって、ＢＳＥ発生は一大事だ。まして、友人らとの共同経営で会員制の焼肉店を営むほどだった。最高級の牛肉への思い入れは人一倍だったに違いない。自身の仕事、存在そのものを脅かす事態に接し、赤間、そして西野を殺すという決断を矢継ぎ早に下した。

田川は唾を飲み込んだ。呼吸を整えたのち、警察電話《ケイデン》の受話器を取り上げ、宮田の番号を押した。

2

報告を入れてから一時間半後だった。社会部記者の追跡をかわすため、専用車とタクシーを乗り継いだ宮田捜査一課長が分室に飛び込んできた。

「矢島が猛烈な勢いで動いてるぞ、ネタは漏れてないだろうな」

「大丈夫です。早速、説明させていただきます」

田川はコピー用紙を取り出すと、前に作った「牛」を中心に、周囲に関係者の名を連ねた見取り図を描いた。

「獣医師の赤間は、BSEの事案を公表するよう、増渕、あるいはオックスの精肉部門を束ねる信友に強く迫ったものと推察されます。一方、西野は、オックスからシノギを得ることを思いつき、強請るに至った。両者から迫られた柏木信友は、二人を同時に殺害する意志を固めた。以上、今までの捜査で浮かび上がった事件の大まかな構図です」

田川は宮田に目を向けた。歴戦のベテラン刑事、突きネタの宮田は目を閉じ、腕組みしていた。

「ガソリン価格が高騰し、オックスマートの巨大SCは極端に客足が落ちていました。ここに主力精肉部門でのネガティブな要因が加われば、経営を直撃したはずです」

ダメを押す意味で、鶴田の記事を手帳から取り出して宮田の手元に置いた。宮田の眉間に深い皺《しわ》が現れた。

「重要参考人として柏木信友を引っ張りましょう」

今まで黙っていた池本が興奮した口調で言った。だが、宮田は強く頭《かぶり》を振った。

「恋人から預かった手帳が赤間氏のものと証明されても、データがオックスマートや増渕農場のものとは限らないと主張されればそれまでだ。メモにはオックスマート、増渕とも書いていない。これのみで公判維持は難しい」

宮田の目が冷静に田川と池本を見比べていた。さらなる証拠を揃えねばならない。なにが糸口になるか。田川はメモを繰った。

「ベンツの走行履歴はどうでしょうか?」

幹線道路や高速道路には自動車ナンバー自動読取装置、通称Nシステムがある。これをたどれば、赤間と西野を殺害した当日の足取り、そして仙台の大町、赤間の賃貸マンションに忍び込んだときの信友の足取りが摑めるかもしれなかった。

「様々な証拠との併せ技です。Nの走行履歴があれば任意同行《ニンドウ》は可能ではないでしょうか?」

「それでもダメだ。今回は普通の事件じゃない。相手は現役大臣を出している柏木家であり、日本一の流通業者だ。もっと確固たるネタがなけりゃ、地検も内諾してくれない」

宮田はペットボトルに残った緑茶を飲み干し、言葉を継いだ。

「オックスマートの警備部門には、警視庁だけでなく、警察庁《さっちょう》の人材が世話になっているし、防犯協会にも多額の寄付がある。俺が飛ばされるだけならいい。足元をすくわれたら、総監、へたすりゃ警察庁長官もコレだ」

宮田は自身の首元で手刀を切るまねをした。おどけた表情ではなく、目が真剣だった。

「おまえたちはよく調べた。Nを洗えば、疑いはより濃厚になるだろう。ただ、今回は万全を期したい。それに、なぜ盗難車を使わなかったのか、『逆手持ち』とかいう軍隊流の特殊なナイフの握りの謎も割れていない」

捜査で重要なネタが出たときは、担当刑事は頭に血が上る。今の田川、池本がそうだ。宮田は冷静に捜査結果と問題点を洗い出している。

「田川、ボンボンは自衛隊にいたことでもあるのか?」

「ありません。むろん、海外の傭兵《ようへい》部隊に在籍したこともないはずです」

「肝心の殺害方法について自供させなければ、こちらの負けだ。殺害に至る動かぬ証拠を摑んでこそ、ようやく触れる犯人だ。肝に銘じておけ。池本はN履歴を洗え。田川は逆手持ちの解明、それにBSEのことをもっと調べておけ」

宮田は指示を飛ばしたあと、おもむろに背広の内ポケットに手を差し入れた。

「一つ、土産がある」

宮田は茶封筒に入った紙をデスクに広げた。

「おまえら、頭に血が上ってこれを忘れていただろう?」

広げられた書類を田川は凝視した。

「こんなつながりもあったんですか」

「御曹司が引くに引けなかった背景には、こんな理由もあったんだ」

R高原の増渕の戸籍だった。書類の下に、増渕の妹の名があった。

「増渕喜美代《きみよ》が安部家に嫁ぎ、娘の名前が早苗……」

池本が大声で書類の中の名を読み上げた。

「池本が通信履歴の照会やらで俺に指示を出したんでな、癪《しやく》だから調べた」

田川は池本と顔を見合わせた。

「おまえら、まだまだ半人前だ。関係者の鑑取りが不十分だったんだよ」

そう言ったあと、宮田は腕時計に視線を向けた。左手首に銀色の時計が見えた。

「俺は上に報告しなきゃならん。内々に地検にも相談する。早くしないとな」

宮田はそう言い残すと、足早に分室を後にした。

「突きネタの宮田は健在ですね」

肩をすくめ、池本が言った。

たった二人の捜査本部とはいえ、宮田の言う通りだった。

通常ならば、安部が捜査線上に上がった段階で戸籍のチェックをしていなければならなかった。上司は悪態をついていたが、精一杯のフォローをしてくれたのだ。宮田の去った方向に頭を下げたい気持ちでいっぱいになった。

動機の補強ができた。オックスマートの体面という要素のほか、愛人の親戚であり、優秀な生産者を守るために信友は一線を越えた。

田川と池本は改めて互いの分担の詳細を詰め直した。N画像分析のため、池本は分室を飛び出した。

パソコンの前に座ると、田川は検索画面にBSEと打ち込んだ。すると、ネット上の辞書でBSEの詳細な解説を加えたページがあり、その下に所管官庁である農林水産省のサイトが現れた。田川は使い慣れないマウスを操り、なんとかページを開いた。

BSEの概要、国としての取り組み、関係機関のリンク、地方自治体の窓口など詳細な項目が並んでいた。画面をスクロールさせると、スクリーン下に問い合わせ先があった。同省消費・安全局動物衛生課、担当課長の直通番号が出ていた。田川は即座にダイヤルした。

〈はい、速水《はやみ》です〉

幸い、担当課長が直接出た。会いたい旨を伝えると、速水は即座に応じてくれた。

田川は背広を羽織り、手帳をポケットに入れた。里美が言った通り、左胸が異様に膨れ上がり、不格好な跡ができていた。

3

タクシーを飛ばした田川は、霞が関の農水省庁舎に飛び込んだ。受付を済ませ、指定された五階の応接室に向かった。

日比谷公園の緑に目を向けていると、額に汗を浮かべた大男が現れた。身長は優に一八〇センチ以上、体重も一〇〇キロ超が確実だった。大学の相撲部顧問のような男だった。

「捜査一課の方が来られるなんて初めてです」

体格とは裏腹に、速水は甲高い声で言った。名刺を交換したあと、田川はいきなり切り出した。

「個人的にすき焼きが大好きでしてね。地元のお肉屋さんからいつも特選和牛を分けてもらっているのですが、これ、安心して食べてもいいものでしょうかね?」

「どうぞ、安心してお召し上がりください。BSEの心配はありませんし、震災後の放射線の問題についても、全頭検査をクリアされているものしか市場に出ておりません」

速水は携えてきた分厚い青いファイルを開くと、「検査と安全性」というページを示した。速水は、BSEが異常プリオン蛋白《たんぱく》という病原体により引き起こされると指摘した。そのあと、この物質が脳や脊髄に蓄積しやすいとの研究結果を示した上で、屠畜段階で危険部位が厳格かつ完全に取り除かれていると強調した。

「BSEに汚染された肉が市場に流通することは絶対にありません」

「イギリスでは、ハンバーグを食べた人にも被害が及んだと聞きました」

「変異型クロイツフェルト・ヤコブ病のことですね? たしかに、BSEが発生した当初は被害が出て世界中がパニックに陥りました。ただ、飼料として用いられた肉骨粉、つまり死んだ牛を原料にした栄養価の高い餌ですが、これが全面的に禁止されて以降、ＢＳＥの発生はほぼ終息したのです」

速水は危険部位である脳を混入した飼料が出回ったことが、ＢＳＥの根源であると説明した。世界的な規模で展開するファストフードやスーパーの業界から安価な肉の需要が高まった結果、海外農家の側は短期間で肉牛を成長させる飼料を求めた。その最終到達点が草食動物に肉の粉を与えるという禁じ手だったと速水は言った。

「優生学的な見地から、肉骨粉の飼料化に異論を唱える学者がいたようです。しかし、巨大で強力な商業主義の圧力によって、貴重な警告が葬り去られたと聞きました」

巨大な商業主義という言葉に接し、田川は黄色の大きな看板を思い起こした。

「日本でも危険性は絶対にないと言い切れますか？」

「言い切れます。肉骨粉の使用はもちろん、輸入も全面的に禁止されています。お尋ねのイギリスのハンバーグの件ですが、これは日本ではあり得ないケースなのです」

「どうしてですか？」

「日本の場合、屠畜場に運ばれた家畜は、食用の枝肉、モツと呼ばれる内臓全般、そして皮革の三つに分けられます。それぞれの取引資格を有する業者が厳密に別々の流通経路で扱います」

「それとハンバーグはどのように関係するのですか？」

「イギリスの場合、日本のような厳格なシステムが出来ていませんでした。分かりやすく言えば、枝肉と内臓を扱う業者が一緒だったのです。特に、イギリスの枝肉は赤身が多いので加工時に脳を混ぜ、粘り気とコクを出したのです」

「日本の加工ではあり得ないというわけですな」

田川は手帳を取り出し、「牛」と描いた見取り図を一瞥《いちべつ》した。これから一番肝心なことを聞かねばならない。

「今後、日本でBSEは絶対に発症しないということですね？」

「絶対という定義が問題ですね。流通段階ではあり得ないと申し上げておきましょう」

「どういう意味です？」

「危険部位は完全に除去されています。それに、日本の検疫体制は世界でも最先端の部類にあります。例えば、BSE特有の症状を示した牛が発見された際には、獣医師が地域の保健所、あるいは食肉衛生検査機関に即座に通報することになっています」

『獣医師』という言葉に触れ、田川は身構えた。速水が言ったように、赤間は増渕農場で症状が疑われる牛を見つけ、R高原に足を運び、慎重に調べたに違いなかった。

蛇腹メモに目を落としていた田川は、我に返った。

「流通段階と限定されましたね。その理由はなんですか？」

速水が分厚いバインダーをめくった。田川が目をやると、新たに示されたページの先頭に『国内におけるBSE発生状況』とのタイトルがあった。

その下には一覧表、一番左側に発症番号、その右隣には確認年月日（屠畜または死亡日）、月齢、生産地、検査実施機関と順番に項目が立っていた。

第一号は『二〇〇一年九月（同年八月）、月齢六四、北海道、千葉県』とあった。一覧表の下までを見渡すと、第三六号まで載っていた。

「最後に確認されたのは、二〇〇九年一月、北海道でした」

速水の説明に耳を傾けながら、田川は一覧表の数値を追った。ある項目の欄で、目が釘付《くぎづ》けになった。蛇腹メモに目を転じた瞬間、閃《ひらめ》いた。

「すみません、この一覧はどこで入手できますか？」

「省のホームページにありますよ。よろしければ、これを差し上げます」

バインダーから当該ページを外した速水は、書類を田川の前に差し出した。

手帳を持つ手に、ジワリと汗が浮かんだ。飛び上がりたい感情を抑えつつ、田川は速水を見つめた。まだ話の途中だ。懸命に言葉を絞り出した。

「三六例、しかも最新例は二〇〇九年とごく最近ですよ。これは危ないということではないのですか？」

「違います。これらの大半は種牛として育てられました。それに、ＢＳＥは、牛から牛へ直接感染しないことも確認されています。肉骨粉の全面禁止以降生まれた牛には、ＢＳＥ発症の報告はありません」

「では、種牛は市場には出ない？」

「田川さんがお好きな高級和牛は、大半が牝牛《めうし》です。しかも処女牛の比率が高いのです」

田川は蛇腹メモに目をやった。やはり、赤間が遺したメモは、犯人につながる重大な手掛かりだった。田川が黙り込んでいると、速水が説明を再開した。

「繰り返し申し上げますが、脳、脊髄、眼《め》、回腸遠位部の特定危険部位が除去されている以上、牛肉は安全です。牛乳や乳製品も同じです。日本は米国、ＥＵと比べても格段に厳しい検査を実施しています。逆の言い方をすれば、過去に肉骨粉を摂取し、汚染された牛が出てきたことは、歓迎すべきことなのです」

いと思った。

「歓迎ですって？」

「検査が徹底している証左、そう言い換えることもできます」

速水は熱を込め、言い切った。赤間がこの場にいたら、速水と同様、熱く語ったのかもしれな
いと思った。

「ありがとうございました。知らない話ばかりでした」

「懸命に広報していますが、消費者の理解度はまだ深いとは言えません。つい先頃、口蹄疫《こうていえき》が流行した際、あるいは例の放射線の問題のときも、根も葉もない流言があったばかりですからね。ここ数年、ネットを通じてあっという間に拡散される側面もあります」

流言という言葉に反応し、速水を見た。苦渋に満ちた表情だった。

田川は唇を噛《か》んだ。頭の中に、朴訥《ぼくとつ》とした笑みを浮かべる赤間の顔が現れた。やはり、生真面目な獣医師はBSEのデータを得ていたのだ。手帳に加わった新たな資料が何よりの証拠だ。

「畜産業界はここ数年、災難続きです。BSEしかり、原発事故の問題しかりでしてね」

速水が溜息《ためいき》をついた。この官僚は上役や政治家ではなく、農家に腹を向けている。田川は素直にそう感じた。

「捜査の一環で畜産農家を訪ねましたが、経営状態は必ずしも良好ではないようですね」

「担当外ではありますが、事実です」

田川の脳裏に、増渕の言葉が蘇《よみがえ》った。

一頭の牛を出荷しても数十万円程度の利益しか得られないと語ったときの増渕は、眼前の速水と同様に苦しげだった。今後の聴取の過程では、増渕と必ず再会する。人見知りの畜産家を一方的に責めることはできない。

「風評被害を恐れた当事者が、ＢＳＥを発症した牛を違法に投棄、あるいは遺棄するような可能性はありますか？」

速水が苦悶《くもん》の表情を浮かべた。大きな顔に脂汗が浮かんでいた。

「そういった事例を捜査しているのですか？」

「仮定の話です。率直なご意見を賜りたいのです」

「我々の仕事は性善説に立っております。これでご勘弁いただけませんか」

「役所や獣医師に気付かれないうちに、あるいは不届きな獣医師がいたら抱き込むことも可能だと？」

「そのような人間が一人もいないと信じております」

「反社会的勢力の中で、病んだ家畜を違法に処理することで利益を手にしている輩《やから》がおります。風評被害を恐れた当事者が、こうした連中と組む、そんな可能性はありますか？」

「あり得ない、そう思いたいです。仮にそのような事案があるのであれば、警察で徹底的に調べていただきたい。そうでなければ、真面目に牛を育てている畜産家の努力が報われない」

速水は濁りのない目で言った。

田川は丁重に礼を言い、応接室をあとにした。

4

編集部でアポを申し込んでからわずか一時間だった。浜松町のオックスマート本社ビルで、鶴田は初めて滝沢の個室に通された。

「まぁ、お座りください」

執務椅子から立ち上がった滝沢は、ダブルのスーツのボタンを留め、鶴田に応接のソファを勧めた。

「攻撃の手を緩めてくださる、そういうことですかな」

滝沢は大仰に笑った。鶴田は携えてきたトートバッグからクリアファイルを取り出した。

「首都圏の中小型店舗についてお話をうかがいたいと思いまして。今後の目玉戦略ですよね？」

「それなら、早速担当役員を呼びましょうか？」

「いずれご紹介ください。今回取材させていただきたいのは、新戦略と同時に大量導入されることの機械についてです。お話をうかがったら、すぐ字にします」

鶴田はクリアファイルから、小松が提供してくれたミートステーションの肉加工品製造機、マジックブレンダーの写真を取り出した。

「この機械、何台導入されるのですか？　正確な数字を教えてください」

鶴田は対面の滝沢を見た。滝沢は写真を見つめたまま、固まっていた。

「室長、聞いてますか？」

「どこでネタを拾った？」

「情報源《ソース》は明かせません」

滝沢に目をやると瞳が充血していた。ソファの手すりに乗せた両手が小刻みに震えている。

「滝沢経営企画室長はコメントを拒否した、いつものようにそう書きます」

「待ってくれ。まだ取締役会に諮っていない」

「形式上の会議のことなんか聞いていません」

滝沢は完全に顔色を無くしていた。攻めどきだと鶴田は直感した。

「宮城で試験的に導入したいわくつき超低価格商品のビジネスモデルを全国に拡大させるわけですね？」

滝沢の顔を見た。写真を見つめたまま動かなかった。

「室長、私は御社の精肉売り場が好きでした。優秀な農家を育成し、質の高い肉を消費者に提供した志は立派でしたから。先代の貢献がなければ、和牛の市場は広がりませんでした」

「正式に決まったわけではない、なんどもそう言っているだろう！」

下を向いたまま、滝沢が怒鳴った。ぶつけたネタがクリーンヒットした。畳み掛けるときだ。

「室長、御社は強請られているんじゃありませんか？　刑事が御社を調べていることも知っています」

「向こう五年間、広告を入れ続ける。在京紙三つ分の予算も確約する。だから、この件、記事にするのは待ってくれ」

狙い通りの反応だ。ミートステーションの機械導入はほぼ決まっている。加えて、その背後には容易ならざる事態が潜んでいる。鶴田が未《いま》だに摑んでいない事実を炙《あぶ》り出すために、警視庁の田川警部補が捜査を進めている。

冴《さ》えない風貌の刑事だが、しぶとく、執念深く調べを進めるタイプだ。オフィスを訪ねてきたときから、鶴田はそう直感していた。日頃、物事に動じない滝沢がこれだけ動揺しているのが何よりの証拠だ。

「正直に話してくれれば、記事化は待ちますよ。ただし、この機械の導入といかがわしい混ぜ物の惣菜《そうざい》の提供をストップすることが条件です」

鶴田は思い切って取引を持ちかけた。眼前で、滝沢は頭を垂れたままだ。

「創業者の壮大な志は、業績拡大のために捨ててしまうわけですね？　雑巾と呼ばれるような屑《くず》肉《にく》惣菜を使えば、御社の利益は倍々ゲームで増えます。消費者からクレームが出ても、カネで解決する。ＳＣ事業を拡大させたやり方をそのまま踏襲すればいいわけですか。とんでもない話ですね」

自身の眉間の血管がピクピクと動いているのが分かる。今まで取材で得てきた数々のデータが、怒りに転化していく。

「大量の食品添加物と化学調味料にクズ肉をブレンドする。腐った食材が見つかるどころか、添加物の副作用で未曾有《みぞう》の健康被害を生むかもしれませんよ。オックスマートは、お客様の隣に行って、子供やお年寄りを不健康にしてしまう企業に成り下がるわけですね」

一気にまくしたてたあと、鶴田は滝沢を見た。

普段なら大声で恫喝《どうかつ》する男が、黙りこくっている。やはり、オックスマートは八田に強請られている。鶴田は確信した。

「警視庁が嗅ぎ回っています。この機械とどのような因果関係があるのですか？」

「必ず連絡する。二、三日は堪《こら》えてもらいたい」

「ではご連絡をお待ちしております」

鶴田は席を立った。滝沢の個室を出てエレベーターに向かう途中、定期入れの写真に目をやった。

「真美、待っていて」

小声で呟《つぶや》いたあと、鶴田は足早にエレベーターに乗り込んだ。

5

廊下を足早に歩きながら、滝沢は懸命に考えた。

なぜミートステーションの一件が漏れたのか。しかも相手はあの鶴田だ。中国進出時の契約を急ぎたい八田が情報のリーク源なのか。

しかし、鶴田が持ち込んだ写真は、南東北の一部店舗で使っている「マジックブレンダー」であり、最新型の「スーパーマジックブレンダー2」ではなかった。鶴田にネタを流したのは八田ではない。機械のいかがわしさは八田自身が一番心得ている。一代で築き上げた会社をみすみす危険にさらす情報をあえて横流しするメリットは八田にはない。

滝沢は会長室のドアをノックした。主要店舗の売り上げデータに目を通していた柏木会長に鶴田がミートステーションの一件を探っていることを報告した。

「彼女は絶対に筆を曲げません」

滝沢は三日の猶予を得たことを告げた。

「信友の周辺を調べている刑事は優秀です。鶴田と接触した気配すらあります」

「その刑事から情報が漏れているのか？」

「いえ、その気配はありません。しかし、鶴田は警察の動きも察知していました。今後、信友は警察と鶴田に徹底マークされる公算大です」

「本業の巻き返しもこれからだし、財界人事もある。警察にマークされるようなことになれば、他のマスコミも押し掛けてくる」

「一つ考えがあります。ご決断を」

滝沢は書類を取り出し、デスクに置いた。

「これはミートステーションの機械じゃないか。これをどうしようと？」

「八田の強請りを終わらせ、同時に信友と会社全体を守るために、切り札としてこれを使うのです」

「どうやるんだ？」

「警察の監視と追跡、そしてマスコミの目から事業本部長を守るために、一つだけ方策があります。そのために、このマシンを使うのです」

滝沢は執務机の上のメモ用紙を引きちぎると、見取り図を描いた。概略を説明すると、柏木会長はたちまち顔をしかめた。

「消費者のしっぺ返しにあう。それに八田は蛇のような男だ。味をしめてさらに要求のハードルを上げるぞ」

「信友とオックスマートを守るためです。ご決断を」

滝沢は柏木会長の顔を凝視した。眦《まなじり》がぴくぴくと動いていた。

「会長！」

滝沢の声に、柏木会長が無言で頷いた。

6

麹町の分室に戻った田川は池本と連絡を取り、N画像の解析の進捗状況を尋ねた。だが、一時間前に発生した強盗事件で犯人が逃走中のため、他の強行犯係が端末を独占し、作業が中断しているると聞かされた。

池本は苛立《いらだ》ちを募らせたが、田川は一旦休憩を宣言し、固いパイプ椅子に体を預けた。目頭を強くつまんだ。蛇腹メモに目をやったが、細かい文字に目の焦点が合わなかった。田川が目を凝らすと、〈……?〉の記述が飛び込んだ。目頭を強く押したあと、もう一度メモを見た。〈盗難車?〉と書いた文字があった。着実に集まる情報に埋もれていた重大な疑問点だった。田川はページをめくり、捜査記録に目を走らせた。

『急用で中野に行くことになった。一日早く東京に向かう』

赤間が恋人・川津に託したEメールの文言が引っかかった。

意を決したプロポーズを前に、赤間は業務上の重大な事柄につかまった。

他ならぬBSEだ。増渕の牧場から出荷された牛の足取りを辿《たど》るため、赤間はまず九月一〇日に麻布の「巴」に向かった。

飛び込み同然の赤間に対して店側は拒否反応を起こし、牛の状況を教えなかった。メールのメモの裏側に、川津と会ったときに書き留めた文章があった。

『翌朝、事務所で緊急に調べることがあるからと始発で慌てて帰りました』

大事な手帳を川津の部屋に忘れるほど赤間は焦っていた。BSEの兆候が現れた牛、あるいは発症が確実となった牛が流通ルートに乗ったか否か、自身で確かめるために東京に来たのは確実だった。

仙台に戻った赤間は、次に東京に来る一六日までの間、必死で調べた。あるいは、増渕、柏木信友に接触し、牛の行方や検査結果を公表するよう説得していたのではないか。この間、「巴」

の従業員から信友に対し、赤間の来訪が報告された。信友の危機感は否応《いやおう》なく高まったはずだ。

田川は再度蛇腹メモに目をやった。

『急用で中野に行くことになった』『〝まだ明かせない〟その一点張りでした』

一一日午前中に仙台へ戻り、一五日の夕刻に川津にメールを出すまでの間、増渕、もしくは信友から何らかの提案、打開策の申し出があったとしたらどうか。生真面目で融通の利かない赤間は、東京に取って返す。この間、柏木信友には赤間を中野におびき出す余裕が生まれる。

「あっ」

頭の中でコップが割れるような音が響いた。舌打ちすると、田川は受話器を取り上げた。

〈よぉ、分室の居心地はどう?〉

継続捜査班の立原が間の抜けた声を出した。

「また頼まれてくれるか?」

〈いいよ〉

「この前、盗難車って言ったよな」

〈あぁ、例の事件のことね。それがどうしたの?〉

「六本木と歌舞伎町周辺で盗難車の発見履歴を調べられるか?」

〈お安い御用だ〉

「具体的には、二年前の九月一五日の夕方から翌一六日未明にかけてだ」

〈任せてよ。でも、ちょっと検索に時間かかるよ。わかったら携帯に連絡する〉

田川は、誰もいない小さな捜査本部で頭を振った。盲点だった。鑑がつながったことだけに集中してしまい、重大な要素を見落としていた。

頑固とも言える赤間をおびき出した柏木信友は、事前に入念に計画を練っていた。

赤間と同時に、オックスマート全体を強請ろうと考えた西野もおびき出すことを思いつき、実行に移したはずだ。その間、信友自身、あるいは安部を使って盗難車を調達していたらどうか。

だが、いざ実行という直前に盗難車がなくなっていた、あるいは警察によって発見されていたのではないか。

もう一度、受話器を上げかけた。しかし肩と首筋が異様な張りを訴えていた。

凝りをほぐそうと首を左右に折り、肩を回したが、激痛が走った。集中力が欠け、体力も急低下した。第一線を退いて一年九カ月経《た》った。田川は自身の衰えを痛感した。

立原は盗難車の検索に時間がかかると言った。一旦、頭を整理する意味でも休息が必要だ。田川は手帳を背広にしまい、池本にN履歴の検索を託して席を立った。

分室を出たあと、地下鉄に足を向けた。サラリーマンの帰宅時間と重なり、半蔵門駅は混雑し始めていた。乗り換えを経たのち、約三〇分で新井薬師前に着いた。

わずか八時間前、反対側のホームから電車に駆け込んだばかりだった。捜査本部の道場に一カ月間泊まり込んだあとのように、体が重かった。

腕時計を見た。午後七時まであと数分だった。携帯電話を取り出した田川は、自宅のメモリを押した。里美が勤め先から戻っている時間だった。

〈どうしたの、こんなに早い時間に〉

「商店街でなにか買っていくけど、どうすればいい？」

〈それじゃあ木口さんの所に寄って。鶏《とり》の唐揚げ作るから〉

「すき焼きはまだおあずけだ。悪いな」

〈気にしていないわよ〉

狭いバス通りを進むと、木口精肉店の主人が店先にいた。田川が歩み寄ると、木口は弾んだ声を出した。

「今日はどうする?」

「唐揚げ用の鶏肉を買ってこいって言われた。三〇〇グラムくらいもらえるかな」

「地鶏のモモ、おいしいところを用意するよ。それより、飛び切りの肉を見て行かないか?」

「牛肉かい?」

「例の奥州牛だけど、仲卸が飛び切りの肉を分けてくれた」

「旨そうだな。でも、やっぱり遠慮しておくよ」

「見るだけ見て行ってよ。ここ一〇年じゃ最高の部類だ」

専用冷蔵庫に向かった木口は、白いサラシを巻いた肉を調理台に載せた。その後、丁寧にサラシを外し、肉の塊を愛《め》でた。田川は渋々あとについていった。

「どうよ、このツヤ」

木口が感嘆の声をあげた。赤い肉の間に微小なサシがびっしりと入っていた。田川は吸い込まれるように肉を見た。自然と口の中に唾が湧いた。

「ここはね、リブロースからサーロインのあたりだ」

田川は肉の塊に規則正しい瘤《こぶ》があるのを見つけた。木口が頷いている。

「大概の肉屋は業者に頼んで骨を外して仕入れるけど、ウチは違うよ」

木口によれば、牛肉は熟成が必要だという。屠畜した直後は甘み成分が優勢だが、これは一週間前後でピークを迎える。その後、二週間から一カ月程度で、今度は旨味成分であるアミノ酸が増え、牛肉独特の風味が増すと木口は力説した。

「そういえば、今日訪ねた焼肉屋も同じようなことを言ってたな」

田川は東麻布の焼肉屋「巴」のポスターを思い起こした。

『当店は信頼の一頭買い＝骨付き状態で肉を熟成させています』

「骨付き肉は加工に手間がかかるから、最近はやらない店が多い。でもプロが手間を惜しんじゃだめなんだ」

木口は刃渡りの長い包丁と鉄の鑢棒《やすりぼう》を取り出した。

「ちょっとお疲れのようだから、特別サービスで一切れ、刺身をあげるよ」

木口がテンポ良く包丁と鑢棒を重ね合わせると、小さな火花が飛んだ。

「悪いね」

木口が鑢棒をラックに戻した。

「一本だけあばら骨を外すから。ちょっと待ってよ」

木口は左手で肉の塊、骨の辺りを触って刃渡りの長い包丁を持ち替えた。直後、田川は持っていた鞄《かばん》を精肉店のフロアに落とした。

「おい、木口さん！」

田川はもう一度、木口を見た。

「これだったんだ！」

木口の手元を見つめたまま、田川は立ちすくんだ。

7

滝沢が夕刊に目を通していると、ドアをノックする音が響いた。目を向けると、ふて腐れた信友が立っていた。

「ここに座れ」

「室長、これから店舗企画の打ち合わせがあるんです」

「大事な用件だ。とにかく座れ」

「俺がプレゼンするから、遅れると立場がないんだけど」

「いいから座れ！」

自分でも驚くほど滝沢は声を張り上げた。

デスクのファイルを取り上げ、信友の対面に座った。信友が探るような目付きで見ている。滝沢は二年前の新聞記事を取り出し、応接テーブルに置いた。

「刑事が来たのはこの一件だな？」

「なんのこと？」

信友の顔が徐々に強張っていく。図星だ。考えたくなかったが、現実は悪い予想の通りになりつつある。

「楠見さんから話を聞いたあと、俺のルートで調べた」

「そんなこと、関係ないよ」

「とぼけるな」

滝沢は、信友の目を凝視した。信友はすぐに視線を外し、天井に目を向けた。

「西野を紹介したのは、仙台の八田社長だったよな。俺もおまえと一緒に名刺交換した」

信友は滝沢の肩越しに窓を見つめていた。子供の頃と一緒だった。

多忙な父親の関心を引くため、文具店で万引きを繰り返した。犯行が見つかり、店舗裏の事務所で店長に説教されていたときと同じだった。

「事件発生当初、警察は強盗殺人だと判断した。不良外国人を追ったが、犯人は浮かび上がらなかった」

信友の両肩が小刻みに震え始めた。滝沢は睨み続けた。静まり返った役員室で、二人の間に重苦しい空気が沈殿し始めた。

「俺なりに全容を掴んだ。詳しい経緯を話せ。万全の備えでおまえを守ってやる」

滝沢は信友の両肩を掴んだ。細かな震動が伝わってきた。この震えを抑え込まなければ、信友、そしてオックスマートは跡形もなく消えてしまう。滝沢は腕に力を込めた。信友が頭を垂れた。

「ずっと怖かった」

信友が小声で言った。滝沢が思い描いた最悪の構図が、すべて現実のものとなった瞬間だった。

「なぜ俺に相談しなかった?」

「オヤジに筒抜けになる」

「あのときの万引きとはわけが違うぞ」

滝沢が言った直後、強張っていた信友の肩の力が抜けた。滝沢は両手を離した。

「BSEの牛はどういう経緯で見つかった?」

「増渕のおじさんから電話をもらったんだ。震える牛が出たって」

信友が放心したように言った。視線が天井を彷徨《さまよ》っている。

滝沢はなんども頷いてみせた。信友の口から直接経緯を聞き出し、対策を練らねばならない。ようやく開いた信友の堅い心の殻を閉じさせるわけにはいかなかった。

「わずかに、ほんの少し震えていただけなんだ」

「いったいどんな話をしたんだ?」

「増渕のおじさんは、万が一陽性だったときのために、真っ先に連絡をくれたんだ」

「いつだ?」

「多分、二年前の八月末だったと思う」

「おまえはどうした?」

「待ってほしい、そう言った」

滝沢が問い質《ただ》すうち、信友の両肩がみるみるうちに落ち込んでいった。

「月齢の進んだ牛なら、老衰で震えたのかもしれない。ヘタレ牛はどこの農場にもいる。それに種牛だったんだろう?」

「いや、おじさんがずっと飼っていた牝牛だった。愛着のある牛だったって」

「しかし、あの牧場ならそんな婆《ばあ》さん牛は絶対に出荷しないし、さっさと始末すれば問題はなかったはずだ」

「赤間が最初に見つけた。だから問題なんだよ」

信友が一段と声を震わせた。

「赤間がおじさんに迫った。日本のＢＳＥが終息する最後のケースになるかもしれない。経過を観察して公表すべきだって。赤間は絶対に譲らなかった」

滝沢は唾を飲み込んだ。

「俺は、獣医師の言うことなんか聞く必要はないって伝えた」

「なぜだ」

「俺たちは商売をやってる。バカな消費者が、無知なマスコミが騒ぎ出すからに決まっているじゃないか」

「なら、どうして俺に相談しなかった」

「言ったじゃないか、オヤジに筒抜けになるからだ」

「しかし、そうは言っても」

滝沢が言いかけた途端、信友が立ち上がった。

「ガソリン高騰で客足が落ちていたときだった。こんな話をオヤジに聞かれたら、また無能扱いされるじゃないか」

信友の両目が真っ赤に充血している。

「俺だって、一人前の仕事ができるんだ。お膳立てされた仕事じゃなくても、一人で解決できたんだ」

張りつめた糸が切れたように、信友はソファの背に体を預けた。

「そこで西野に牛を運ばせたわけだな。なぜあいつに頼んだ?」

「東麻布の『巴』だよ」

「会員制のあの店か?」

「あの店を作ったとき、西野が近づいてきた。大久保の絶品キムチやナムルを紹介するからって」

滝沢は頭を振った。ヤクザ者が獲物に近づく典型的な手口だ。優しいとみせかけ、あくまでも善人の顔を装うやり口だ。手下のチンピラを店に寄越して大暴れさせたあと、なに食わぬ顔で、トラブルを解決してやるという手口と同じだ。店に集う若手の経営者や芸能人に近づき、シノギのネタを探していたのかもしれなかった。

「それから、西野とはどうした?」

「『巴』や財産管理会社の相談をした」

滝沢は唇を嚙み締めた。「巴」と管理会社は完全なる個人経営の企業だ。実態はペーパーカンパニーに近い。オックスマートの全てに目を配っていたが、柏木家の財産はノーマークだった。

西野は、言葉巧みに信友との距離を縮め、旨味を吸い取る機会をうかがっていた。

「それで牛の始末を頼んだのか?」

「あぁ。赤間が八月末に最初のデータを採ったあと、夜中にこっそり運ばせた」

滝沢は天井を見上げた。

自分が信友の立場でも、同じ措置をとったかもしれない。学術的なデータよりも商売が優先だ。震えが出た牛はBSEと断定されたわけではない。老衰による震えがそれらしく見えただけかもしれない。細かなケースまで追っていたら、畜産家とて商売にならない。表沙汰にならなければ、誰にも迷惑をかけることはない。だが、そこに誤算があった。西野の本性を、マル暴の人間の実態を甘くみていた点だ。

「あとになって、西野が強請ってくるとは思わなかった」

テーブルの上に視線を泳がせたまま、信友が言った。滝沢は唇を嚙んだ。せめて強請りがあった時点で相談を受けていたら打つ手はあった。強欲な出入り業者、ましてヤクザ者の扱いなど信友ができるはずもない。

「赤間もおまえを強請ったのか?」

信友が力なく頭を振った。

「九月中旬頃、赤間が突然追加のデータを採りにきた。そのとき、牛がいなくなったと騒ぎ出した。この一件を発表する、検査途中のデータでも公表するとわめいたんだ」

ヤクザ者の業者、生真面目な獣医師が信友を追い込んだ。会社と自らのプライドを守ろうと、信友はパニック状態に陥ったのだろう。

「赤間にはこう伝えた。BSEについて、オックスマートが責任を持って世間に経過説明するって。だから、増渕のおじさんを通じて偽のメッセージを伝え、赤間をおびき出した。店は予《あらかじ》め、俺が予約しておいた」

「なぜ中野の居酒屋を選んだ?」

「『巴』に来たタレントと一緒に行ったことがあったんだ。連中がお忍びで行く人目につかない場所だからって。計画を実行しても目立たないと思った」

滝沢は頭を振った。稚拙だ。そしてあまりにも幼稚な計画だった。

「それに、以前西野から八田社長の製品が『倉田や』に入っているって聞かされた。もちろん、あんな混ぜ物は食べなかったけど、西野をおびき出すのにも好都合だった」

蛇蝎《だかつ》のごとく嫌う名前に接し、滝沢は思わず顔をしかめた。

「西野はどうやって?」

「口止め料として一億払う、そう言って呼び出した」

一億円という金額を聞いた瞬間、滝沢は全身の血液が脳天に逆流する感覚に襲われた。稚拙な計画と身勝手な犯行動機。しかも、未然に防げたはずのトラブルを聞かされたあとで、安易に高額の口止め料を聞かされた。立ち上がった滝沢は信友を見下ろした。

「オックスマートの店舗が一億円稼ぎ出すのに、どれだけの商品を売らなきゃいけないか知ってるのか?」

「そんなこと言われても……」

「生鮮食品や洗剤の利幅を知っているのか? おまえのやったことは、軽々しく一億、二億って金額で量れるもんじゃないんだぞ」

滝沢は信友の頰を力一杯張った。信友をこんな形になるまで甘やかしてしまったのは自分の責任だ。オックスマートを守るという名目で、四〇を間近にした男を一人前に育て上げることができなかった。

「おまえは不運だった……だがな、商売はそんなに軽いもんじゃないんだ。なぜもっと早く……」

振り上げた拳を握り締め、滝沢はテーブルに叩《たた》き付けた。

「だってさ……」

両手で顔を覆った信友が低い声で呻《うめ》いた。信友の姉、真貴子が殺されたときと同じだった。滝沢は両手で髪を掻《か》きむしった。

「俺がおまえとオックスマートを守り切る。すべて俺に話すんだ」

滝沢は両手で信友の肩を摑み、細い体を揺らした。

「凶器はどうした?」

「事件の一週間後、八丈島の近くまでクルーズしたとき、外洋のど真ん中で捨てた。データが詰まった赤間のパソコン、ショルダーバッグも、財布も携帯も全部」

信友は消え入るような声で言った。

「これから言うことを即座に実行に移すんだ」

滝沢は立ち上がり、執務机に置いていた書類を信友に差し出した。

8

田川が麴町の分室に取って返したときは既に午後八時半になっていた。分室の小さな事務机に宮田と池本が待機していた。

「田川、本当に分かったのか？」

「全て分かりました！」

「それで、なにが分かったんですか？」

Nでの車両検索を中断させられ、無理矢理宮田に連れてこられたのだろう。池本は、事情が分からず、首を傾《かし》げていた。

「ここにある。今、最大の謎を見せてやるよ」

田川は携帯電話の動画再生ボタンを押した。小さな液晶モニターの中に肉の塊が映った。

〈そうだ、普段通り骨を外してみて〉

〈こんなもの撮って、どうするんだい？〉

不服そうな木口の声が響いたあと、画面が切り替わった。今まで肉の塊を捉えていたカメラは、白衣の手元をクローズアップした。

〈そのまま作業続けて、いつものようにだ〉

「あっ！」

画面を睨んでいた池本が素っ頓狂な声をあげた。

「これか」

宮田が唸《うな》った。三人の男の眼前に骨スキ包丁の尖《とが》った刃先と木口精肉店の主人の右手が映った。小指の先、握り拳の下方向から包丁の鋭い刃が突き出ていた。

「リバース・グリップ、ひたすら追いかけていた逆手持ちです」

息を呑《の》む二人に田川は興奮した口調で告げた。田川の掌の中で画像は動き続けた。

〈どうしてこんな持ち方するの？〉

〈骨を外すんだ。力を込めるにはこの持ち方しかないからね〉

〈精肉店はみなこの方法で？〉

〈さっきも言ったじゃない。今は精肉工場に加工を任せる業者が多いって〉

〈一頭買いをするような店では、この握りをする人がいるわけ？〉

〈そりゃそうだよ。こうしなきゃ、骨が外れない。基礎中の基礎だ〉

田川は机の上の捜査資料をめくった。

「柏木信友はオックスマートに入社したあと、精肉部門で修業しています。東麻布の『巴』でも、時間があれば仕込みをやっています。なにも軍隊や自衛隊の特殊部隊経験者でなくとも、逆手持ちを日常的に使う立場にいたのです」

「三名の追加専従をつける。徹底的に洗え。信友の行動確認《コウカク》も始めろ」

宮田の指示を受け、池本が机の上の警察電話《ケイデン》の受話器を取った。

「課長、一つお願いがあります。オックスマートはある出入り業者に今回の柏木信友の一件で強請られています」

田川は、鶴田記者と元ミートステーションの小松から得た話を伝えた。宮田の顔がみるみるうちに険しくなった。

「オックスマートは首都圏で小型店舗を増やす方針です。ミートステーション製の肉製品や惣菜《そうざい》が拡散する恐れがあります。見逃してしまえば、後々被害者が増えてしまいます」

「東北で通用したやり方かもしれんが、警視庁《ウチ》の管内では許さない。警視庁の威信にかけてもパクってやるよ」

宮田は手帳を取り出すと、要点を書き出した。

「田川は柏木信友をパクることだけに専念しろ。ミートなんとかの件は、生活安全《セイアン》部の生活環境課につなぐ。奴ら、最近事件らしい事件がなかったからな、絶対に飛びつくぞ。この件も漏らすな。矢島からオックスにネタが染み出したら証拠隠滅される」

「ありがとうございます」

「くれぐれも秘密保持《ホヒ》には気を配れ。相手は普通の人間じゃない。日本一のスーパーの御曹司であり、現役大臣の甥《おい》だ」

宮田は出口に向かった。携帯電話を取り出し、せわしなくメモリを探していた。その後、手で口元を覆いながら、宮田が小声で話し始めた。上層部への極秘の根回しは一任すればいい。田川は資料の積まれた事務机に向かった。

第八章　破裂

1

宮田と入れ違いで第三強行犯係の中堅巡査部長三名が分室に集結した。田川は臨時指揮官として池本と三名の役割分担を決めた。

一つ目は、引き続きベンツのEクラスクーペの足取りをNシステムの膨大な履歴の中から検索することだった。田川は合流したうちの二名をこの作業に充てた。二人の捜査員はすぐさま本部に取って返した。

二つ目は、池本と残りの一名が担った。田川は二人に西野の携帯履歴を精緻にトレースするよう指示した。

「倉田や」で西野が殺害される前の三カ月間を中心に、携帯電波がキャッチされた地点を根気強くピックアップするためだった。

一定の行動パターンを把握できれば、R高原から運んだ牛の遺棄場所が摑《つか》めるというのが田川の読みだった。近い将来、柏木信友の身柄を確保した際、『逆手持ち』という動かぬ証拠とともに、遺棄された牛の骨やDNAを物的証拠の一つとする。

四名が持ち場に散ったあと、田川は蛇腹メモを広げた。捜査で出会った様々な人物の顔が頭に浮かんだ。薄暗い天井に向け、あと少しだと田川は呟《つぶや》いた。

時計をみると既に午前二時半になっていた。双方の解析作業に時間がかかることは承知していたが、一刻も早く柏木信友に触るきっかけを摑みたかった。

田川がもう一度蛇腹メモに目をやったとき、デスクに置いた携帯電話が震えた。

〈夜分にすみません、鶴田です。今、よろしいですか?〉

「構いませんよ」

勝気な記者の声が心なしか上ずっていた。田川は平静を装い、鶴田の出方を待った。

〈日本実業新聞電子版にオックスマートの人事ネタが載っています〉

携帯端末を握る手に力がこもった。だが、田川は隙だらけの声をあげた。

「どんな記事でしょうか?」

〈柏木信友が中国担当総本部長として近く赴任するそうです〉

思わず唾を飲み込んだ。オックスマートは捜査の手が及ばない外国に信友を逃がそうとしている。矢島からネタが漏れたのか。楠見が独自に調べ上げたのか。田川は懸命に平静を装った。

「なぜそのような話を私に?」

〈編集部にいらしたとき、彼のことを尋ねたじゃないですか〉

「そうでしたね。でもね、考え過ぎですよ。ある事件捜査の裏付けの一環でしてね」

電話を切った田川は、即座に池本の携帯を鳴らした。鶴田からもたらされた情報を伝えると、池本が反応した。

〈今、本部のパソコンで読んでみます……ちょっと待ってくださいよ〉

電話口で三〇秒ほど待たされた。

〈たしかに載っています。『成長市場の中国を統括するため、近く赴任する。新興市場を重要視するオックスマートは、次期トップ就任の観測が根強い柏木信友氏を派遣することを決めた』とあります〉

田川は電話を切り、すぐに宮田のメモリを押した。田川が記事に触れると、宮田の声が高くなった。

〈すぐに行動確認班《コウカク》を投入する〉

なんとしてでも水際で身柄をおさえ、任意同行で引っ張らねばならない。出国されてはやっかいだ。中国との間では、重要参考人や犯人の相互引き渡し条約がない。田川が唇を噛《か》んだときだった。分室の廊下を走る足音が響き、ドアがいきなり開いた。

「出ました!」

Nシステムを照会していた巡査部長だった。巡査部長は茶封筒からA4サイズに引き延ばした写真を一〇枚程度撮り出し、デスクに広げた。

「事前にいただいていた写真と、ここに写っている人物はばっちり一致します」

巡査部長は興奮した口調で写真を一枚いちまい指した。

「場所はどこだ?」

「殺しの翌日の午後、東北道下りの仙台宮城インター付近、それに仙台市内の国道四八号線、通称・仙台西道路です。その他、東北道の上下線各所を通過しています」

田川は写真に目を向けた。サングラスをかけているが、Ｅクラスクーペのステアリングを握っていたのは、紛れもなく柏木信友だった。鑑識課が持つ特殊な解析ソフトを用いて画像の解析度を上げれば、十分公判に証拠提出できる。

Ｎ写真に目を凝らしたとき、携帯が震えた。モニターに池本の名が表示された。

〈携帯会社からデータが届きました。生前の西野は北関東の採石場跡地に行っていますね〉

「機動鑑識班に出動してもらう」

田川はせわしなく上司の番号を呼び出した。田川はＮの履歴がヒットしたこと、牛の遺棄場所が特定目前にあることを告げた上で、切り出した。

「飛ばれる前に触りますよ。朝一で奴《ヤサ》の自宅前で任意同行《ニンドウ》かけます」

〈大丈夫か？〉

「もちろんです。本部に引っ張ったら、すぐに自供《うた》わせます」

〈落とせるか？　一発勝負だ〉

「本職にアイディアがあります。絶対に一回で決めますよ」

田川は蛇腹メモに目をやった。宮田に負けない突きネタが手元にある。田川が手帳を閉じたとき、目の前の警電が鳴った。

〈立原だ。出たよ〉

「どこだった？」

〈六本木だ。俳優座裏手の駐車場で所轄の警ら係が見つけていた。車種はカローラワゴン〉

「そうか」

〈ちなみに盗まれたのは九月一五日の午前中、西荻窪《にしおぎくぼ》の駅前だ。持ち主がエンジンをかけたまま

ドラッグストアに行った五分の間にやられた〉

「西荻ってことは愛人《イロ》の自宅《ヤサ》の近くだ」

〈詳しいことはわからんが、今、鑑識を回した。指紋取ってもらう。同時に駐車場の防犯カメラも押さえておく〉

「助かったよ。全部終わったあとで礼をするから」

〈お互いさまだ〉

受話器を置いた田川は拳を握り締めた。突きネタがもう一つ増えた。これで柏木信友に言い逃れの余地はなくなる。

2

田川に電話したあと、鶴田は自宅マンションで後追いの記事を書き、編集部の遅番デスクに送稿した。直後、滝沢の携帯を鳴らした。

「スーパー事業本部長の件、どうしてこの時期に？」

〈俺は人事にはタッチしていない〉

「冗談言わないで。実務はすべて滝沢さんが取り仕切っているじゃないですか。取締役会にも諮らず、取締役がいきなり中国に赴任するなんて、おかしいですよ」

〈今の段階では単なる出張扱いにすぎない。個別の出張までは役員会マターじゃない〉

「ずるずる滞在日程を延ばし、その間に取締役会で議案を通せばそれまでです。こんな時期になにがあったんですか？」

〈記事の通り読んでくれればいい。中国を統括する人材が必要になっただけのことだ〉

「元々国内市場に見切りを付けていたことは知っています。全国の商店街をシャッター街に変えたあげく、ＳＣという巨大な廃墟《はいきょ》を作って今度は中国に行って同じことをやる」

〈人聞きの悪いことを言わんでくれ。ウチだって商売だ。採算の合わないことから手を引くだけだ〉

「表向きはなんとでも言えます。でも、本当は警察の手が御曹司《ジュニア》に迫っているから海外に逃がす、そうなんでしょ？」

〈いくらウチが嫌いだからって、考えが飛躍しすぎだ〉

「あくまでもとぼけるわけですね。ならばこちらにも考えがあります」

〈念を押しておくが、絶対に他意はない〉

「嘘《うそ》です。ミートステーションの一件、第一弾の記事を流しますよ」

〈それとこれとは話が別だ。ちょっと待ってくれ〉

「編集権は私にあります。夜分に失礼しました」

　鶴田は一方的に電話を切った。パソコンの画面をワープロ画面に切り替えた直後、ダイニングテーブルに置いた電話がなんども震えた。電源を落とし、鶴田はキーボードを睨《にら》んだ。

『デフレのあだ花、オックスマートの加工品に重大偽装疑惑＝捜査当局も重大関心』

　ワープロ画面の最初の行に、刺激の強い見出しを据えた。記事のリードには、マジックブレンダーと得体の知れないポリバケツの写真を貼り付けた。

　告発記事のキモは、インパクトだ。くどくどと説明の文面を連ねるよりも、読者の心に突き刺さる証拠をぶつけ、関心を惹《ひ》き付けねばならない。

多分にセンセーショナルな見出しとリードだと思ったが、オックスマートとミートステーションの悪事で社会にいかがわしい食品をこれ以上広げてはならない。そのためには、多くの読者に記事を届ける必要がある。

日本全国を焼き尽くしたビジネスモデルを、オックスマートは今後中国で展開する。

その際、ミートステーションの機械は抜群の働きをする。日本の消費者、そして中国の顧客を欺くため、オックスマートは越えてはならない一線を越えた。

取材ノートと小松から提供されたマジックブレンダーの資料を横目に、鶴田は黙々とキーボードを叩《たた》き続けた。

3

午前四時半すぎだった。採石場跡地の現場がほぼ特定できたとの連絡を受けた。田川はNシステムの履歴を担当していた二名の巡査部長に対し、現場に合流するよう指示した。

その後、本部から池本が分室に合流した。池本は息をつく間もなく、愛宕《あたご》の高級マンション前で待機中の行動確認班と連絡を取り始めた。

田川が段取りメモに目を向けていると、突然携帯電話が震えた。鶴田だった。

〈今回のオックスマートの人事、絶対に裏があります〉

「私は継続捜査班の窓際族です。企業系のネタは捜査二課が担当ですよ」

〈田川さんまでとぼけないで。ジュニアのなにを調べているの？〉

「参考程度に評判を尋ねただけです。思い込みは記者の悪い癖だ」

〈情報を明かせないという事情は分かりました。ただ、私の取材では、柏木信友氏を軸になにかが動いています〉

「お話しできるような情報を持ち合わせていない。ただし、例の食肉加工機械の一件、近く関係部署が動き出す気配があると聞きました。これでよろしいですか」

田川は電話を切った。時計をみると、既に午前五時近くになっていた。

「そろそろ行確班に合流しましょう」

池本に促され、田川は一階の駐車場に向かった。プリメーラの助手席に乗り込むと、現場班の無線が耳に飛び込んできた。池本は無言でプリメーラを発進させた。

「粛々とやるぞ」

田川はそう言ったあと、目を閉じた。

柏木信友を任意同行したあとは、二、三日は眠る間などなくなってしまう。田川は車の揺れに身をまかせた。

信号待ちでなんどか停車した以外は、プリメーラは順調に走り続けた。徐々に遠のいていく意識の中で、柏木信友にどう声をかけるか、田川はそればかり考えていた。

助手席の扉に体を預けて微睡《まどろ》んでいると、サイドブレーキを引く音が聞こえた。目を開けると、田川は周囲を見回した。地下鉄神谷町駅近くの高層商業ビル群の隣に高級タワーマンションが見えた。

「ここだな」

「家賃一三〇万円の５ＬＤＫ、二五階が住まいです。他の面子《メンツ》は正面と裏の玄関脇、駐車場出口付近に待機しています。奴が出てきたところをやります」

時計を見た。午前五時二〇分だった。様子が変わったら起こせと頼んだあと、田川は目を閉じた。

柏木信友は今日のうちに中国に発《た》ってしまうのか。間近にいながら、姿が見えない。田川は焦《じ》れた。目を閉じたものの、とても熟睡できる状況にはなかった。

「田川さん」

池本が小声で言った。目を開けると、プリメーラの二〇メートルほど先に黒塗りのレクサスがハザードランプを灯《とも》して停車した。

「オックスマート総務部の車両、迎えです」

田川はシートベルトを外した。ダッシュボード脇の無線機からは、ひっきりなしに捜査員たちの声が聞こえた。

〈エレベーターが一基、降下中です〉

マンションの反対側、ワゴンタイプの捜査車両からロビーを監視していた捜査員の声が響いた。

顔をあげると、レクサスのドアが開き、背広姿の男が降り立った。

「来るぞ」

田川は助手席のドアを半開きにした。

〈エレベーター到着、トランクを持った男が一人出てきます〉

ドアを開けた田川は、プリメーラから降り、歩道に足を向けた。背後から池本が続いた。池本は耳に挿したイヤホンの音に神経を集中させている。

「本人です」

「玄関を出たところで囲め。あとは俺が触る」

田川が胸元のマイクで捜査員に指示を飛ばした直後だった。エントランスの大きなガラス戸が開いた。柏木信友本人に間違いなかった。植え込みの陰に隠れていた二名の若手捜査員が左右から足早に歩み寄った。歩道を駆けた田川と池本は、二名の若手捜査員とともに信友の周囲に人垣を作った。

「おはようございます、柏木さん」

唐突に集まった背広の集団に驚き、柏木信友が立ち止まった。

「以前本社においでになった警視庁の方ですね？」

「朝早くから申し訳ありません。お話があります」

「あいにくですが、これから成田に行かねばなりません」

「中国にご出張ですね？」

「どうしてご存知なのですか」

「調べるのが仕事でしてね。しかし、その前に警視庁本部にお立ち寄りください」

信友は露骨に顔をしかめた。田川は池本に目配せした。池本は携えていた封筒を差し出した。

田川は封筒からN写真を取り出し、信友に突きつけた。

「この写真について、お話を聞かなければなりません」

「どこで撮った写真ですか？」

「二年前、中野の居酒屋『倉田や』で獣医師の赤間氏、産廃処理業者の西野氏が殺されました。翌日午後、宮城県仙台市であなたを撮影したものです。この事件について、重要参考人としてお話をうかがいますので、ご同行を」

「しかし、フライトの時間がありますので」

「出張は延期してください。とにかく、我々の車両にお乗りください」

努めて丁重に、しかし、有無を言わさない強い口調で田川は告げた。信友は背広から携帯電話を取り出した。

「一本、電話をかけます」

信友は話し始めた。口元を掌で覆っているが、「室長」、「楠見」という言葉が聞こえた。通話を終えた信友は、田川を見た。

「顧問弁護士が警視庁に向かいます」

「どうぞご自由に。それでは我々の車両にお乗りください」

田川はプリメーラに信友を誘導した。後部ドアを開け、信友を真ん中の席に座らせると、田川は左側に、若手捜査員が右側に座った。

「出せ」

田川の指示に池本が頷《うなず》いた。田川は信友に顔を向けた。

「あがいても無駄ですよ。全て分かっていますから」

「なんのことか知らないし、関わりもない」

「全て分かっているんだ。それより、朝飯はどうしました？」

「家内の作ったご飯と煮物、味噌汁《みそしる》を摂《と》ってきましたが、それがなにか？」

「それでいい。当分、奥さんの手料理は食べられなくなる」

そう言ったきり、狭い後部座席で田川は目を閉じた。

4

滝沢が自室に到着すると、広報部長と次長、総務部長が顔を突き合わせていた。

「状況は?」

「顧問の斉藤《さいとう》弁護士と楠見さんが警視庁に向かっています」

「任意同行で強制力はないんだよな?」

「楠見さんによれば、捜査一課の理事官が直々に弁護士と話をしているようで、のらりくらりとかわされ続けているとか」

過去に何度か不祥事で社員から逮捕者が出た。ただ、支店経理担当者の横領や運搬担当者の過積載など軽微なものばかりだった。しかし、今回は事の重大さが違う。対応を誤れば、オックスマート本体の生き死にに直結してしまう。

「斉藤先生のほかにも、刑事事件に強い腕っこきの弁護士を二、三人手配しろ。あとは、友次先生と大至急連絡を取れ。与党内のルートで国家公安委員長に口を利いてもらうんだ」

早口で総務部長に指示すると、滝沢の視界の隅に広報部長が入った。日頃、対メディアで強気な広報部長が泣き出しそうな顔で滝沢を見ている。

「室長、我々もパニックです。一般紙やテレビからの問い合わせが殺到しております」

『Biz.Today』のロゴが入った記事を手に、広報部長が声を震わせた。

「事実関係を調査中、そう言ってつないでおけ」

「それではインパクトが弱いかと。お客様センターにも続々とクレームが入り始めています。どの程度持ち堪《こた》えられるか自信がありません」

「こんなときのために外部のＰＲ会社を雇っているんだ。奴らに知恵を出させろ」

滝沢は一同を見渡した。全員が浮き足立っていた。

「よく聞けよ、プライオリティは事業本部長の方が上だ。まずは彼を無傷で警視庁から取り戻す」

総務部長がなんども頷いた。広報部長は本当に泣き出しそうだった。

「ミートステーションには囮《おとり》になってもらう。我々は八田社長のいい加減な商売に騙《だま》された、あくまで被害者だったと弁明するスタンスでいく。関係書類は今のうちに全部破棄しろ。囮にマスコミの注意を集中させておくんだ」

「では、大手紙やテレビの論説クラスに説明を？」

「俺からもミートステーションの悪辣《あくらつ》な手口について因果を含めておく。こういうときのために、マスコミの連中を接待漬けにして、湯水のように広告費を払っているんだ」

矢継ぎ早に指示を出した滝沢に対し、二人の部長は必死でメモを取っていた。

「八田社長に対しては、俺から直接話をしておく」

柏木会長に対し、信友を中国に逃がすと告げた。同時に、ミートステーションの新機種購入を即決させた。万が一、信友の身柄が拘束された際は意図的にマスコミにミートステーションの一件をリークする。もちろん、事実をねじ曲げる。

八田から導入を迫られていた間、複数の出入りの加工業者を使ってミートステーションの評判を調べた。私立探偵を使って、工場で訓示する八田の姿も隠し撮りさせておいた。オックスマートが導入に踏み切る際、内部監査でミートステーションの不正が表面化したので、消費者に商品が届く前に情報開示に踏み切ったと偽るためだ。

「大手マスコミの部長クラスから連絡が入ったら、即座に知らせろ」

滝沢がそう言ったとき、背広の中の携帯電話が震えた。モニターに馴染《なじ》みのある番号が表示された。滝沢は一同を見渡し、口元に人差し指を立てた。

「事業本部長の様子は分かりますか？」

〈別件で連絡した〉

「別件とは？」

〈ミートステーションの一件で、担当部署が動き出した〉

「そんな……あの記事は未明に配信されたばかりですよ」

〈以前から関心を持たれていたということだ〉

そう言ったきり、電話は一方的に切れた。

「誰ですか？」

総務部長が身を乗り出した。

「協力者だ。ミートステーションの一件で警察が動き出した」

「強制捜査が入るという意味でしょうか？」

「分からん」

滝沢が答えた直後、ノックもなしに滝沢の個室のドアが開いた。早朝出勤を頼んでおいた中年の女性秘書だった。

「一階通用口に警視庁の刑事が多数集結したそうです。守衛から報告が入りました。生活安全部生活環境課だそうです」

部署名を聞いた途端、滝沢は目眩《めまい》を覚えた。揺らぐ視界の中に鶴田の顔が浮かんだ。

〈本当は警察の手がジュニアに迫っているから海外に逃がす、そうなんでしょ〉

鶴田が警視庁と手を握っているのか。ミートステーションの一件、それに信友が起こした事件について、鶴田はどこまで知っているのか。ミートステーションを囮に使うと事前に決めていたものの、想像していたよりも、あまりにも周囲の出来事の進行が速い。

「室長！」

秘書の声で我に返った滝沢は、頭を強く振って立ち上がった。

通用口で群れを成しているのは、食品の衛生問題を担当する保健衛生係の捜査員に違いなかった。

滝沢は総務部長の肩を摑んで立ち上がらせた。捜査一課の対応は弁護士たちに任せる。足元に迫った危機は、もはや走りながら考えるしかない。

「間違いなく強制捜査だ。おまえも一緒に来い」

滝沢は自室を飛び出した。エレベーターに向かう間、総務部長の荒い息を聞きながら、もう一度考えを巡らせた。

一日の間に、次期トップが捜査一課に身柄を取られ、会社そのものが生活安全部の捜索を受ける。最悪のシナリオを用意していたが、実際にそれが実現するとは考えていなかった。呪われているとしか思えなかった。

「会社はどうなるんでしょうか？」

エレベーターに乗り込んだ途端、総務部長が口を開いた。

「さっきも言っただろう。ひとまずはミートステーションを囮にして凌《しの》ぐ。その間、信友は必ず取り戻してみせる」

「それは室長にお任せしますが、ミートステーションのことで南東北の店舗の内情を突っつかれたら、ウチだって相当叩かれますよ。逮捕者が出たりでもしたら、株価にも響きます」

地階にエレベーターが到着したあと、滝沢は顎《あご》を引き、息を吸い込んだ。

「情報は取れている。落ち着いて対応するんだ」

滝沢は自らに言い聞かせるように言った。だが、右の拳が小刻みに震え続けていた。掌の中で、もう一度携帯が揺れた。忌々しい名前がモニターに現れた。八田だ。

〈あんたなにをやらかした？　俺を売ったのか？〉

「ウチだって家宅捜索を受けている。言いがかりはやめてくれ」

〈ジュニアの件を隠すために、俺を人身御供《ひとみごくう》にするのか？〉

「それは誤解だ。うちだって血を流す」

〈いいや、違う。警視庁の人間がわざわざ仙台まで乗り込んでくるなんて、絶対あんたの差し金だ〉

「勝手なこと言わんでくれ。お互い様じゃないか。今はお宅を守る余裕がない」

〈警視庁に全部話すからな。そもそも刑事が仙台に来たとき、県警を動かしてあんたらを助けたのは俺だぞ〉

「勝手にしろ」

滝沢は一方的に電話を切った。八田が全てを話すと言っても、あの機械の詳細が漏れた以上、もはやミートステーションの商売は成り立たなくなる。

デフレ社会を隠れ蓑《みの》に、万人が口にする食品を汚したのだ。誰一人として八田の言い分に耳を貸すはずがない。人の不幸に乗じて旨味《うまみ》を吸おうとしたのが八田だ。この際、生贄《いけにえ》として警察に食われてしまえばいい。

「今の電話はミートステーションでしたか？」

「これで政商も終わりだ。ウチの分も膿《うみ》を持っていってもらう」

自社への家宅捜索を乗り切れば、まだオックスマートを救う術《すべ》はある。

「警察、マスコミともに、対応はとにかく低姿勢で行け」

傍らの総務部長に滝沢は強い口調で指示した。

5

防音加工が施されたマジックミラー越しに、田川はその部屋を見た。取り調べの全面可視化に備え、ビデオカメラ五台が設置された新型の特別室だ。本部に一〇〇近くある中でも格段にハイテク化された部屋を見ながら、宮田が腕組みしている。

窓のない部屋で、柏木信友は肩をすぼめて事務机の前に座っている。記録席には池本が着いた。池本の手元には、信友を追い詰める各種資料や証拠物が備えられていた。

「本当に一回で大丈夫か？」

「決め手はビデオです。しっかり録画してください。それから、村上冴子こと安部早苗もいつでも引っ張れるように準備してください」

田川は監視部屋を出た。

今まで何度も取調室に赴いた。今回の事件は最大級の案件だった。しかも、たった一回で全面自供に持ち込まねばならなかった。

監視部屋を後にした。取調室の前に立ち、ドアノブを見た。その瞬間、首筋から背中にかけて生暖かい風が吹き下ろしたような感覚にとらわれた。田川は思わず振り返った。

照明の乏しい廊下には誰もいない。普段ならばこの廊下は湿った冷たい空気が淀《よど》んでいる。あの風は、R高原を歩き回ったときの感覚に似ていた。丘を通り抜ける風は、否応《いやおう》なしに田川から体力を奪った。

警視庁の二階に高原の風が吹き付けるはずなどない。両目をつぶり、田川は両手で頬を張った。瞼《まぶた》の裏に朴訥《ぼくとつ》とした表情の赤間が現れたような気がした。生前の赤間に会ったことはないが、突然暗闇に現れた獣医師は、はにかんだ顔で笑っていた。

もう一度、頬を張った。やはり、周囲には誰もいない。不格好に膨らんだ左胸に右手を添えた。赤間が命を奪われる正当な理由などない。信友とオックスマートを強請《ゆす》った西野にしても、個人と組織のエゴの前では、命乞いする暇も与えられなかった。

安物の服地を通して、分厚い手帳が脈打ったように感じた。

赤間家の人々や川津香、そして西野の年老いた母の無念の思いが手帳には刻まれている。田川はドアノブに目をやり、大きく深呼吸して取調室のドアを開けた。

素顔の柏木信友はどんな人物か。取調室という非日常の環境に置かれた御曹司はどんな反応を見せるのか。机の反対側に視線を向けた。田川の姿を一瞥《いちべつ》すると、信友が目を合わせてきた。だが、すぐに下を向き、目を逸らした。

長年の経験に照らせば、今の反応は絶対にクロだ。刑事がどんな対応を見せるのか、おどおどしながら様子をうかがっている。不安が最高潮に達しつつある犯人《ホシ》の典型的な仕草だった。絶対に落とせる。

田川はゆっくりとパイプ椅子を引き、信友の対面に腰を下ろした。

「お茶くらいしか出せませんが、飲みますか」

「結構です。早く帰してください」

背広から厚みを増した手帳を取り出すと、田川はゆっくりと机に置いた。ペンケースと愛用の肥後守《ひごのかみ》も取り出し、手帳の脇に置いた。

「残念ながら、そういうわけにはいきません。お手数ですが、もう一度写真を見ていただけますか？」

田川は部屋の隅の池本に目をやった。相棒は素早く封筒を寄越した。

「これらの写真、あなたに間違いありませんよね？　車両は村上冴子こと安部早苗さんの名義で購入したメルセデス・ベンツのEクラスクーペです」

「私に間違いありません」

信友は写真に目を向けることなく、ふてくされた調子で言った。

「仙台にはどのような用件で？」

「来る途中でも言いましたが、友人に会いに行きました」

「友人とは、獣医師の赤間祐也さんのことですか？」

「違います」

「そうか、あなたが仙台に行ったときは、赤間さんは既に亡くなったあとでしたね」

赤間の話題を振ったあと、信友に目をやった。虚《うつ》ろな表情で机の染みをずっと見つめている。

「もう一度、訊《き》きます。仙台の友人とはどなたですか？」

「あなたに言う必要はありません。プライベートな事柄です。これ、任意でしょ？」

「そうですか。もう一度確認しますが、仙台に行き、東京にとんぼ返りされたのは間違いありませんね？」

東北道の上り車線で撮影された写真を指すと、信友はこくりと頷いた。

「なぜ、仙台に行ったのか。本当のことをお話しいただけませんか？」

「だから、友人に会いに行った。それだけです」

「こりゃ、長くなりそうですな」

田川はわざと間延びした声で告げた。

「池、悪いけど、いらなくなったコピー用紙ないかな」

「どうぞ」

田川はインクが滲《にじ》んだ紙をデスクに置き、肥後守と鉛筆を手にとった。

「鉛筆削りながら待ってます。本当のことを話す気になったら言ってください」

「あとで叔父に連絡させてもらいます。これは不当な身柄拘束だ。オックスマートにどんな恨みがあるか知らないが、然《しか》るべき対応はとらせてもらいますよ」

信友は口を歪《ゆが》ませ、抗弁した。だが声はかすれ、上ずっている。大企業の取締役であろうが、大物政治家の甥《おい》であろうが一切関係ない。取調室での力関係は、刑事が上で被疑者《マルヒ》が下だ。田川は信友を睨み返し、言った。

「構いませんよ。私は窓際刑事です。柏木代議士の圧力でどこに飛ばされようと気にしません」

一本目の鉛筆を削り終えた田川は、肥後守に付いた木屑《きくず》を息で飛ばした。二本目に取りかかり、田川はゆっくりと話し始めた。

「あなたは優秀な方だ。あれだけの企業の取締役を務めている。しかし、嘘はいけない」

「だから、嘘なんかついてないって」

「仙台に行ったのは、獣医師の赤間さんのマンションに行くためだった。違いますか？」

「違う」

「仙台市青葉区大町、赤間さんが住んでいたマンションは素人泥棒の手によってドアが破壊され、職務上のデータを保管していた二台のパソコンがなくなった。私はあなたが持ち去ったものだと睨んでいますが、違いますかね」

「違うって言っただろう」

「これから西野が住んでいた大久保の防犯カメラも一斉にチェックします。きっとあなたが映り込んでいるはずだ」

「勝手にすればいい」

「柏木さん、完璧にやったと思っていても、誰にでもミスはあるものです。赤間さんの研究データはなくなった。特に、増渕農場のBSEの兆候が現れた牛に関するデータはね」

信友の肩口がわずかに揺れた。喉仏が上下に動き、生唾を飲み込んでいた。信友は明らかに動揺している。もう少しだ。

「あなたは探偵を雇って赤間さんの実家を監視させた。データに残りがあるんじゃないか、そう心配していた」

「知らない。探偵なんか雇ったことはない」

「そうですか、違いますか」

わざと間を外した。再び肥後守を握った田川は、ゆっくりと鉛筆を削り始めた。

「そうだ、あのベンツは廃車にしたんですよね？　しかもあなたはスクラップ工場で鉄の塊になるまでを確認していた。随分と慎重でしたね。そうだ。練馬の業者に現れた男と仙台の赤間家の周囲をうろついていた男は特徴が似ていましてね。雇った探偵ではなく、どちらも柏木さんではないですか？」

「意味が分からない」

「そうですか、ここでもとぼけますか。でもね、あなたは完全に証拠を消したつもりかもしれないけど、誰にでも落ち度はあるんです」

池本に手帳と告げた。直後、田川の手に青い表紙の手帳が乗せられた。

「赤間さんの遺品です。あなたが仙台の大町のマンションに押し入ったときにはなかった品物です。彼の恋人が絶対に犯人を逮捕してほしい、そう言って私に託した大切な遺品です」

田川は手帳をめくった。『M一〇五』『M一〇八』のメモを信友に向け、低い声で告げた。

「これは赤間さんが増渕農場で牛を調べた際のデータです。あなたはこれも処理すべきだった。しかし残念ながら仙台のマンションにはなかった。仏さんの執念です」

信友の肩の揺れが次第に震えへと変わった。

「あなたは赤間さんの所に行っていない、まだそう主張されるわけですよね」

田川はそう告げたあと、分厚い手帳の蛇腹メモをめくった。速水課長からもらった国の一覧表を取り出し、机に置いた。

「これは日本国内で報告されたＢＳＥです。よく見てください」

田川は第一号の『二〇〇一年九月（同年八月）、月齢六四、北海道、千葉県』の部分に人差し指を置いた。

「柏木さん、よく見てください」

強い口調で告げたが、信友は目線を上げない。田川は指を表の下の部分に移した。

「この一覧表は第三六号までですが、実際は違った」

田川は赤間の青い手帳を一覧表の上に置いた。表の中に「M＝月齢」の文字がある。

「赤間氏の遺《のこ》した記録はM一〇五とM一〇八。国の資料に準じれば、これは月齢一〇五カ月、一〇八カ月だ。国内で最後に確認されたBSEは、本当は第三八号でなければならなかった」

言い終えたあと、田川は青い手帳と一覧表を信友の眼前に掲げた。若き取締役の肩が激しく揺れている。

「国の調べによれば、BSEが発生した大半のケースは高齢の牛ばかりです。増渕さんの所も同様です。紛れもなく老牛でした。市場に出回ることはないし、消費者の口に入ることもない。赤間さんにしてみれば、きちんと報告し、全てを詳《つまび》らかにすればなんの問題もない事例だった。私の調べたことになにか間違いがありますか？」

信友が一瞬だけ顔を上げた。両目が真っ赤に充血している。取り調べの道筋はブレていない。畳み掛けるまではあと少しだった。デスクに置いた手帳を見た。分厚く膨らんだ蛇腹メモがもう一度脈打ったように見えた。

6

目の前の信友が口を歪ませた。低く唸《うな》るような声が聞こえた。

「なんのことか分かりません」

田川が息を吐き出すと、池本が別の封筒を差し出した。

「今度はミートステーションの八田社長から紹介された産廃処理業者、西野さんのことを聞きましょうか」

「そんな人、知らない」

「増渕農場から運んだ牛を西野氏が遺棄した場所も特定されましたよ。ここです」

田川は地図のコピーを信友に差し出した。中心に赤いペンでバツ印が付いていた。

「一五年前に操業を止めた採石場の跡地です。警視庁機動鑑識班が既に牛の骨を回収しました」

「だから、そんな人も牛も知らないし、かかわり合いもない」

信友の声がわずかに擦《かす》れ始めていた。田川は肥後守を置くと、右手で強く机を叩いた。木屑がデスクに散らばった。信友が肩を強張らせた。探るような目付きだった。

「柏木さん、車が趣味と聞きました。今はどんな車に?」

「AMGベンツのクーペ、それにアストンマーチンです」

「外車がお好きなんですな」

「それがどうかしたんですか?」

「この二年くらいの間に、国産車を運転したことは?」

「ありません」

「おかしいな」

田川は背広から鑑識課の資料を取り出し、デスクに置いた。

「二年前の九月一五日午前一〇時三〇分、JR西荻窪駅前で盗難被害に遭ったカローラワゴンです。ちなみに同日の午後一〇時過ぎ、六本木の俳優座裏のコインパーキングで麻布署地域課の巡査によって発見されました」

書類を叩き、田川は信友に目をやった。顔面が蒼白《そうはく》だった。充血した両目とのコントラストが痛々しかった。信友は天井付近に視線を泳がせている。

「この車を運転したことがあるはずです」

「ない」

信友は一度も鑑識の書類に目を向けない。今は腕を組み、目を閉じている。田川はもう一度、肥後守に手を伸ばし、鉛筆を削り始めた。

「一台一〇〇〇万円以上の車ばかり乗っているあなたが、なぜカローラのワゴンを盗むようなことをしたんでしょうな?」

「なにかの間違いだ」

「間違いじゃない。中野の殺しの前、予《あらかじ》めこの車を用意した。だが六本木の『エスカレード』を出て中華料理屋に行こうとしたら、盗難車が跡形もなく消えていた」

「そんなのでっちあげだ」

「でっちあげではありませんよ。警ら中の麻布署地域課の巡査が盗難手配中のカローラを見つけ、回収しました。残念でしたな」

「なにを言っているのか、意味が分からないよ」

「同僚刑事がカローラの発見された駐車場の防犯カメラの解析を進めています。あなたの姿、もしくは安部さんが映っていたらどう言い訳します? 今のうちに認めたらどうです? 車内の指紋とあなたのものが一致したらどうする?」

「知らない」

「盗難車が消えた。犯罪計画が音を立てて崩れ始めていたが、危険性を認識しつつ安部のベンツを逃走に使った、これが真相です。赤間・西野を呼びつけたあとだったから後戻りできない状態でした。違いますか？　焦りますよね」

田川は信友の目を見た。充血した白目の中を、黒目がなんども左右に動いている。

「本当は自分一人で全てやるつもりだった。愛する早苗さんを巻き込むつもりはなかったんじゃありませんか？　だが、世の中は計画通りには動かない。やむなくベンツを持ってきてもらい、使ってしまった」

信友がしきりに下唇を舐《な》めている。どう言い繕うか、必死に思いを巡らせている。

「斉藤弁護士を呼んでくれ。こんなの不当捜査だ」

消え入りそうな声で信友が抗弁した。

「先生はいつでもお呼びできます。しかし、もう少しだけおつき合いください」

ゆっくりした口調で告げたあと、田川は体を部屋の隅に向けた。

「池。村上冴子こと安部早苗も重要参考人として呼べ。増渕氏にも話を聞く。二人とも殺人幇助《ほうじょ》の疑いがある。抵抗したら公務執行妨害で現行犯逮捕してもかまわない。すぐにだ」

「了解しました。既に関係先には捜査員が張り付いていますから、早速身柄《ガラ》取ります」

池本が席を立った。ドアが閉まる音が背後で聞こえた。

「どうします？　まだ言い訳を考えているのですか？」

信友に向き直った田川は、鉛筆を削りながら言った。

「知らない、俺は人殺しなんてしていないし、ＢＳＥにもかかわり合いがない」

「パパに叱《しか》られるのが怖かったのか？」

思い切り声のトーンを落とし、信友との間合いを詰めた。

「所詮、あんたはボンボンだ。世間を舐めてるね。警視庁に何人の捜査員がいると思っている？　なにからなにまで、調べ上げた裏は山ほどある。もう少し正直に答えたらどうだ。優秀で覚えがいいんだろう？」

田川はわざと口調を変えた。圧倒的な量のネタをぶつけた。血が吹き出そうなほど、信友は強く下唇を嚙んでいた。あとは仕上げの突きネタだ。

「知らない」

顔の赤みが着実に増していた。肩口の震えも大きくなっていた。

「好きこのんでスーパー事業本部長なんかやっているわけじゃないよね。本来は真貴子さんが就いているポストだからな」

真貴子の名を出した途端、信友は両手を強く机に叩き付け、立ち上がった。眉間に深い皺《しわ》が刻まれている。目尻も吊《つ》り上がり、呼吸が明確に荒くなった。田川は冷静に言葉を継いだ。

「こんなことをやって、亡くなった真貴子さんに顔向けできるか？　彼女は、ただ一人の理解者だったんだろ？」

「姉ちゃんは関係ないだろう！」

「取調室で嘘をつき通す弟を見たら、真貴子さんはどう思うかな」

信友を睨み、田川はなおも言葉を継いだ。

「真貴子さんそっくりな早苗さんを守りたかったか？　彼女に増渕牧場を救ってくれと頼まれたのか？　いや、会社の体裁、それとも真貴子さん並みに仕事ができるってことを、パパに認めてほしかったのか？」

「姉ちゃんの名前を気やすく呼ぶな！」

突然、信友がデスクに手を伸ばし、肥後守を摑んだ。信友は顔を紅潮させ、田川に刃先を向けて腕を振り上げている。

「天国から真貴子さんが見てるぞ。男として、恥ずかしくないか！」

田川は腹の底から怒鳴った。信友のこめかみに血管が浮かび上がっている。血しぶきが吹き出しそうなほど、血管が波打っているのが見える。

「そうやってキレても、証拠は逃げないぞ」

もう一度、田川が怒鳴ったとき、取調室のドアが開いた。

「バカ野郎！」

取調室に戻った池本が飛び出し、信友を羽交い締めにした。

「池、手元が見えるようにしろ！」

立ち上がった田川が叫ぶと、池本が頷き返した。

「挑発して悪かったな。これであんたが真犯人《ホンボシ》だってはっきりした」

「ふざけるな！　姉ちゃんは関係ないだろ！」

体を締め上げられながらも信友は絶叫している。田川はマジックミラーが仕込んである方向に顔を向け、頷いた。

「どこでそんな特殊なナイフの握り方を覚えた？」

田川の言葉に、信友は逆手に握った肥後守に目を向けた。

「人間、とっさのときに本性が現れるもんだ。そのナイフの握りのようにね」

「ナイフの握りなんか関係ないだろう！　姉ちゃんに謝れ！」

信友は興奮したままだ。田川は立ち上がると、信友の右手首を渾身《こんしん》の力で絞り上げた。

「中野の犯人は、この特殊なグリップの持ち主なんだよ。あんた自身が動かぬ証拠だ」

田川は右手にもう一段の力を込めた。信友が小さく呻《うめ》いた直後、肥後守が床に落ちた。小刀を拾い上げると、田川はありったけの声で叫んだ。

「死んだ人の魂が浮かばれないぞ、一時でも真人間になれ」

直後、信友が取調室の床に膝をついた。今まで頑《かたくな》に否認していた若き重役は、無言で頷いた。落ちた。完全に落ちた。

「もう逃げなくて済むんだ。全部話してしまえ」

田川が言った直後、信友が奇声を発した。感極まった子供が腹の底からあげるような甲高い声だった。

7

池本を残し、田川は一旦取調室を出た。廊下で呼吸を整えた田川は、監視部屋のドアを開けた。ヘッドホンをかけた捜査員の横に宮田がいた。

「よくやった」

「逮捕状《フダ》取ってください」

「もう手配したよ」

田川は安堵《あんど》の息を吐き出した。同時に、脳裏に西野や赤間の遺族、そして川津の顔が浮かんだ。これで遺族に顔向けできる。

「生活環境課がオックス、ミートステーションの本社に家宅捜索《ガサ》を打った。俺も生活安全部《セイアン》に貸しが出来て鼻高々だよ。おまえのおかげだ」

宮田は口元をわずかに歪め、笑った。上機嫌のときに見せる表情だった。

「仙台の三浦代議士《センセイ》の横槍《よこやり》は入りませんか？」

「所詮は野党の人だからな。上層部《ウエ》も思い切って手を付けた」

オックスマートの信頼は地に墜《お》ちた。ミートステーションも息の根がとまるだろう。

田川はマジックミラー越しに取調室を見た。信友は依然、床に膝をつき、踞《うずくま》っている。

「むしろこれからが正念場です。書類も一から作り直さねばなりませんし、野方署の特捜本部のメンバーも集め直して、再検証も必要です」

「そうだな」

「矢島理事官にも会議に立ち会ってもらわねばなりません。手配をお願いします」

「田川、おまえは本当に良くやった」

宮田の切れ長の目が田川を見下ろしていた。口元に浮かんでいた笑みが消えている。

「最後に一つ、頼まれてくれるか」

「なんでしょうか？」

「ちょっと外に出よう」

宮田の左手が田川の肩に乗った。腕時計が見えた。以前着けていたブライトリングではない。二、三日前から目についた時計だった。銀色の文字盤にPの頭文字が二つ並び、GENEVEと刻まれているのが見えた。週刊誌の広告で目にしたことのある超高級メーカーのロゴだった。がらんとした長い廊下を歩きながら、宮田が言った。

「柏木信友には愛人《イロ》がいたよな」

「源氏名は村上冴子、本名は安部早苗です。課長がお調べになったように、増渕農場の姪《めい》っ子です」

「赤間と西野を同時に殺した動機は、クラブのママを軸にした痴情のもつれという方向でまとめろ」

切れ長の目が鈍く光っていた。キツネにつままれたように田川は固まった。

「信友が嫉妬で暴発した。赤間と西野が頻繁に六本木のクラブに出入りして、冴子ママを巡って痴話げんかが起きた。そういう方向でまとめるんだ」

「待ってください。BSEが発生し、信友はこれを隠蔽した。愛人の家族を守ると同時に企業の体面を繕うためです。赤間はデータ公表を強く主張し、西野は逆手にとって強請った。追い込まれた信友は、二人を同時に殺害するに至った。これが全容です」

「そんなことは分かっている。だが、そのままの動機じゃ、もたないんだよ」

「なにがもたないんですか?」

「科捜研から報告があった。採石場跡地から見つかった牛の骨だがな、劣化が酷《ひど》くてBSEだったかどうか、データ抽出は無理だそうだ」

「そんなことより、実際問題として信友が自供《うた》ったじゃないですか。自供は証拠の王様だと教えてくれたのは宮田さんです」

「バカ野郎、肝心の牛からBSEの証拠が出なきゃ、弱いんだよ」

「冗談じゃない。骨からのデータ採取は無理にしても、信友が落ちました。これから安部や増渕の証言を取れば、十分に公判維持は可能です」

田川は宮田との間合いを詰め、睨み上げた。宮田が小さく舌打ちした。

「国内で初めてBSEが見つかったときの騒動を思い出せ。風評被害で畜産農家が甚大な打撃を受け、焼肉屋がバタバタ潰れた」

「そんなことは分かっています。しかし、今回の事件では、二人も殺されているんですよ」

「だから痴情のもつれで処理しろと言った。BSEのビの字でも出てみろ。放射線の問題があったばかりだ。バカな消費者がまたぞろ騒ぎ出す。警視庁がパニックを煽《あお》る張本人になるわけにはいかない。そんな責任も持てない。本来ならば、これは農水省と厚労省の領分だ」

「本職の捜査はなんだったのですか！」

「おまえは迷宮《オミヤ》寸前だった殺人事件の真相を暴いた。痴情のもつれで二人も殺《や》った犯人《ホシ》を挙げたんだ。総監賞は間違いない。保証するよ」

上司につかみ掛かりたい衝動を田川は必死に抑え込んだ。

「全容を公表しなければ、被害者が浮かばれません」

「そんなことをしたら、オックスマートの経営を直撃する。今、ミートステーションの一件で家宅捜索《ガサ》打ってるんだ。殺しの一件がBSEの組織的な隠蔽だってダブってみろ。たちまち客離れに遭って二、三週間で資金繰りがパンクする」

「しかし、課長」

「オックスマートがおかしなことになったら、ただでさえ疲弊している地方経済を直撃する。おまえ、東北地方の失業率知ってるか？　全国平均よりずっと高いんだ。震災の傷が癒えていない。オックスや関連企業に勤めている地元の人間を路頭に迷わす気か？　責任持てるのか？」

新潟や仙台、それぞれのバイパス脇の風景、そしてシャッター街の残像が浮かんだ。オックスマートが経営破綻すれば、各地の巨大モールが廃墟に変わってしまう。理屈は理解できる。しかし、それとこれとは別の話だ。田川が口を開くと同時に、宮田の右手がこれを制した。

「いいか、痴情のもつれという筋については、総理官邸からも指示が来ている。俺たち公務員が総理に逆らうわけにはいかんのだよ」

突然、田川の頭の中に分室での宮田の言葉が蘇《よみがえ》った。

〈くれぐれも秘密保持《ホヒ》には気を配れ。相手は普通の人間じゃない。日本一のスーパーの御曹司であり、現役大臣の甥だ〉

あの言葉を吐いたあと、宮田は連絡を入れていた。上層部に根回しを始めたのだと田川は理解していたが、実態は、そのはるか先を行っていたのだ。

「田川、このまま取調官を続けるか?」

「無理です。誰か他の人間を充ててください」

「わかった。今から四、五日休暇を取れ。おまえは疲れている」

宮田の瞳が再度鈍く光った。

「いつからこんなシナリオが出来上がったんですか?」

「おまえは知らなくていいことだ」

そう言ったあと、宮田が目をそらした。不意に、田川の胸の中に強い怒りがわき上がった。

「この事件《ヤマ》、当初から課長の中で犯人の目星がついていたんですか?」

矢島への配慮でネタを振られていたのだと田川は思い続けてきた。だが、今は上司の事が信じられない。

「ハナから犯人が分かっていたら、もっともの分かりの良い人間に仕事を振ってるよ」

宮田が吐き捨てるように言った。

「もの分かりの良い人間」という言葉が、田川の心を強く刺激した。やはり、宮田は田川の捜査が進むうち、着地点を探っていたのだ。

「ヤツは二人殺したんです。良くて無期懲役、心証が悪ければ死刑判決が出ます。あやふやな証言や証拠では公判維持できませんよ」

「官邸が仕切るって保証したんだ。悪い方には転ばんよ」

宮田が吐いた言葉が、田川の胸に突き刺さった。心臓に冷たい五寸釘《くぎ》を打ち込まれたような感覚だった。

捜査員を叱咤《しった》激励するとき、宮田はしばしば突き放した物言いをする。証拠集めが不十分だったり、動機の裏がとれないとき、宮田は冷たい鬼に変わる。部下たちはたちまち震え上がり、必死に駆けずり回ってネタを集め、犯人《ホシ》を検挙する。

だが、今の宮田は、別の意味で冷えきった鬼になっている。田川が今まで接したことのない幹部職の顔があった。

「分かりました。ご指示通り休暇を取ります。それから、本職を一日も早く所轄に回してください。本部の高度な政治ゲームにはついていけません」

田川は宮田に会釈した。監視部屋に目をやることなく、エレベーターに向かって足を蹴り出した。一階に着くと、本部の正面玄関に向かった。

頭の中に遺族たちの顔が浮かんだ。

西野の年老いた母、赤間の家族と川津、そして彼らが悲報に接したとき漏らしたであろう嗚咽《おえつ》が頭蓋を鋭く刺激した。

どうやって事件解決の報告をすればよいのか。痴情のもつれが原因だったと虚偽の説明をすることは絶対にできなかった。

本部受付を抜け、通りに出た。青空と直射日光が徹夜明けの田川を直撃した。田川は目を細め、地下鉄に歩を進めた。

「田川さん」

声の方向に目をやると、小柄な女の姿があった。

「鶴田さん、どうしたのこんな所で」

「携帯がつながらなかったので、張っていました」

「すみません、電源を切っていました」

鶴田が素早く田川の横にぴったりと体を寄せ、小声で話し始めた。

「警視庁がオックスマートの柏木信友の身柄を取った、そんな噂《うわさ》が流れています」

「ほぉ、初耳ですな」

「本当なのでしょうか?」

「私は窓際の人間です。本筋の情報から遮断されていましてね」

「嘘です。絶対なにかご存知のはずです」

鶴田が鋭い視線で睨んでいた。田川は頭を振った。

「その手のお話は広報にお尋ねください」

「では、本当なの?」

「誤解されちゃ困る。そもそも噂にコメントできるわけがないでしょう」

鶴田に全てを話し、遺族の気持ちに応えたい。鶴田ならば、事実をそのまま記事にしてくれる。

鶴田が所属するネットメディアは、警視庁の記者クラブに所属していない。上層部の圧力も及ばない。なんども足が停《と》まりかけた。だが、田川は懸命に足を蹴り出した。

「田川さん！」

背後から鶴田の鋭い声が聞こえた。反射的に歩みを停めた。

「鶴田さんには大変世話になりました。礼だけは言っておきます」

歩道の真ん中で、田川は深々と頭を下げた。

8

家宅捜索に関する緊急記者会見を確認したあと、滝沢は会長室に飛び込んだ。オックスマートのトップは、応接ソファに身を預け、天井をぼんやりと見つめていた。

「信友は？」

「三〇分前に逮捕状が執行されました。殺人容疑で通常逮捕です」

「信友はなにを喋《しゃべ》った？」

「赤間、西野を殺したことを自供したそうです。ただし、動機に関しては、友次先生と警察庁、警視庁の上層部で調整し、痴情のもつれで処理することが決まりました」

「友次が動いてくれたのか。借りができたな」

柏木会長は力の抜けた声で言った。

「信友はこれからどうなる？」

「二人殺してしまった事実は重いです。心証を良くしても無期懲役かと」

滝沢は慌てて口を閉じた。今、目の前にいるのはオックスマートの総帥ではなく、信友の父親なのだ。天井を見つめたまま、会長が口を開いた。

「俺は、父親としてどうだったのかな」

「私の監督が行き届かず、全くもって申し訳ありません」

滝沢はソファから降り、会長室のフロアに両手をついた。

「おまえのせいじゃない。真貴子を死なせ、そして今度は信友にこんなことをさせた。もう、無理だ」

「なにが無理なのですか?」

今まで聞いたことのない弱々しい声だった。滝沢は顔を上げた。

「父親として失格だ。すなわち、人間としてもクズだってことだ。そんな男に経営者を続ける資格などない」

「今回はミートステーションに強引な売り込みにあい、現場担当者が渋々機械を入れたということでまとめます。ウチは被害者なんですよ。責任は仕入れ担当役員が辞める程度です。それに、信友の件に関しても、痴情のもつれという形で、本社には波が被《かぶ》らないよう手配が済みました」

滝沢は懸命に語りかけた。だが、口を真一文字に結んでいた会長は首を横に振った。

「だめだ」

「オックスマートは柏木家の人間が引っ張らねばなりません」

「殺人犯の父親が大企業のトップに居座れると思うか? 友次が助けてくれたと言っても、奴は次の選挙のことを考えて動いたまでだ。俺はそこまで厚かましい人間ではない」

そう言ったあと、柏木会長が滝沢の目を見ていた。

「後任はどうするのですか？　他の取締役は手一杯ですし、この非常事態です。銀行や商社から人材を仰ぐにしても時間がありません」

「おまえだ」

「はっ？」

「すべてを知っているのはおまえだけだ。オックスマートを頼む」

柏木会長は両手を応接テーブルにつき、頭を下げた。

「バカなことを言わないでください」

柏木会長は頭を下げたままだった。

「私に務まるはずはありません」

柏木会長が顔をあげた。経営者の顔に戻っていた。

「これから臨時取締役会を開く。手配しろ」

柏木会長は、普段のように有無を言わさぬ口調で言った。

「私では無理です。ほとぼりが冷めるまで銀行から人を入れましょう。そのあとで復職すればいいのです」

滝沢は携帯電話を取り出し、メモリを繰った。メーンバンクの頭取の名前をモニターに呼び出したとき、会長が口を開いた。

「真貴子だけでなく、俺は信友まで社会的に死なせてしまった。親として、いや、人間として責任をとる。余計なことはしなくていい」

会長が滝沢を見据えていた。

「しかし、私には……」

「頼む。おまえしかいないんだ」

会長の声音が変わった。亡くなった先代の声が重なった。

高校の卒業間際、柏木商店の見学に行ったときだった。先代は軽三輪の荷台コンテナに黄色いペンキを塗っていた。若き二代目は、精肉店の小さな店舗に枝肉を運び込んでいた。

〈求人票を出して初の応募者だ。いい体してるな。頼むよ〉

刷毛《はけ》を持った先代が真っ白な歯をむき出して笑ったのは、三八年前だ。眼前には間違いなく先代と同じ声音の男がいた。

「精一杯務めさせていただきます」

滝沢は一礼したあと、会長室を後にした。部屋の外に控えていた女性秘書に臨時取締役会の開催を知らせるよう指示し、滝沢は自室に向かった。

廊下の中程まで進んだとき、唐突に携帯電話が震え出した。ここ数日、ずっとやりとりしてきた番号が点滅している。

「滝沢です。大変お世話になりました」

〈大したことはやっていませんよ。それに想像していた以上に生安の動きが速かった。御社に天下った楠見さんを警戒したんでしょうな。それより、トップの経営責任はどうするのですか？ワンマンだから、未《いま》だに居座るって言っているんじゃありませんか〉

「柏木は退任の意向を固めました。これから、臨時取締役会を開催します」

〈次期トップは？〉

「私がリリーフ登板することになりました。今後もよろしくお願いいたします」

〈やはりあなたしかいない。こんなときに不謹慎かもしれませんが、おめでとうございます〉

「当分、寝食を忘れて仕事に没頭するしかありません」

〈滝さんは体を張って会社を守ってきた。報われても良い頃だ。騒ぎが収まった頃、久しぶりに一杯やりましょう。お互い、叩き上げの身だ。所轄の巡査部長《デカチョウ》と柏木スーパー関東地区統括長の頃のように焼き鳥でも〉

「ありがとうございます。宮田課長のご尽力で、オックスマートは企業として存続することができます。然るべき時期に、きちんとご挨拶させていただきます」

〈なんだか恩着せがましい電話を入れてしまったようですな。では、いずれこちらのリストをお送りさせていただきますよ〉

「心得ております。とりあえず、今はこれで」

滝沢は電話を切った。オックスマートが古い商号の柏木スーパーを名乗っていた三〇年前、近畿、東海地区の次に商圏を広げたのが関東だった。

東京都下に一号店を出したとき、地元の暴力団に嫌がらせを受けた。その際、熱心に相談に乗ってくれたのが当時の所轄署刑事課暴力団担当だった宮田巡査部長だった。警察との付き合いを重視しろと言ってくれた先代の教えが、今度も活《い》きた。宮田とのつき合いはこの後も続いた。他に十人以上の刑事とも接触してきたが、ノンキャリアで一番出世したのは宮田だった。宮田が捜査一課の管理官になって以降、毎月密かに領収書のいらない金を渡し、情報を取り続けた。この保険が、今になって役に立った。

背広に端末を戻した直後、滝沢は自然に頰が緩んだのを感じた。

9

乗り換えの高田馬場駅で田川は自宅に電話を入れ、すき焼き用の肉を買って帰ると里美に告げた。里美は素直に喜んだ。

複雑な気持ちだった。

人間のエゴと利権が絡み合った事件の謎は全て解いた。だが、対外的に明かされる真相は全く別だった。西武新宿線の各駅停車に乗り込んだ田川は、車窓に目を向けた。

オックスマートのマークを付けた四トンの保冷車が走っている。運転手は事件の真相を知らない。いや、永遠に知らされることはない。果たして、これで事件終結と言えるのか。新井薬師前駅のホームに降りたとき、再び自宅に電話を入れた。

「すき焼きって言ったけど、どうしたものかな。後味が悪いんだ」

田川は公表される事実が真相とは違うと概略だけを告げた。刑事になって二〇年以上経過したが、こんな思いを吐露するのは初めてだった。

今まで、警視庁や警察庁の上層部が事件の真相や動機をすり替えたとの噂はなんども耳にした。政治的な要因や外交的な配慮だったりと、同僚刑事はいぶかしがっていた。だが、自分の身に降り掛かってくるとは想像すらしなかった。

狭いホームの片隅で携帯を握る間、川津香の顔が浮かんだ。赤間の妹、元美の声が蘇った。西野の母親の落胆した顔や「倉田や」の店長、「スナック　えんじぇる」の奈津代……重要な証言を提供してくれた人たちの声と顔がなんども頭の中を行き交った。

「所轄に戻せって課長に啖呵《たんか》を切った」

思い切って里美に明かした。直後、電話口で乾いた笑い声が響いた。

「真面目に言ってるんだ」

〈そりゃ、近所の所轄なら嬉《うれ》しいけど、信ちゃんの思い通りになったことなんて今まで一回もないじゃない。詳しい事情を知るつもりはないけど、信ちゃん自身が満足のいく仕事をしたって感じているなら、すき焼き、やっても良いと思うよ〉

里美の口調は、スーツが形崩れすると文句を言うときと一緒だった。信頼し続けていた上司の別の一面に接した直後だっただけに、妻のひと言が染みた。

「ありがとう」

電話口の妻に礼を言い、歩き慣れた新井薬師前、北口商店街に足を踏み出した。

哲学堂公園へ走り込みに向かう東皇学園の生徒たちを除《よ》けながら、田川はゆっくりと商店街を見回した。

果物屋の主人と目が合った。互いに手を上げるだけの挨拶だったが、心地良かった。小学校を引けた子供たちが駄菓子屋に駆け込んでいる。

後ろ姿を見送ったあと、田川はバス停近くの緑色の庇《ひさし》を目指した。一歩踏み出すたび、揚げ物の香りが近づいてきた。

「毎度！　奥さんから連絡があってね」

「随分と手回しがいいな」

田川は店の奥に目を向けた。

「例の奥州牛だけど、きのうより熟成が進んでおいしいよ」

「三〇〇グラムもらおうかな」

「一〇〇グラム一五〇〇円だね」

「経費の精算がまだなんだ。一三〇〇円にまけてくれないか?」

「この前言っただろ、これは一〇年に一頭いるかいないかの逸品なんだ」

木口とやりあっていると、背後に人の気配がした。振り返ると、肩幅の広い男がいた。

「池、調べ官の任務はどうした?」

「田川さんが外されたのに、俺が続けると思いますか? 冗談じゃない」

「それじゃ、内輪の打ち上げやっていくか?」

「そう思って抜け出してきたんですよ」

池本はビニールの買い物袋を掲げた。ノンアルコールビール、そして池本愛飲のビールが透けて見えた。

「悪いけど、六〇〇グラムにしてもらえるかな。食い扶持《ぶち》が一人増えた」

田川は大声で木口に告げた。

「上の誰かが、随分前からオックスマートと裏で握っていたようです」

池本の言葉を聞いた瞬間、頭の中に「GENEVE」の刻印が入ったスイスの高級時計が浮かんだ。

値の張る高級腕時計をいくつも持っている宮田は、安部早苗と増渕の戸籍を自ら洗った辺りからオックスに情報を流し始めたのではないか。宮田は当初、組織全体の調和を優先し、事件を田川に任せた。だが、次第に捜査で得られた結果を、たくみに利用することを画策したのだ。その手間賃があの新しい時計なのだ。

捜査の進捗度合いをはかりながら、「痴情のもつれ」という着地点を導いていたのかもしれない。

ＯＢの楠見、矢島理事官よりも狡猾《こうかつ》で世渡りの巧みな男とは、もはや顔も合わせたくなかった。

「懲り懲りだ。こんな結果のために捜査したわけじゃない。口頭で異動願いを出した」

「認められませんよ。それより大部屋に戻ったら通信会社からこれが届いていたんですよ」

池本は背広から書類を取り出した。

「メールの履歴です。携帯電話と固定電話の通話履歴の照会のほかに、一応、パソコンメールの履歴も照会していましてね。やっと送られてきましたよ」

池本は書類を差し出した。

『赤間祐也氏　使用履歴／未送信分』

田川は文字を追った。「Ｍ一〇五」「Ｍ一〇八」と牛の月齢を記した表があった。

専門用語ばかりの書類から意味を読みとることは不可能だったが、異常をきたした牛のタンパク質の量を、赤間が秘《ひそ》かに計測していたデータのようだった。

メールの宛先欄には川津香の名があった。万が一のことを想定し、赤間が保険をかけていたのかもしれない。一方で、送信したデータが重く、エラーとなって通信会社に記録が残っていたという。

「こんなに詳細な分析結果を持っていたのか」

一枚目の紙の後も、数値情報と折線グラフが続いていた。次のページで田川は紙面を凝視した。

『幾度となく、経済的な事由が、国民の健康上の事由に優先された。秘密主義が、情報公開の必要性に優先された。そして政府の役人は、道徳上や倫理上の意味合いではなく、財政上の、あるいは官僚的、政治的な意味合いを最重要視して行動していたようだ』

米国の学者の言葉を赤間がリポートに引用した部分だった。

「池、おまえ誰かに報告したのか？」

「しましたよ。いま、田川さんにね」

池本はおどけた調子で言った。だが、目は笑っていなかった。

「俺たちもこの最後の部分、〝官僚的、政治的な意味合いを最重要視して行動〟ってところに該当するわけだな」

「警察官として恥ずかしい限りです」

「赤間氏の思い、俺たちはすくってやれなかったな」

「バカ言わんでください。田川さんが掘り起こさなかったら、彼の思いは誰にも伝わらなかった。いかがわしい偽装食品だって、結果的に田川さんが世の中から抹殺したんです」

「ありがとよ」

田川は携帯電話を取り出し、通話ボタンを押した。

〈鶴田です〉

「突然ですけど、これから内輪のすき焼き会をやります。いらっしゃいませんか？」

〈すき焼き、ですか？〉

「飛び切り上等な牛肉を買うために、今、店の前にいます。ご参加いただけるようでしたら鶴田さんの分も買っておきます」

〈はぁ、そんな場所にお邪魔してもよろしいのですか〉

「もう一度申し上げますが、内輪の会合です。仲間内なら私の口も軽くなるかもしれない」

〈すぐにうかがいます〉

田川は最寄り駅の名を鶴田に告げた。

「オックスマートや全国チェーンのお店とは無縁の、昔ながらの商店街です」

〈了解です〉

田川が携帯を背広にしまうと、池本が首を傾《かし》げていた。

「誰を呼ぶんですか?」

「会ってからのお楽しみだ。やっぱり、赤間氏の思いは世間に知らせた方がいい。そう考えただけだ」

田川は携帯電話を背広にしまうと、カウンター越しに木口に声をかけた。

「あと三〇〇グラム追加してもらおうか」

「払いは月末でいいよ」

木口がいたずらっぽく笑った。

「そりゃ、ありがたいね」

すっかり後退した額を撫《な》でながら、田川は大きな肉の塊を見続けた。

「なぁ、池」

「なんすか?」

「日本はこういう人との触れ合いを忘れてしまったんじゃないのかな?」

「そうですね。車で出かけて、スーパーやコンビニの買い物カゴに商品を突っ込んで、レジで事務的にカネ払って終わりですもんね」

「大きな商業施設に行って、豊かになったつもりでいたんだ。現実は、企業にいいようにカネを吸い取られて、演出された幻想を見せられていたんだ。この商店街みたいに、身の丈で暮らせるのが一番だと思わんか?」

田川は自らに言い聞かせるように呟いた。

本部勤務を続けさせられるのか、それとも僻地《へきち》の所轄に飛ばされるのかは分からない。ただ、この街に一生住み続けることは間違いない、田川はそう思った。

エピローグ

『二十一世紀の特徴は行き過ぎた企業権力をそぐための闘いになるだろう。極限にまで推し進められた自由市場主義は、おそろしく偏狭で、近視眼的で、破壊的だ。より人間的な思想に、取って代わられる必要がある』

赤間祐也は、横揺れの激しい新幹線の車内で手元のノートを凝視した。愛読書の一節が自身の文字で綴《つづ》られていた。

増渕牧場の老いた牛が震えたのは、間違いなくBSEによるものだ。簡易検査で得たデータを保健所で精査すれば、必ず陽性反応が出る。増渕は、老牛が加齢によって震えたと強弁したが、あれは老衰ではない。大学時代に必死で研究したBSEの初期症状だ。

だが、恐れる理由はなに一つない。日本の検査体制は世界で一番厳格だ。今回のように厳しい監視によって、消えつつある疫病を炙《あぶ》り出しただけなのだ。肉骨粉で汚染された牛は、大半が死に絶えた。増渕の所に残っていたのは、稀《まれ》なケースだ。しかも、市場に出すような牛ではない。牛から牛への感染例もない。対処方法が確立された家畜の疾病の一つでしかないのだ。

検査データで安全性をアピールすることこそが消費者、生産者、ひいては流通業者の利益につながる。

かつて、肉骨粉によって汚染が進んだときとは、まったく置かれた状況が違うのだ。だが、増渕や柏木はこれを隠匿しようとした。二回目の検査データを得て、確実な実証データを詳《つまび》らかにする直前、問題の老牛二頭は不当に廃棄されてしまった。

なんども増渕のもとに足を運び、柏木信友とも電話で話し合った。風評被害など起こり得ないし、企業イメージの低下にもつながらない。県や国との連携が迅速であればあるほど、安全性に対する信頼度は向上するのだ。

ＢＳＥは、既に過去の病気なのだ。獣医師と畜産農家、そして流通業者が三位一体で全てを公表し、安全に対処したことをアピールすれば、牛肉の消費が落ち込むはずもない。秘《ひそ》かに処理するような行為そのものが、過去の遺物に等しい病気の危険性を想起させてしまう。逆効果なのだ。

赤間は再度ノートに目をやった。

『行き過ぎた企業権力をそぐための闘いになるだろう』

自分で書き込んだ文字を、赤間は指で弾《はじ》いた。

米国のジャーナリストが記した文言の中で、一番重要なテーマだ。増渕のような畜産農家の立場は弱い。まして、納入先は日本一のスーパー、オックスマートだ。

増渕自身の判断で老牛を廃棄したのか、あるいはオックス側の意思が勝ったのかはまだ知らされていない。だが、電話を通じてなんども説得した自らの行為こそ、行き過ぎた巨大スーパーの過ちを糺《ただ》すことにつながった。

愛読書が授けてくれた正しい知識を、そして適正な公表という手続きの大切さを、今夜柏木に直接伝えることができる。柏木はその意味合いを理解してくれたからこそ、自分を呼び、オックスマートとして正しい情報を社会に発表すると約束したのだ。

赤間はノートをショルダーバッグに詰め込むと、携帯電話を取り出した。

明日、香と会う。オックスマートの記者会見に陪席することになれば、香との約束に遅れるかもしれない。だが、香ならば事情を分かってくれる。結婚の申し出が遅れることと、社会全体の仕組みを変えることの意味合いを理解できない香ではない。プロポーズの遅れもわずか、二、三日のことだ。メール画面を呼び出し、香のアドレスを打ち込んだとき、車内アナウンスが東京駅に着くと告げた。

携帯の時刻表示に目をやった。午後十一時四三分だった。

赤間は慌てた。香の住む世田谷区奥沢、最寄りの私鉄への乗り換えは分かる。だが、中野には一度も行ったことがない。メール画面を乗り換え案内サイトに切り替えたとき、東北新幹線やまびこが東京駅に停車した。

周囲の背広姿の男たちがぞろぞろと出口に向かっている。赤間もバッグを摑むと、ホームに降り立った。

生暖かい大都会の風が赤間の頬を撫《な》でた。

背広の男たちの後を追い、赤間は新幹線改札に向かった。

出張や営業に疲れ果て、重い体を引きずったサラリーマンたちが続々とゲートに集まっている。だが、自分は違う。今後、風評被害に苦しむ畜産農家をなくすための第一歩をしるすのだ。増渕や佐藤などR高原の真面目な畜産農家がいわれのない風評被害にさらされることは、今後一切なくなる。

口蹄疫《こうていえき》など家畜の伝染病が発生した際も同様だ。混乱を恐れて症例を隠す行為こそが消費者の不安心理を増幅させる。ひいては農家や流通業者、そして精肉店やレストランの経営を苦しめることになる。

今夜、総合スーパーの取締役を完全に納得させる。日本一の流通業者が範を示すことにより、中小のスーパーや専門店も必ず意識を変える。増渕農業で起きた出来事が、今後の日本の畜産を変え、県や国、そして最終的には消費者の安全に対する意識の向上にもつながる。

自然に歩みが速くなっているのが分かる。頬を撫でる生暖かい風以上に、自身の内側から熱が沸き上がってくる。

赤間は足早に改札脇の窓口に歩み寄った。

「中野へ行くには、乗り換えはどうしたらよいですか?」

駅員の顔を見ながら、自分の声が弾んでいると赤間は感じた。

《参考文献》
『地方を殺すな！　ファスト風土化から“まち”を守れ！』洋泉社MOOK（洋泉社）
『狂牛病・正しい知識』山内一也（河出書房新社）
『狂牛病　人類への警鐘』中村靖彦（岩波新書）
『牛肉と政治　不安の構図』中村靖彦（文春新書）
『ファストフードと狂牛病』エリック・シュローサー（草思社）
『隠されている狂牛病』シェルドン・ランプトン　ジョン・ストーバー（道出版）
『食品の裏側　みんな大好きな食品添加物』安部司（東洋経済新報社）

《初 出》
プロローグ〜第六章 「STORY BOX」vol.21 〜 vol.24, vol.27
第七章〜エピローグ　　書き下ろし
「STORY BOX」掲載部分については、
単行本化にあたり、大幅な加筆改稿を行いました。

相場英雄　Hideo Aiba
1967年新潟県生まれ。2005年に「デフォルト（債務不履行）」で第2回ダイヤモンド経済小説大賞を受賞しデビュー。著書に『越境緯度』『双子の悪魔』などがある。現在、JBP（ジャパン・ビジネス・プレス）にて、「ニッポンビジネス・ナナメヨミ」連載中。

震える牛

2012年2月5日　初版第一刷発行
2012年3月6日　　　第三刷発行

著　者　相場英雄
発行者　稲垣伸寿
発行所　株式会社　小学館
〒101-8001　東京都千代田区一ツ橋2-3-1
編集　03-3230-5959
販売　03-5281-3555
印刷所　大日本印刷株式会社
製本所　牧製本印刷株式会社

造本には十分注意しておりますが、印刷、製本など製造上の不備がございましたら「制作局コールセンター」（TEL 0120-336-340）にご連絡ください。（電話受付は、土・日・祝日を除く 9：30～17：30）

　ISBN978-4-09-386319-3